Wohin dein Herz dich schlägt

CHRISTINE KNÖDLER (HG.)

WOHIN DEIN HERZ DICH SCHLÄGT

GESCHICHTEN VOM ENTLIEBEN UND VERLIEBEN

Planet Girl

1

Edith Schreiber-Wicke

Ferien ohne ihn

Als Edina zum blitzblauen Sommerhimmel aufschaute, formierte sich eine der kleinen weißen Schönwetterwolken eben zu einem ganz eindeutigen Umriss. Vom Kosmos extra für sie ins Blau gestellt, um sie an ihre Schwachstelle zu erinnern. Klare Sache. So ging das dauernd in letzter Zeit. Es gab ihr an symbolisch entsprechender Stelle einen Stich. Sie blieb stehen und starrte zum Himmel. Eine Frau mit einem dicken weißen Hund blieb neben ihr stehen und wollte sehen, was es zu sehen gab. Der Hund schnaufte hörbar.

Die unerforschlichen Gesetze der Stratosphäre hatten mittlerweile die klar definierte Herzform in eine fransige Sache ohne emotionale Nebenwirkungen aufgelöst. Die Frau mit dem dicken weißen Hund warf Edina einen irritierten Blick zu. Dann schaute sie diskret in die Runde, offenbar um festzustellen, ob irgendwo eine versteckte Kamera lauerte, die vorhatte, sie öffentlichem Spott preiszugeben. Noch ein letzter prüfender Blick zum Himmel, dann ging sie rasch weiter. Das Schnaufen des kleinen Hundes wurde ein Keuchen, als er versuchte, mit ihr Schritt zu halten.

Herzprobleme, verursacht durch Fettleibigkeit, dachte Edina ganz automatisch.

Das nächste Herz kam Edina direkt entgegen. Es prangte auf einem mikroskopisch kleinen weißen Tanktop, das knapp unter den sich deutlich abzeichnenden Brüsten endete und ein weitläufiges Bauchgebiet mit eingebettetem Nabel freigab. Gegen die bin ich Giselle Bündchen, dachte Edina. Oder wer immer das derzeit angesagteste Model ist. Sie beneidete die Nabelfreie um ihre Unbekümmertheit. Die schwitzte ganz bestimmt nicht. So wie sie selbst mit ihrer klassischen Baumwollbluse, die unter Rockbund und Gürtel an ihrer Haut klebte.

Gregors Kritik hatte sich in ihr Selbstbewusstsein dauerhaft eingemeißelt.

Also das kannst du dir nun wirklich nicht leisten. Ich finde deinen Babyspeck ja irgendwie niedlich, aber völlig ungeeignet für nabelfrei.

Seine kritischen Blicke hatten ihr sogar Bikinis verleidet.

»Du möchtest einen – was?« Fassungslose mütterliche Frage. »Einen einteiligen Badeanzug? Du bist sechzehn und hast eine supersüße Figur!«

Gab es eigentlich so etwas wie eine objektive Mutter?

»Das ist irgendwie ...« Ja, was denn eigentlich? Wie sollte sie ihrer Mutter erklären, dass sie sich dick fühlte? »... viel praktischer beim Sport.«

»Ich habe eine praktische Tochter«, hatte ihre Mutter gemurmelt, als handelte es sich dabei um eine Behinderung, die sie zur Kenntnis nehmen musste, aber für die sie auf keinen Fall die genetische Verantwortung übernehmen wollte.

Das Tanktopherz telefonierte. »Ich freu mich auch schon. Bussi. Ja, ich dich auch.« Damit war sie an Edina vorbei.

Tunnelblick, hatte ihre Mutter das mal genannt. *Wir sehen*

nur, was uns betrifft. Egal, ob wir Angst vor etwas haben oder uns etwas wünschen. Als ich mit dir schwanger war, hab ich überall behinderte Kinder gesehen. Meine größte Angst.

Edinas Tunnelblick war herzlastig. Seit diesem letzten Telefongespräch mit Gregor tauchten überall Herzen auf, wo sie eigentlich nicht hingehörten. Und die Erdbevölkerung schien zu mindestens achtzig Prozent aus turtelnden Pärchen zu bestehen.

Kurz vor dem Schultor traf sie Hannah, ihre ehemals beste Freundin. Wann hatte sich das eigentlich geändert? Es stand kein Streit zwischen ihnen. Nicht ein einziges verletzendes Wort. Nur Gregor mit seinen Totalansprüchen an Edinas Zeit.

»Hi!«, sagte Edina. »Weißt du was, ich wollte dir schon längst ...«

»Hi«, sagte Hannah, durchaus nicht unfreundlich, aber sie ging, ohne stehen zu bleiben, an ihr vorüber auf Julia zu, die wohl irgendwann in letzter Zeit Edinas Platz als Hannahs beste Freundin eingenommen hatte. Die beiden sagten etwas zueinander, lachten und steckten die Köpfe zusammen in einer Vertrautheit, die Edina schmerzlich vermisste. Sie fühlte sich wie ein Astronaut, der nach gescheiterter Mission aus dem Weltall zurückkam und feststellte, dass sich das Leben auf der Erde während seiner Abwesenheit grundlegend verändert hatte. Ob Hannah jetzt mit Julia bouldern ging? Und jeden Dienstag und Freitag auf die Übungswand im Sport-Megastore?

»Sag mal, du warst doch ganz verrückt aufs Klettern, gibst du das tatsächlich auf?«, hatte Hannah gefragt. Das war vor ein paar Monaten gewesen.

»Ich hab einfach keine Zeit mehr dafür. Du weißt schon, der Segelschein. Gregor will ...«

Augenrollen, tiefer Seufzer, genervte Hannah-Grimasse. »Ist dir schon aufgefallen, wie viele Sätze du in letzter Zeit beginnst mit: ›Gregor will‹. Da müssten doch alle Alarmglocken schrillen. Was willst DU denn? Macht dir das Segeln denn wirklich Spaß?«

Nein, hätte Edina am liebsten gesagt. Sie fand die Kommandos verwirrend, die Boote bedenklich unstabil, wurde ungern nass und konnte es nicht leiden, dem Wind mit all seinen Launen auf Gedeih und Verderb ausgeliefert zu sein. Außerdem neigte ihr Magen dazu, ab Windstärke fünf das Geschaukel übel zu nehmen.

Da war doch so ein ordentlicher Felsen was ganz anderes. Der stand da, unbeeindruckt von Wind und Wetter. Felsenfest eben. Forderte allein durch seine Existenz Können, Körperbeherrschung und Kreativität heraus. Und das Gefühl, wenn man geschafft hatte, was eigentlich unmöglich aussah, war schlicht unbeschreiblich.

Aber wenn sie mit Gregor in den Ferien zusammen sein wollte, würde sie es lernen müssen, das Segeln. Nichts zu machen. Schließlich hatte er irgendwo dieses Boot liegen, eine Zwölf-Meter-Segelyacht mit vier Kabinen. Dieses Boot namens *Linda,* von dem seine Freunde andauernd schwärmten. Die auserwählten Freunde, die er auf den Segeltörn mitnehmen wollte.

»Gregor will ...« Ertappt! Diesmal hatte sie sich selbst unterbrochen. Unsicher gelacht. »Er hat vor, den größten Teil der Ferien irgendwo inselhüpfend in der Ägäis zu verbringen. Was soll ich denn machen? Die Alternative gefällt mir noch weniger als das alberne Wenden und Halsen. Die wäre nämlich Ferien ohne Gregor.«

Hannah-Grinsen, aber liebevoll. Dramatische Stimme. »Ferien ohne Gregor.« Normalstimme. »Also echt, das klingt nach griechischer Tragödie.« Resigniertes Kopfschütteln. »Ein herber Verlust für die Kletterwelt. Dabei bist du schon die sieben minus Toprope geklettert. Weißt du eigentlich, dass du all die munteren Muskeln wieder abbaust, die du dir in mühevoller Kleinarbeit antrainiert hast?«

Edina bewegte spielerisch ihre vermutlich mittlerweile kraftlosen Finger und ballte sie zur Faust.

Verwundert stellte sie fest, dass die Lateinstunde inzwischen begonnen hatte. Irgendwie war sie in die Klasse gelangt, hatte sich auf ihren Platz gesetzt und den zerlesenen Catull-Band aus der Tasche geholt. Die Liebesgedichte, selbstverständlich in der gereinigten, gymnasiastentauglichen Form. Das Thema verfolgte sie unerbittlich überallhin. Edina wäre nicht verwundert gewesen, wenn der alte, ständig müde wirkende Lateinlehrer eine Krawatte mit Herzmuster getragen hätte, aber das speckige Lederding war einfarbig dunkelgrau. So weit ging der Kosmos nun auch wieder nicht mit seinem Themenschwerpunkt.

Sie schaute zu Hannah hinüber, dachte an die selbstverständlichen Blickkontakte aus der vorgregorianischen Ära, die kleinen Grinser, Seufzer, Handbewegungen, die zwischen besten Freundinnen ausreichende Kommunikation sind, wenn die Anwesenheit von Lehrern und ähnlich widrige Umstände alles andere unmöglich machen. Aber Hannah schien auf das Gedicht konzentriert, die unsichtbare Verbindung zwischen ihnen war unterbrochen, und Edina fragte sich, ob solche Schäden zu reparieren waren. Sie hatte keine Ahnung von Hannahs Ferienplänen. Ganz bestimmt irgendwohin, wo einladende Steilwände warteten. Sie selbst war viel zu sehr damit beschäftigt gewesen, für die Segelprüfung zu lernen, Seekarten zu besorgen, Wissenswertes über die Kykladen zusammenzutragen und einen

Schnellkurs in Neugriechisch zu machen. *Ein Segeltalent bist du nicht und wirst du nicht. Niemals. Das sieht der Kenner auf den ersten Blick. Auch mit Segelschein nicht.*

Wann würde sie eigentlich Gregors Stimme aus dem Kopf kriegen?

Aber der Job als Proviantmeister in den Yachthäfen, der müsste dir doch liegen.

Müsste er? Warum eigentlich?, fragte sie sich. War das schon wieder eine Anspielung auf ihren sogenannten Babyspeck?

»Stör ich?«, fragte der Lateinlehrer, der irritierenderweise plötzlich direkt neben ihr stand.

Edina schaute auf. Sie hatte keine Ahnung, was er von ihr wollte. »Du bist wohl gedanklich schon in den Ferien.« Tonfall und Mimik machten aus der Feststellung höfliche Konversation. Sie wusste, dass er sie gut leiden konnte. Schüler mit dem Lieblingsfach Latein waren für einen Lateinlehrer vermutlich so etwas wie die blaue Mauritius für einen Briefmarkensammler.

»Wo genau, wenn ich mir die Frage erlauben darf?« Auch das nicht ironisch, sondern aufrichtig interessiert.

»Kykladen«, sagte sie zu ihrer eigenen Überraschung wahrheitsgemäß. Eigentlich hatte sie eine ausweichende Antwort vorgehabt.

Er antwortete nicht sofort, blätterte vermutlich in seinem umfangreichen inneren Lexikon, nickte dann, als wäre er froh, ihre kykladischen Gedanken rechtfertigen zu können. »Standen in der Antike unter römischem Protektorat, sind also in der Lateinstunde durchaus nicht fehl am Platz. Und meine Frage passt ebenfalls dazu. Ich nehme an, ich muss sie wiederholen?«

Edina hielt es nicht für nötig, darauf zu antworten. Sie sah ihn abwartend an.

Er seufzte, versuchte, mit einem konspirativen Lächeln gewissermaßen privates Einvernehmen herzustellen. »Die Klasse scheitert geschlossen an dem Sprichwort: *Amare et mare sunt idem. In utroque multi pereunt.*

Na klar! So etwas musste ja kommen. Sie spürte den Druck auf dem Kehlkopf, der von nicht geweinten Tränen kommt. Sie räusperte sich. »Die Liebe und das Meer sind dasselbe. In beiden gehen viele unter«, sagte sie mit belegter Stimme.

Eigentlich hätte – nach den Gesetzen der Gruppendynamik in Schulklassen – jetzt irgendjemand anfangen müssen zu kichern. Aber es war absolut still, so als wäre eben völlig überraschend ein Geheimnis gelüftet worden, und alle wären mit Staunen beschäftigt.

Es stimmte nicht, dass man als guter Schüler grundsätzlich gemobbt wurde oder ein Leben als Außenseiter führte, wenn man nicht außerdem ein arroganter Kotzbrocken war. Edinas Vorliebe für Latein war von den anderen immer akzeptiert worden. Etwa so wie Timmos Zeichentalent, Julias Mathegenialität und Hannahs Begabung, alle Lehrer kabarettreif zu imitieren.

Der Lateinlehrer schaute sie nachdenklich an. Edina hatte das Gefühl, dass er sie gerne noch etwas gefragt hätte. Aber dann sagte er nur »absolut richtig«, wandte sich ab, ging wieder vor zur Tafel, und Edina überlegte, ob er ihre Übersetzung meinte oder den Inhalt des Sprichwortes. Einen flüchtigen Augenblick lang dachte sie, dass auch dieser Uraltlehrer, der bestimmt schon ein Stück nördlich der fünfzig war, vielleicht einmal verliebt gewesen war. Und dann war sie es, die beinahe begonnen hätte zu kichern. Aber nur beinahe.

Schule war für Edina derzeit eine willkommene Ablenkung. So kurz vor den Ferien standen alle Noten schon fest, die Lehrer lieferten ihr stark reduziertes Programm ab und verließen nach fünfzig Minuten Unterricht sichtlich erleichtert ihre Wirkungsstätte. Edina konnte im Wesentlichen ihre Gedanken ungestört wandern lassen, eine Dia-Show von privaten Bildern Revue passieren lassen. Nur in Geografie schreckte sie hoch, weil schon wieder das Wort Kykladen fiel. »Naxos, Paros, Kea, Kynthos … Na, wer kennt noch ein paar der bekannteren Inseln?«

»Mykonos, Santorin, Sifnos«, sagte Edina und ließ Amorgos, Anafi, Andros und Andiparos unerwähnt, weil sie sich nicht in den letzten Tagen vor den Ferien noch ein Streberimage einhandeln wollte. Spezialbegabung war eine Sache, alles zu können, eine ganz andere. Und natürlich hatte sie auch keine Lust darauf, gefragt zu werden, wie sie zu einer derart intensiven Beschäftigung mit einer griechischen Inselgruppe kam. *Ein Segeltalent bist du nicht und wirst du nicht. Aber der Job als Proviantmeister in den Yachthäfen, der müsste dir doch liegen.*

Oh ja, sie konnte mittlerweile mühelos auf Griechisch zehn Flaschen Mineralwasser, zwei Weißbrote, drei Kilo Tomaten und milden Schafskäse bestellen. Gurken auch. Und Rotwein. Überhaupt kein Problem. Nur würde sich die Gelegenheit in diesen Ferien nicht ergeben. Alberne Sätze der Sprachkurskassetten gingen ihr durch den Kopf. *Ich kann nicht umhin, Ihnen zu Ihrer vorzüglichen Küche zu gratulieren.* Nein, sie würde definitiv in keiner Hafentaverne diesen kunstvollen Satz loswerden. Das hatte ihr Gregor in diesem letzten Telefongespräch unmissverständlich klargemacht.

»Und überhaupt – telefonisch Schluss zu machen – so was von feige!«, hatte Edinas Mutter gesagt.

Edina erinnerte sich noch genau an die Szene in der Küche. Hatte mitten in der Geografiestunde wieder den Geruch indischer Gewürze in der Nase.

Die mütterliche Empörung lief inzwischen zur Hochform

auf. »Der hat dich überhaupt nicht verdient. Außerdem geht aus seinem Horoskop eindeutig hervor, dass er beziehungsunfähig ist und ein gewohnheitsmäßiger Fremdgänger. Venus-Neptun-Quadrat.«

»Mama!«

»Ich würde diesem Schnösel keine Träne nachweinen.«

Danke, wirklich sehr hilfreich. Was genau ist eigentlich ein Schnösel? Na ja, vermutlich nichts Nettes.

»Wer weint denn?«, kam Edinas ruhige Frage.

»Ich bin deine Mutter. Außerdem ein Fisch. Leute mit Sonne in den Fischen merken, wenn es wem schlecht geht. Aber es überrascht mich nicht. Dass dieser Macho-Löwe mit meiner empfindsamen Stiertochter auf Dauer nicht harmoniert. War zu erwarten.«

Edina kam meistens sehr gut mit ihrer Mutter aus, aber seit sie die Astrologie für sich entdeckt hatte und alle Widrigkeiten des Lebens damit erklärte, dass irgendwelche Planeten Unfug miteinander trieben, entwickelte sie parallel dazu einen Hang zum Besserwissen. Im Nachhinein hatte sie natürlich alles kommen sehen. Obwohl sie am Anfang ziemlich beeindruckt gewesen war von Gregor. Edina erinnerte sich, dass ihre Mutter sogar das Wort »charismatisch« verwendet hatte. Das wusste sie deswegen noch so genau, weil sie es auf der Stelle gegoogelt hatte. »Ausstrahlungskräftig (sehr)«, hatte sie unter www.fremdwoerter.de gefunden. Und dann noch bei Wikipedia, dass es vom griechischen Wort *chàrisma* abgeleitet war.

Nach der letzten Stunde ließ sich Edina Zeit, packte betont langsam ein paar Bücher ein, behielt Hannah im Auge und hoffte, sie irgendwo allein zu erwischen. Keine Chance. Wo Hannah war, war Julia. Diesmal wurde nicht gelacht, sondern sehr ernsthaft etwas besprochen. Irrte sie sich oder wanderte manchmal ein Blick in ihre Richtung? Worum ging es? Sie hatte das deutliche Gefühl, sie hätte das Wort »Daniel« herausgehört. Aber vielleicht war das einfach ein Freud'scher Verhörer, so wie es die Versprecher gab? Weil sich Daniel sanft, aber nachdrücklich, so wie er eben war, immer öfter in ihre Gedanken schob.

Daniel. Ihr Daniel. FAST ihr Daniel, wenn Gregor nicht auf der Bildfläche erschienen wäre. Gregor, der Charismatische. Der beziehungsunfähige Macho-Löwe. Der Schnösel, was immer das bedeutete.

An ihre erste Begegnung mit Daniel Wächter erinnerte sich Edina ganz genau.

Die Indoor-Kletterwand im Sport-Megastore. Gemeinsam mit Hannah hatte sie diesem schlanken, perfekt durchtrainierten Körper zugeschaut, wie er scheinbar mühelos gegen die Schwerkraft ankletterte.

»Unsereiner strengt sich an, und der geht die Wand hoch wie ein Gecko«, hatte Edina gesagt.

»Daniel Wächter«, antwortete Hannah lapidar. »Alle finden ihn sensationell.«

»Du kennst ihn? Woher denn?«

»Mhm.« Hannah ganz geheimnisvoll unterwegs. Warum denn das? War da etwa was am Laufen zwischen den beiden? Etwas, wovon sie als beste Freundin nichts wusste?

»Ich hab letztes Jahr in den Ferien einen Kurs bei ihm gemacht.«

Edina starrte nach oben, wo Daniel eben den überhängenden Teil der Wand hinter sich gebracht hatte.

»Und ich hab geglaubt, das mit der Schwerkraft gilt für uns alle.«

»Willkommen im Fanclub. Jutta hat kürzlich den Vergleich mit einer Raubkatze strapaziert. Und der allerletzte Sehnsuchtsseufzer war von Timmo. ›Der bewegt sich wie ein schwuler Balletttänzer.‹ Was von ihm natürlich als Kompliment gemeint war.«

»Und – ist er es?«

»Du willst wissen, ob er Balletttänzer ist?« Typisches Hannah-Grinsen. »Nah dran. Er ist Schauspielschüler. Am Max-Reinhardt-Seminar. Er kommt aus Deutschland. Und ob er schwul ist, musst du schon selbst herausfinden. Timmo fürchtet: eher nicht.«

»Ich denke, du kennst ihn?«

»Na sooo gut auch wieder nicht. Wie du weißt gehört meine immerwährende Liebe derzeit einem gewissen Max.« Wieder das typische Hannah-Grinsen. »Aber wenn immerwährend vorüber ist, wär ich eventuell nicht ganz abgeneigt ...«

»Du bist unmöglich«, hatte Edina liebevoll festgestellt.

»Na, na! Ich bin mit meinem Sexualverhalten absolut statistikkonform, während du ein altersmäßiger Ausreißer nach oben bist. Wie lange willst du denn die Bastion deiner Jungfräulichkeit noch verteidigen?« Dankenswerterweise war Hannahs Stimme bei dieser Frage leiser geworden.

»Ich kann doch nicht aus Statistikgründen mit jemandem in die Kiste steigen«, hatte Edina noch leiser geantwortet.

»Soll ich dich sichern?« Daniel war lautlos neben Edina aufgetaucht. War er nicht gerade noch oben in der Kletterwand gewesen? Wie viel hatte er mitgehört? Seine beziehungsvolle Frage bewirkte jedenfalls einen nicht enden wollenden Lachanfall bei Hannah.

Für den Rest des Abends sicherte Daniel Edina. Und umgekehrt. Wenn er Tipps gab, dann unaufdringlich, ganz nebenbei.

Keinen Augenblick wirkte er belehrend oder von oben herab. Wirkliche Könner sind nicht arrogant, folgerte Edina. Und dann dieser perfekte Körper. Nicht zu viele Muskeln, kein Möchtegern-Schwarzenegger, igitt!, aber so was von … na, perfekt eben.

Edinas gesteigerte Herztätigkeit kam nicht nur von der Anstrengung beim Aufstieg.

Wie lange willst du denn die Bastion deiner Jungfräulichkeit noch verteidigen?

Wenn nur endlich einmal der richtige Belagerer auftauchen würde! Könnte es Daniel sein? Die Frage begleitete Edina in der Übungswand. Komische Sache, über so was nachzugrübeln, wenn man sich gleichzeitig darauf konzentriert, ausschließlich die grünen Griffe zu benutzen. Sie wollte ihm schließlich zeigen, dass sie keine Anfängerin war. Wenigstens kann beim Toprope-Klettern nicht viel passieren, dachte sie. Man fällt ins Seil, sagt »Ups!« und probiert es einfach noch einmal. Anders als im wirklichen Leben.

Es hätte Daniel sein können, dachte sie jetzt, Monate später, auf dem Heimweg von der Schule. Zunächst hatte es ja so ausgesehen. Aber dann war Gregor aufgetaucht.

Ferien ohne Gregor.

Und ohne Kykladen. Und ohne Yacht. Und ohne Gregors Freunde. Um exakt zu sein. Dafür mit den lieben Altvordern an einem See im Salzkammergut.

Edina war mittlerweile zu Hause angekommen, hatte ihre Mutter begrüßt, sich zum Essen gesetzt und war mit ihren Gedanken so abwesend, dass sie beinahe versäumt hätte, gegen ein angedrohtes Lodencape zu protestieren.

Während Edinas Mutter die Vorteile dieses Kleidungsstücks

anpries, stellte sie ein befremdlich riechendes Gericht aus Kichererbsen und Zucchini auf den Tisch. Gleichzeitig mit der Entdeckung der Astrologie hatte sie ernährungsmäßig auf Ayurveda umgestellt und befand sich in einer gnadenlos veganen Phase. Kein tierisches Eiweiß, keine Milchprodukte, keine Eier.

Edina war es ziemlich egal, weil sie seit einiger Zeit »essen« vor allem mit »zunehmen« assoziierte. Und nach totem Tier auf dem Teller war ihr sowieso nie besonders gewesen. Nur Edinas Vater murrte manchmal. Der Übergang von Bratwürsten und Lammkoteletts zu Karotten, Fenchel und Zucchini in Soloauftritten war wohl zu abrupt geschehen. Außerdem fand er die Verwendung der exotischen Gewürze fehl am Platz. »Man kann doch nicht einfach die Ernährungsweise einer anderen Kultur imitieren. Geschichte, Vegetation, Klima – alles ist völlig anders in Indien«, hatte er zu bedenken gegeben. »Die meisten dieser Gewürze sind nur in extremer Hitze gut verträglich.«

»Es regnet nämlich ziemlich oft dort. Der Schnürlregen, du weißt schon«, sagte Edinas Mutter soeben, und Edina hatte Mühe, sich zu erinnern, dass es, anders als in ihren Gedanken, um das Salzkammergut ging.

Schnürlregen. Na super. Aber bei der Gelegenheit würde sie sich auch nicht in ein Lodencape hüllen, sondern im Bett bleiben und die Regentage verschlafen.

»Bekanntlich gibt es kein schlechtes Wetter, nur falsche Kleidung«, fuhr Edinas Mutter fort. »Wir könnten heute Nachmittag miteinander einkaufen gehen.«

Edina schüttelte energisch den Kopf und fragte sich, ob die Rosinen irrtümlich in den Eintopf geraten waren oder aus ayurvedischen Gründen. Sie sortierte sie jedenfalls unauffällig aus.

»Kletterwände gibt es dort auch.« Ihre Mutter schob ein paar Prospekte über den Küchentisch.

Kletterwände – ha! Vermutlich war das ein Klettergarten für Achtjährige. Oder ein Wanderweg für mutige Achtzigjährige und andere Grabdeserteure. Edina blätterte in den Hochglanzdingern. Dann blieb ihr Blick an einem Foto hängen. Na – hallo! Das war ja eine richtig erwachsene Wand! Schwierigkeitsgrad 6 bis 8. Das Salzkammergut bekam ein paar gedankliche Pluspunkte gutgeschrieben.

Soll ich dich sichern? Daniels Stimme. Als das Sichern wirklich nötig gewesen wäre, war er nicht da. Auf der Terrasse, mit Blick über die Stadt. Vielleicht hätte sie nie etwas mit Gregor angefangen, wenn ihr Ego nicht dermaßen angeschlagen gewesen wäre. Ob er mittlerweile wieder zum Klettern kam? Ja, und wenn! Wieso nahm sie an, dass er noch immer solo war? Diese Jutta aus der Boulderrunde hatte ihn doch mit ihrer aufdringlichen Bewunderung verfolgt. Oder vielleicht hatte Hannah ihre Ankündigung wahr gemacht.

»Einen neuen Badeanzug brauchst du vielleicht auch noch«, lockte Edinas Mutter.

Sie liebte Edinas Gesellschaft beim Shoppen. Und die Vorstellung, man könnte sie beide für Schwestern halten.

Das Lodencape war immerhin kein Thema mehr. »Ich hab schon alles gekauft, was ich brauch«, wehrte Edina jetzt auch den Badeanzug ab. »Von meinem Sparbuch. Es ist so heiß heute, da will ich lieber ins Schwimmbad fahren.«

»Na gut.« Edinas Mutter gab seufzend auf.

Im Freibad kam Edina natürlich sofort eine etwa Gleichaltrige in einem Bikini entgegen, der niedlich mit kleinen rosa Herzen gemustert war. Edina taxierte die Herzige mit gregorgeschultem Blick. Die würde bei ihm bereits unter fettleibig eingereiht. Mindestens Konfektionsgröße 38.

Schuhe mit hohen Absätzen, das ist es. Macht dich größer und damit auch schlanker. Modelmäßig noch immer nicht, das ist bei dir nicht drin, aber – na ja – deutlich besser. Linda Supermodel stand augenblicklich im Raum. Die Linda, nach der die Yacht benannt war. Sie war selbstverständlich auch eine Spitzenseglerin. Das hatte Gregor mehrfach erwähnt. Auch seine Freunde ließen ab und zu Bemerkungen fallen, mit denen sie sich eindeutig als Mitglieder im Linda-Fanclub zu erkennen gaben.

Außerdem sind hohe Absätze sexy. Möglich, hatte Edina gedacht. Aber ich finde die Dinger albern und trau mich auf keine Rolltreppe mehr, weil ich Angst habe, stecken zu bleiben. Sie hatte sich irgendwie an die hohen Absätze gewöhnt und damit getröstet, dass sie ja ziemlich viel Zeit auf dem Segelboot verbrachten, wo flache Schuhe mit Gummisohlen Pflicht waren. Immerhin: EINE gute Sache am Segeln.

Die im Bikini ging strahlend auf einen schlanken, gut aussehenden Dunkelhaarigen zu. Er legte den Arm um sie und schaute ihr verliebt in die Augen. Na ja – nicht direkt in die Augen. Eigentlich zielten seine Blicke eher tiefer, wo das Bikini-Oberteil sichtlich an seiner Leistungsgrenze war. Herzbikini kicherte fröhlich. Die Vorfreude auf gemeinsame Ferien stand ihnen geradezu ins Gesicht geschrieben.

Wir sehen nur, was uns betrifft.

Edina suchte sich einen einigermaßen blickgeschützten Platz und legte sich auf ihr Badetuch. Sie schloss die Augen. Goldene Reflexe begannen zu tanzen. Und dann kamen die Bilder. Nase mit Sommersprossen, sanfte Augen, beim geringsten Lächeln tiefe Grübchen in den Wangen. Eine ganz besondere Art, sich die Haare aus der Stirn zu streifen, wenn sie mal wieder zu lang waren. Nicht ungeduldig, sondern nachsichtig. Daniel, der den Klettergurt abnahm, die Schuhe von den Füßen streifte.

Und dann die überraschende Frage. »Ich will am Wochenende zum Bouldern. Merkenstein – warst du da schon mal?«

Kopfschütteln.

»Magst du?«

Edina erinnerte sich noch ganz genau an das Gefühl, das diese einfache Frage bei ihr ausgelöst hatte. Eine Wärme, so als würde sie am ganzen Körper erröten.

»Ich frag mal Hannah, was sie vorhat.«

Die Grübchen traten in Aktion. »Ihr beide seid wohl nur im Doppelpack zu haben? Kein Problem, ich mag deine Freundin. Frag sie ruhig.«

Neues Bild. Hannah, kulleräugig. »Ich fass es nicht. Er hat sich endlich dazu durchgerungen, dich zu fragen?« Dann wild entschlossenes Kopfschütteln. »Ob ich mitkomme? Bist du verrückt? Denkst du, das würde ich meiner besten Freundin antun? Der ist doch schon schüchtern genug mit einer allein!«

Gar so schüchtern ist er dann nicht gewesen, dachte Edina. Zunächst sehr konzentriert beim Klettern und Sichern. Klar. Eine senkrechte Wand ist zum Flirten ja auch einigermaßen ungeeignet. Ziemlich distanziert und wortkarg beim Abstieg zum Parkplatz. Mit Müdigkeit erklärbar? Wie viel Anstrengung lag hinter dem, was so unglaublich leicht wirkte? Dann, als sie wieder im Auto saßen, hatte er sie an sich gezogen und geküsst. Übergangslos. So, als wäre es unvermeidlich. Als hätte er ganz genau gewusst, dass sie sich fragte, wie lange er eigentlich noch warten wollte. Ihre Partyerfahrungen mit Jungs waren eher so, dass man sich in schummrigen Ecken wiederfand, wenn man nicht aufpasste. Schneller, als man »Hormonstau« sagen konnte. Und sich gegen mindestens sieben Hände eines einzigen Tanzpartners zur Wehr setzen musste. Knutschereien waren keine ganz neue Erfahrung für Edina. Aber etwas war diesmal anders. Völlig anders. Sie fand es zum ersten Mal nicht im Geringsten eklig, dass da eine fremde Zunge in ihrem Mund herumspazierte.

Dann rückte er plötzlich ab von ihr. Seine Hand strich behutsam über ihre Haare. Folgte der Linie ihrer Wange. Hielt an ihrem Hals.

Bei dem Gedanken spürte Edina einen kurzen Stich an einer Stelle, die Daniel nie berührt hatte. Fantasie statt Realität. Und ihr Körper reagierte.

Mehr war nämlich nicht gewesen. Wie auch? Das Auto war ein Kleinwagen. Draußen war es kalt. Und Daniel wohnte in einer WG.

»Bald wieder?«, hatte er vor ihrem Haus gefragt.

Sie hatte Ja gesagt und es auch gemeint.

»Wir sehen uns Dienstag?«

»Klar!«

»Bis dann.«

Warum hatten sie keine Handynummern ausgetauscht? Ja – warum? Gute Frage. Jedenfalls war er am Dienstag NICHT gekommen. Am Freitag auch nicht.

Und dann hatte die Sache mit Gregor begonnen.

Und warum waren es jetzt Daniel-Bilder, die sie verfolgten? Sollten es nicht die erotisch viel deutlicheren mit ihr und Gregor sein? Schauplatz japanisch durchgestyltes Schlafzimmer? Mit Gregor, der von da an versucht hatte, jede Minute ihrer Freizeit zu kontrollieren. Bis er sie vor zehn Tagen angerufen hatte, um ihr mitzuteilen, dass er mit einer anderen in die Ferien fahren würde.

Ferien ohne Gregor.

Warum Daniel nicht gekommen war? Was spielte das noch für eine Rolle? Weil er mit wem anderen zusammen war, kein Interesse an ihr hatte, keine Beziehung wollte. Oder doch schwul war. Gut für Timmo.

Edina blinzelte in die Sonne. Rascheln, Stimmen, Bruchstücke einer Unterhaltung. Jemand richtete sich ganz in Edinas Nähe hinter der blickdichten Hecke häuslich ein.

Teil eines Satzes. »... denn der süße Typ, mit dem ich dich gestern gesehen habe?« Die Stimme kam Edina bekannt vor.

»Welchen meinst du? Ich bin bekanntlich von süßen Typen umzingelt.« Diese Stimme würde Edina immer und überall erkennen. Hannah.

»Ach komm. Vorm Eissalon. Max war's definitiv nicht.« Alles klar. Julia. Wer sonst. »Schaut aus wie Johnny Depps jüngerer Bruder. Braune Haare, irgendwie geheimnisvoll.«

»Ach so. Du meinst Daniel. Vergiss es. Der ist ganz schlecht drauf. Hat noch immer sein Herz in Gips. Edinas Schuld.«

Was meint sie damit?

»Ausgerechnet. Ich denke, die ist mit diesem Geldtypen zusammen, dem die Supermärkte gehören?«

Nicht ihm, seinen Eltern.

»Schon. Aber davor hatte sich was mit Daniel angebahnt. Hätte funktionieren können, aber er musste plötzlich nach Stuttgart. Mutter im Spital. Ein Unfall. Er klarerweise geschockt und total von der Rolle. Und wie er zurückkam, war Edina schon mit dem anderen Typen zusammen.«

Oh nein! Shit! Das darf nicht wahr sein! Und wieso hat er überhaupt von der Sache mit Gregor erfahren?

»Jutta hatte natürlich nichts Besseres zu tun, als ihm das sofort zu erzählen.«

Ja klar, das hätte ich mir denken können.

»Mir wär Daniel zehnmal lieber als dieser Porsche-Typ.«

Kein Porsche, ein ganz kleiner Toyota-Sportwagen.

»Steht sie auf die Kohle?«

Was wird Hannah darauf sagen?

»So ein Quatsch! Edina doch nicht! Auf gar keinen Fall. Verkettung widriger Umstände.«

Bravo. Das ist meine Hannah. Vielleicht sind wir doch noch Freundinnen.

»Obwohl – sie hat sich schon ziemlich verändert, seit sie mit Gregor zusammen ist.«

Gregor ist Geschichte. Und ich bin immer noch ich.

»Komm, gehen wir ins Wasser! Ich brauch eine Abkühlung.«

»Guter Plan.«

Während Hannah und Julia weg waren, packte Edina hastig ihre Sachen zusammen. Sie wollte den beiden nicht begegnen. *Herz in Gips,* hatte Hannah gesagt. Da war es wieder, das Thema des Tages.

Edinas Schuld. Zwei Wörter, ein seelischer Erdrutsch.

Als Edina zu Hause ankam, fiel ihr auf, wie angenehm kühl die Luft in den hohen Altbauräumen war im Vergleich zur dumpfen Hitze in den Straßen der Stadt. Erleichtert stellte sie fest, dass sie allein in der Wohnung war. Edina ging in die Küche, mixte Joghurt mit Mineralwasser und frischen Minzeblättern. Dieses spezielle Detail aus der Ayurveda-Küche liebte sie. Dann suchte sie unter den Meditations-CDs ihrer Mutter eine von Tom Kenyon heraus und ließ sich aufs Bett fallen. Sie horchte auf die Stimmen, die sich zu einem seltsamen Sound mischten. Die Gedanken machten sich selbstständig.

Ferien ohne Gregor.

Eigentlich seltsam. Verglichen mit den präzisen Bildern von ihrer ersten Begegnung mit Daniel erinnerte sie sich an Gregors Auftauchen nur unscharf. Im Starbucks war es gewesen, sie und ein paar aus der Boulder-Runde saßen nach dem Training beisammen. Warum war Daniel eigentlich nicht dabei? Richtig, irgendwer hatte es erwähnt: ein Casting bei einer Werbeagentur für einen Fernsehspot. Er brauchte dringend irgendwelche Zusatzeinkommen. Im Gegensatz zu Gregor hatte Daniels Familie kein Geld.

Jemand kam an ihren Tisch, grüßte flüchtig in die Runde und wechselte ein paar Worte mit Timmo. Edina nahm es kaum zur Kenntnis, sie war in ein Gespräch mit Hannah vertieft. Irgendwann schaute sie dann doch in seine Richtung, ein kurzer Blickkontakt mit Augen, die nicht weiter beeindruckten, das war's auch schon.

Erst nachher hatte Timmo Gregors Namen erwähnt.

»Der heißt so wie die Supermärkte?«, hatte irgendwer belustigt gefragt.

»Andersrum.« Timmo machte eine kreisende Bewegung mit dem Zeigefinger. »Die Supermärkte heißen so wie er. »Der Knabe ist schwerreich. Penthouse, Yacht und all das. Seine Freundin, na ja, mittlerweile Exfreundin, ist ein Topmodel. Eine von denen, die zwischen Rom und New York hin und her jetten.« Timmo sah Edina plötzlich nachdenklich an. »Komisch. Vom Typ her bist du ihr gar nicht unähnlich.« Er kniff die Augen zusammen. »Doch ja. Stellt euch Edina um zehn Zentimeter größer vor. Und magersüchtig. Dann habt ihr das Bild.«

»Dazu kommt es nicht. Starbucks sei Dank«, hatte Hannah unbeeindruckt gesagt. »Ich hol uns noch eine Zimtschnecke. Oder zwei?«

Gregors Supermärkte und Model-Exfreundin mit Jobs in Rom und New York hatten keinem in der Runde imponiert. Hätte er eine Erstbesteigung in Tibet oder ein Free Solo in einem Zehner vorzuweisen gehabt, wäre das was anderes gewesen. Aber so …

Edina erkannte ihn daher auch nicht wieder, als er ihr Wochen später über den Weg lief, stehen blieb, und »Ja, hallo! Wir kennen uns doch!« sagte.

Einfallslose Anmache oder was? Ratlos schaute sie in das Gesicht, das ihr dann doch irgendwie bekannt vorkam.

Das Gesicht produzierte gekonnte Kummerfalten. »Ich seh schon. Mein Charme ist auch nicht mehr, was er einmal war. In jüngeren Jahren war sein bleibender Eindruck auf schöne Mädchen sprichwörtlich.«

Jetzt erinnerte sich Edina an seinen kurzen Auftritt im Starbucks. Gegen ihren Willen lachte sie. »Wie alt bist du denn?«

»Vierundzwanzig. Aber noch sehr rüstig.«

Edina lachte schon wieder.

Das war er gewesen, der Anfang dieses halben Jahres mit Gregor. Nicht ganz ein halbes Jahr. Fünf Monate und siebzehn Tage.

Tom Kenyons Stimme vor einem Hintergrund von Vogelstimmen und Wellengemurmel hatte seine Wirkung getan. Edina stellte mit einem Blick auf die Armbanduhr fest, dass sie offenbar eine Stunde geschlafen hatte. Sie fühlte sich ausgeruht und zu etwas bereit, was sie schon längst hätte tun sollen. In der Wohnung war es immer noch still. Gut so. Edinas Mutter hatte die unangenehme Angewohnheit, ihr über die Schulter zu schauen, wenn sie am Laptop saß. Edina seufzte. Es war noch viel Erziehungsarbeit zu leisten.

Sie setzte sich an den Schreibtisch und ging in ihrem MacBook auf iPhoto. Die neueste Version hatte ein Programm, das in der Lage war, Gesichter zu identifizieren. Sie durchsuchte die importierten Foto-Ereignisse der letzten fünf Monate und siebzehn Tage. Segeln auf der Alten Donau, verschiedene Feste der Segelfreunde, Segeln auf dem Neusiedlersee, die Fete zur

Feier ihres knapp, aber doch geschafften Segelscheins. Der Prüfer hatte wohlwollend übersehen, dass sie beim Anlegemanöver den Steg rammte. *Er ist ein alter Freund unserer Familie. Er weiß, dass wir beide zusammen sind, und hätte dir den Schein auch gegeben, wenn du bei Windstille gekentert wärst.*

Nicht unfreundlich hatte Gregors Stimme geklungen, nur amüsiert. Es war trotzdem frustrierend. Wochenlang hatte sie Palstek und Mastwurf geübt, Wende und Halse. Ja, anlegen auch, gegen den Wind aufschießen, wie das absurderweise genannt wurde. Den Schein hielt sie schließlich in der Hand, aber offenbar nicht aufgrund ihrer Leistung, sondern weil man Gregors Freundin einfach nicht durchfallen ließ.

Edina markierte Gregors Gesicht und gab den Auftrag, alle Fotos mit ihm in einem eigenen Ordner zu versammeln. Es waren nicht allzu viele. Die meisten waren sowieso in Gregors Computer. Auf den hatte sie keinen Zugriff. Schade eigentlich. Einen Augenblick spielte Edina mit dem Gedanken, sich die ausgewählten Fotos als Diashow vorspielen zu lassen, aber dann entschied sie sich dagegen. Stattdessen schob sie den Ordner in den Papierkorb und gab den Auftrag »Papierkorb entleeren«. Das Programm fragte ordnungsgemäß an, ob sie die betreffenden Objekte wirklich und dauerhaft löschen wollte. Edina bestätigte.

So.

Ferien ohne Gregor. MacBook ohne Gregor. Das war nur konsequent.

Und immerhin ein Anfang.

Die innere Festplatte war eine andere Sache.

Das erste Date hatte ganz unauffällig angefangen. Kino. *Vicky Cristina Barcelona.* Erstaunlicherweise war Gregor ein Woody-Allen-Fan. Außer ihren Eltern kannte Edina niemanden, der seine Filme mochte. Nie ein Brad Pitt drin. Oder ein Leonardo DiCaprio.

Sie sahen den Film im Original. Weil Gregor genau wie sie synchronisierte Fassungen nicht mochte. Noch eine Übereinstimmung. Schon die zweite.

Edina, die an das Gesetz der Serie glaubte, fragte sich, was die dritte sein könnte.

»Hat's dir gefallen?« Sie standen vor dem Kino. Gregor stellte den Mantelkragen hoch.

Sie nickte nur.

»Trinken wir noch was?«

»Okay.« Wenn er jetzt was Alkmäßiges bestellt, nehm ich ein Taxi, dachte Edina.

In der kleinen Bar neben dem Kino bestellte Edina Pfefferminztee und Gregor Apfelsaft mit Leitungswasser.

Edina konnte den Beifall ihrer Eltern förmlich hören.

»Nur weil du fährst oder grundsätzlich?«, fragte Edina mit Blick auf den Apfelsaft.

»Alkohol ist nicht mein Ding.«

»Meins auch nicht.« Da war sie schon, die erwartete dritte Übereinstimmung.

Sie redeten noch über den Film. Die Art, wie Woody Allen Dialoge so anlegte, als wäre man zufälliger Zuhörer. Mit allen Pausen und Unsicherheiten drin.

Gregor schaute auf die Uhr. »Sorry, aber ich muss heute noch lernen. Hab morgen eine BWL-Prüfung.«

Edina hatte keine Ahnung, was BWL war, aber sie fragte nicht. Nahm sich bloß vor, es gelegentlich zu googeln.

Sie wollte ihren Tee selbst bezahlen, laut wiederholtem mütterlichen Ratschlag. Gregor wehrte mit einem Lächeln ab. Nicht machomäßig. Nett.

Sie gingen zu seinem kleinen Toyota-Sportwagen. Gregor fuhr bedächtig, gar nicht angeberisch, das war ihr schon auf dem Weg zum Kino aufgefallen. Noch einmal glaubte sie, elterlichen Beifall zu hören.

»Ist es okay, wenn ich kurz in meine Wohnung geh, ehe ich dich nach Hause bringe?«, fragte er. »Ich will mir nur schnell ein paar Skripte holen und setz mich nachher noch in ein Kaffeehaus, da kann ich am besten lernen.«

»Klar.« Sie nickte.

Er parkte vor einem Jugendstilhaus.

»Wartest du im Auto? Ich bin gleich wieder da. Oder magst du kurz mit raufkommen?«

Sie war neugierig, wie er wohnte. »Ich komm mit.«

Mit dem Lift in den fünften Stock. Sie landeten direkt in Gregors Penthouse. Ein ausgebauter Dachboden. Genau das, wovon Edinas Eltern träumten.

»Wie groß ist das Ganze?«, fragte sie.

»So um die zweihundert Quadratmeter«, antwortete er gleichgültig. »Plus Dachterrasse.«

Ziemlich exakt das, wovon Edinas Eltern träumten. Und warum sie Lotto spielten.

Sie zog ihre Jacke nicht aus, ging hinaus auf die Terrasse. Vor ihr flimmerten die Lichter der Stadt. Schön, so eine Landschaft aus Lichtpunkten.

Dann stand Gregor hinter ihr, drehte sie sanft zu sich und küsste sie. Nicht fordernd. Ganz vorsichtig. Zu ihrer eigenen Überraschung küsste sie zurück.

Heftiger als er.

Er nahm ihr Gesicht in beide Hände und sah sie so genau an, als suchte er die Antwort auf eine Frage. »Verdammt«, sagte er dann wenig romantisch. »Das wird gefährlich.«

Das Telefon läutete. Edina tauchte aus ihren Gedanken auf wie ein Schwimmer von einem Tauchgang ohne Sauerstoffflasche. Festnetz, da lief der Anrufbeantworter. Das Klingeln hörte auf, ohne dass jemand eine Nachricht hinterließ.

Wenig später *Sail away,* stark stilisiert. Das war Edinas Handy. Gregor hatte ihr diesen Klingelton verpasst. Wer denn sonst.

Vater ruft, verkündete das Display.

»Ja?«

»Ich bin's«, sagte Edinas Vater.

»Ich weiß«, antwortete Edina. »Schlaue Handys können das.«

»Wo bist du?«

»Zu Hause.«

»Aha.« Vermutlich überlegte er, ob er sie fragen sollte, warum sie das Festnetztelefon ignorierte. Er tat es nicht. »Hör mal, ich kann deine Mutter nicht erreichen. Ich hab sie auf dem Handy angerufen, aber sie hebt nicht ab. Sprachbox ist auch nicht an.«

»Du kennst doch Mama. Akku leer oder einfach nicht eingeschaltet oder sie hat das Ding unter fünf Kilo Basmatireis und Kichererbsen begraben.«

Edinas Vater lachte. »Ich wollte sie auch nur erinnern, dass ich heute zum Klassentreffen geh. Es kann spät werden. So was vergisst sie leicht und dann nimmt sie mir ihr schlechtes Gedächtnis übel.«

»Ich sag es ihr, wenn sie kommt«, versprach Edina. »Viel Spaß.«

Klassentreffen. Würde sie selbst auch irgendwann zu solchen Treffen gehen? Alle würden Fotos ihrer Kinder herumzeigen. Oder von fantastischen Reisen erzählen. Edina hoffte, dass sie zur zweiten Gruppe gehören würde. Die Sache mit Kindern stand nicht auf ihrem Wunschzettel. Glaub mir, das ändert sich, hatte ihre Mutter einmal versichert. Karriere war das Wichtigste für mich. Und dann warst du plötzlich da und sofort die Hauptsache in meinem Leben. Edina versuchte, sich Hannah zwanzig Jahre älter vorzustellen. Oder Julia. Es gelang ihr nicht. Sie probierte es mit ihrem Spiegelbild. Das schon gar nicht.

Fotos konnte man chronologisch ordnen. Gedanken nicht.

»Es ist unser erstes Date«, sagte Gregor, als sie auf seinem Futonbett lagen und er sie bedächtig aus den winterlichen Hüllen schälte. »Ich hoffe, du denkst nicht, dass ich immer so leicht zu haben bin.«

Edina lachte. »Das ist mein Text. Aber keine Sorge, ich werde dich weiterhin achten.«

Sie lachten beide und wurden kurz darauf beide gleichzeitig ernst. »Willst du es wirklich?«, fragte Gregor. Seine Hand wanderte weiter, was bei Edina kurzfristige Atemnot verursachte. »Ja, ich denke, du willst es wirklich«, sagte er.

Routinierter Griff in die Schublade des schwarzen Lackschränkchens neben dem Bett. Die andere Hand bewirkte weiterhin interessante kleine Gefühlsexplosionen.

»Aber solltest du nicht eigentlich lernen?«, gelang es ihr immerhin zu sagen. Sie wunderte sich, wie verändert ihre eigene Stimme klang.

»Das tu ich gerade«, murmelte Gregor.

»Warum hast du es mir nicht gesagt?« Gregor saß an das japanisch inspirierte Betthaupt gelehnt und schaute zu Edina hinunter.

»Gesagt? Was?«

»Dass es Neuland ist für dich.«

»Du hast nicht gefragt.«

»Das stimmt. Trotzdem ...«

»Hätte es denn etwas geändert?«

»Möglicherweise hätte ich's mir überlegt. Ich hab was gegen emotionale Verwicklungen. Der erste Mann in deinem Leben und der ganze Kram. Ich kann dir nicht versprechen, wie lange es dauern wird.«

Edina setzte sich auf, strich sich die Haare aus der Stirn. »Sag mal, irr ich mich oder überlegst du dir gerade, wie du Schluss machen kannst?«

»Ihr Mädchen!« Gregor seufzte theatralisch. »Ihr interpretiert immer alles so übertrieben.«

»Ihr Mädchen«, wiederholte Edina. »Sammelbegriff. Weil man sie so schwer auseinanderhalten kann.« Sie begann wütend nach ihrem Slip zu suchen.

Gregor hielt ihre Hand fest. »Zorn steht dir ausgezeichnet. Was hab ich denn Falsches gesagt? Erklär es mir. Ich bin lernfähig.«

»Sag nie ›ihr Nagetiere‹ zu einem Streifenhörnchen«, antwortete Edina ernsthaft.

»Mein Streifenhörnchen«, sagte Gregor zärtlich. »Komm, wir wiederholen das. Ich kann es besser als vorhin.«

Trotz allem, was sie jetzt wusste, musste sie bei dem Gedanken lächeln.

Und Daniel? Keine Gedanken an ihn? In keinem Augenblick? Oh doch, natürlich. Im Kino kurz einmal, weil ihm der junge Schauspieler im Trailer des Vorprogramms irgendwie ähnlich sah, und im Café, als sie vom Klettern redete, und dann auf der Terrasse, als sie auf die Lichter der Stadt schaute, während Gregor seine Prüfungsunterlagen zusammensuchte. Aber jedes Mal schob sie die unerwünschten Gedanken beiseite. Aus Enttäuschung. Oder gekränktem Stolz. Oder verletzter Eitelkeit. Oder was immer es war, das in Verbindung mit Verliebtheit diese seelische Reaktion hervorrief: Zorn mit unverkennbaren Anteilen von Rachegelüsten. *Wir sehen uns Dienstag*. Aber er war nicht mehr gekommen. Nicht am Dienstag und auch nicht am Freitag. Keiner wusste, was mit ihm los war. Als sie da auf Gregors Terrasse stand, waren es genau acht Tage, seit sie sich vor ihrem Haus getrennt hatten. Das ließ an Eindeutigkeit ja wohl nichts zu wünschen übrig.

Hatte sie gedacht.

Und dann waren die Gedanken an Daniel in eine Gefühlsströmung geraten, aus der sie erst viel später wieder auftauchten.

Nicht ein einziges Mal war sie nachher noch beim Indoor-Klettern gewesen. Einerseits, weil sie Daniel nicht treffen wollte, andererseits, weil Gregor sehr rasch begann, über ihre Zeit zu verfügen. Klettern fand er vulgär und ihre Freundin Hannah pubertär. Die Dienstag- und Freitagabende belegte er so lange so konsequent, dass sie ihre einschlägige Kondition gründlich verlor. Hannah hatte recht gehabt. Die Muskeln, die man zum Klettern braucht, wollen in Übung bleiben.

Außerdem brauchte das Lernen für den Segelschein Zeit, genauso wie die Vorbereitungen für den Segeltörn und der Sprachkurs in Neugriechisch. Schule war auch manchmal ganz schön stressig. Edinas Begabung für Sprachen wurde durch eine gewisse Teilleistungsschwäche in den naturwissenschaftlichen Fächern relativiert.

Der Anruf war ohne Vorwarnung gekommen, wie eine Fallböe für Segler oder ein Felssturz für Kletterer.

»Hi, ich bin's!«, hatte Edina gerufen, als sie um eins aus der Schule zurück war und die Wohnungstür hinter sich zuzog.

Die Antwort ihrer Mutter kam aus der Küche und war unverständlich. Daran änderte sich nicht viel, als Edina sich dem Ort des Geschehens näherte.

»Tamatar mung dal«, verkündete ihre Mutter.

»Ja?«, fragte Edina vorsichtig.

»Danach Mithe samosa. Als Nachtisch.«

Aha, es handelte sich also um indische Gerichte. Wann immer Edina an das Gespräch dachte, das dann folgte, hatte sie unvermeidlich den Geruch exotischer Gewürze in der Nase.

Ihr Handy in der Jackentasche sang *Sail away.* Sie warf einen kurzen Blick auf die Ruferkennung. Aha. Gregor wollte sie bestimmt an das Treffen mit den Freunden erinnern.

»Keine Sorge, ich vergess nicht«, sagte sie fröhlich. »Heute um sechs im Clubhaus.«

»Nein. Es hat sich etwas geändert.« Gregors Stimme klang als hätte er eine zu enge Krawatte um.

»Nicht heute?«, fragte Edina. »Wann dann?«

»Hör mal«, sagte er mit dieser engen Krawattenstimme. »Es ist nicht einfach für mich, dir das zu sagen: Linda ist zurück.«

Linda. Vermutlich meinte er nicht die Yacht, sondern das zwischen Rom und New York jettende Model. Edina blieb stumm.

»Sie meinte, dass wir unserer Beziehung noch eine Chance geben sollten.«

Definitiv nicht die Yacht.

»Und was genau bedeutet das?«, fragte sie.

»Linda kommt mit auf den Törn.«

»Das wird ein bisschen eng«, sagte Edina. Und war stolz darauf, wie cool sie klang.

»Eben.« Pause. »Es tut mir leid.«

»Ja«, sagte Edina. »Na dann: Mast- und Schottbruch.« Ein Glückwunsch unter Seglern. Allerdings meinte sie wortwörtlich, was sie sagte.

»Was genau war das?«, fragte Edinas Mutter, als Edina das Handy einsteckte. »Du bist ja ganz blass.«

Edina sagte es ihr. Und erwartete fast, dass ihre Mutter einen weisen indischen Spruch dazu auf Lager hatte. Aber ihre Mutter sagte nur knapp und ganz unindisch: »Arschloch.«

Edina stand in ihrem Zimmer, schaute sich um und bekam plötzlich Lust, alles zusammenzutragen, was sie in die Ferien mitnehmen wollte. Vielleicht fehlte ja doch noch etwas. Sie grinste in sich hinein. Garantiert kein Lodencape, aber vielleicht ein Dildo? Atlanta, die bis vor Kurzem in der Schweiz gelebt hatte und jetzt in ihre Klasse ging, hatte neulich so ein Ding mitgebracht. In der Schweiz wurde im Sexualkundeunterricht ganz offen über alles geredet. Über Aids, Hepatitis C und Verhütung sowieso. Aber auch über Selbstbefriedigung mit Kautschuk-Penissen, falls kein passender Sexualpartner aufzutreiben war.

Ach was! Klettern war sowieso besser als jeder Orgasmus! Felswände hatten so etwas beruhigend Verlässliches. Edina legte nach und nach ihre Ausrüstung auf die Bettdecke. Klettergurt, Seil, Helm, Windjacke, Hose mit Cargotaschen. Und eine eng anliegende, elastische, in Caprilänge.

Das Handy trällerte wieder sein *Sail away* aus einer anderen Zeit, und Edina beschloss genervt, sich ganz schnell einen anderen Klingelton zuzulegen. Vielleicht in Anbetracht ihres Ferienziels den Erzherzog-Johann-Jodler, sofern der in einer Klingeltonfassung zu haben war.

Blick auf das Display. Aha, ihre Mutter und ihr Handy hatten wieder zueinandergefunden.

»Hallo, Lieblingskind«, sagte sie. »Was hältst du denn davon, wenn ich uns eine Pizza mitbringe?«

»Mich machst du glücklich«, sagte Edina. »Aber was ist mit deinem ayurvedischen Gewissen?«

»Krishna sieht nicht alles«, sagte ihre Mutter.

»Ist das der Typ vom India Shop?«

Edina hörte ihre Mutter lachen. »Nein, das ist der Typ, der in Indien als Gott verehrt wird.«

Aha. Na ja, man konnte schließlich nicht alles wissen. Und indische Götter waren nicht ihr Ding.

Weiter mit der Ausrüstung. Kletterschuhe, Chalkbag ...

Schon wieder *Sail away*. Edina hatte fast darauf gewartet. Ihre gewissenhafte Mutter hatte vergessen zu fragen, welche Sorte Pizza es sein sollte, obwohl Edina eigentlich immer denselben Wunsch äußerte.

»Spinat mit Schafskäse«, sagte sie, diesmal ohne vorher das Display zu checken.

Stille.

Dann nach einer Weile ein nur zu bekanntes Lachen: »Es hat sich also nicht viel geändert. Noch immer deine Lieblingspizza?«

Gregor.

Was wollte er? Einen ersten Zwischenbericht seiner aufgewärmten Beziehungsgeschichte abliefern?

»Es war ein Fehler. Ein Riesenfehler«, sagte er. »Das mit Linda und mir funktioniert nicht.«

Ja – und?

Er wartete auf eine Reaktion Edinas. Als keine kam, redete er ein wenig irritiert weiter. »Du hast jedes Recht, auf mich sauer zu sein. Aber es kann alles wieder werden, wie es war.«

Alles werden, wie es war. Das fiel unter den Oberbegriff »gefährliche Drohung«.

Er redete schon weiter. »Der Platz auf dem Boot ist wieder frei.

Umgetauft wird es auch. Ich schwanke noch zwischen EDINA und …« Kunstpause.

Na sag schon.

»SCHWARZGELD.« Amüsiertes Lachen, in das Edina nicht einstimmte. »Bist du noch da?«

Nicht mehr lange.

Seine Stimme wurde drängend. »Wir hatten doch eine super Zeit miteinander. Immerhin hab ich aus einem – entschuldige bitte – ehemals etwas unbeholfenen Teenager eine Klassefrau gemacht.«

Das reicht.

Der »ehemals unbeholfene Teenager« drückte entschlossen auf den roten Knopf. *See you soon,* sagte das Handy noch, bevor die Verbindung zum Netz unterbrochen wurde.

Edina tauchte in die Tiefen des Kleiderschranks. Drei Bikinis, winzig, fünf bauchfreie Tops, seeehr bauchfrei. Dann noch zwei paar superflache Ballerinas und ebenso flache Converse-Turnschuhe. Minirock, sehr mini. Doch ja, der musste auch mit. Und ihr altes Tagebuch.

Zufrieden betrachtete sie das Ensemble auf der Bettdecke.

Ferien ohne Gregor.

Nichts und niemand würde sie um dieses Vergnügen bringen.

»

Edith Schreiber-Wicke | Autorin vielfach ausgezeichneter Kinder-, Jugendbücher und Krimis, lebt in Wien und Venedig. Sie studierte Theaterwissenschaften, Germanistik und Kunstgeschichte und arbeitete in einer Werbeagentur als Texterin. Zwei Töchter: Chantal (Schriftstellerin) und Svenja (Schauspielerin).

Edith Schreiber-Wicke in der Reihe *Ich bin Ich!*

Hauptsache anders

Viel Lärm um mich

«

2

Cora Gofferjé

Missing sock

»Mit achtzehn wollte ich eigentlich die tollste Zeit meines Lebens *vor* und nicht *hinter* mir haben!«, seufze ich, als ich Katrin den Ballon mit der überdimensionalen Achtzehn aus der Hand nehme, mit dem sie mir beim Aufräumen nach der Party lästig im Gesicht herumfuchtelt. Kurzerhand grapsche ich eine der Plastikgabeln aus dem Kartoffelsalat und piekse mehrfach in den monströsen Luftballon, bis er endlich mit lautem Getöse zu einem mickrigen Fetzen zusammenschrumpelt.

»Wie jetzt? Sexuell gesehen?«, will Svea es genauer wissen.

»Na ja, zumindest auf Jungs bezogen! Ich glaube kaum, dass nach Timo noch mal ein adäquates Exemplar in meinem Leben auftaucht.«

»Das ist jetzt zwei Jahre her!« Katrin schüttelt verwundert den Kopf.

Tsss, als ob ich ihn deshalb schon vergessen haben müsste!

»Ja, eben, und danach kam nur noch Schrott!«

»Und deshalb gehst du zum Abgewöhnen nach San Francisco?!« Svea stopft sich eine Handvoll Erdnussflips in den Mund. »Hättest ja auch mal an deine Freundinnen denken können, wenn wir dich mal besuchen kommen, ist da tote Hose!«

»Wieso, gibt's da keine tollen Männer?«, fragt Katrin.

»Doch, die haben nur einen klitzekleinen Schönheitsfehler«, schmatzt Svea, »die sind alle schwul.«

»Eben!«, stelle ich zufrieden fest. »Ich hab keinen Bock auf Probleme, Beziehungsstress und One-Night-Stands! Ab Morgen werde ich meinem Leben einen ganz neuen Sinn geben, und Jungs haben darin ü-ber-haupt keinen Platz mehr!«

»Meine Eltern hätten das nie erlaubt«, seufzt Katrin, während sie Guacamole-Reste vom Sofakissen pult. »Sooo weit weg!«

»Du bist ja auch völlig unselbstständig, Süße«, bemerkt Svea uncharmant, »und noch nie aus Europa rausgekommen.«

Da hat sie nicht ganz unrecht, denke ich. Katrin ist das, was man wohlbehütet nennt.

»Vielen Dank!« Katrin verdreht die Augen. »Ich hatte fast schon wieder vergessen, wofür man beste Freundinnen hat! Trotzdem, dass deine Mutter das erlaubt ...«

»Unsere Lena ist achtzehn!« Svea hebt zu Demonstrationszwecken die Kartoffelsalatgabel mit dem Luftballonfetzen hoch.

»Wir auch!« Katrin lässt das Argument nicht gelten.

»Aber im Gegensatz zu uns setzt Lena immer durch, was sie will!« Svea klopft mir auf die Schulter, und die beiden werfen sich einen vielsagenden Blick zu.

»Meine Mutter kennt ja die Familie, in die ich komme«, relativiere ich die Aussage. »Judith war früher mal ihre beste Freundin! Außerdem musste ich ja schon ziemlich früh selbstständig werden.«

Mit einem Ruck schlage ich eine dieser riesigen blauen Müllsäcke auf, um einen Schwung dreckiger Pappteller darin zu entsorgen. Während ich die Reste der Pappbecher in die leere

Bowlenschale gieße und die eklige Farbe bestaune, die bei diesem Gemisch entsteht, überkommt mich wieder dieses unruhige Gefühl in der Magengegend. Morgen fliege ich für ein halbes Jahr nach Amerika! Seit Wochen kann ich kaum noch erwarten, dass es endlich losgeht. Meine Koffer stehen seit zwei Tagen fertig gepackt im Flur und schreien danach, endlich aufgegeben zu werden. Die Geburtstagsparty habe ich nur wegen meiner beiden besten Freundinnen veranstaltet, ich selbst hatte überhaupt keine Lust dazu. Ich will einfach nur weg. Englisch lernen und mich auf mein Touristikstudium vorbereiten.

»Kann man nicht am Tage seiner Volljährigkeit direkt zur Tagesordnung übergehen?«, meckere ich. »Lächerlich, was man alles mit dieser Zahl verknüpft.« Naserümpfend ziehe ich die Kerze, die heute Morgen noch die Form einer Achtzehn hatte, aus dem Überbleibsel der zusammengematschten Geburtstagstorte und werfe sie achtlos in die Mülltüte.

»Während wir die Vorzüge jetzt schon genießen können, musst du in den USA noch ein braves Leben führen. Viel Spaß!« Svea drückt mir drei leere Sektflaschen in die Hand.

»Dass man in Amerika erst mit einundzwanzig volljährig ist, bedeutet ja nicht, dass man sich nicht auch amüsieren kann!«, entrüste ich mich.

»Ohne Jungs und ohne das hier«, Svea tippt mit dem Finger auf eine der leeren Flaschen, »wird's mal so richtig öde.«

»So'n Schwachsinn. Du willst mir doch nicht erzählen, dass man nur mit Jungs und/oder Alkohol Spaß haben kann!« Ich lasse die leeren Flaschen in die Plastiktüte fallen.

»Okay, eins zu null für dich! Aber *ohne uns*«, sie deutet auf Katrin und sich, »wird's echt ätzend!«

Dabei sieht sie aus, als hätte sie soeben auf eine saure Zitrone gebissen. Um ihre Traurigkeit zu überspielen, stimmt sie unvermittelt das Lied an, das wir uns seit unserem ersten Kindergartentag an Geburtstagen gegenseitig vorschmettern, und Katrin stimmt mit ein: »*Happy Birthday to you, Marmelade im Schuh, Aprikose in der Hose, happy birth...*« Plötzlich versagen ihnen die Stimmen. Die fangen jetzt doch nicht gleich noch zu flennen an? Bloß das nicht!

»So, das war's, den Rest schaffe ich alleine!« Ich bugsiere die beiden kurzerhand hinaus und bin erleichtert, dass ich die Gefühlsduselei noch rechtzeitig stoppen konnte.

Das war gestern, nein, besser gesagt heute, mittlerweile ist es nämlich drei Uhr morgens, und mir bleiben nur noch ein paar Stunden Schlaf. Erschöpft werfe ich den Lappen in die Spüle. Plötzlich durchfährt mich ein Gedanke: Warum kann *ich* bei einem Abschied eigentlich nicht weinen? Ich meine, ich gehe für ein halbes Jahr weg, verlasse dieses Haus, meine Mutter, meine Oma, meine Freundinnen. Bin ich unsensibel? Extrem stark? Oder innerlich total verhärtet? Fest presse ich die Augen zusammen und versuche, mir eine Träne herauszuquetschen – nichts.

Ich denke an Timo, der mit seinen Eltern vor zwei Jahren nach Brasilien gezogen ist. Pressen, drücken, zusammenkneifen – null. Ich denke an all die Jungs, in die ich mich nach Timo mehr oder weniger erfolgreich verliebt habe. An Jan, das letzte Exemplar, der nur dann auftaucht, wenn ihm zwischen Hockeyspielen und Abhängen mit seinen Kumpels nichts Besseres einfällt – meine Augen sind furztrocken.

So, und jetzt denke ich an was ganz Schlimmes, an damals, an meinen ersten großen Abschied, den ich bereits mit sechs Jahren hatte, als mein Vater mich morgens noch zur Schule brachte und danach mit der Mutter eines Klassenkameraden nach

Hause ging, für immer. Nichts passiert, ich bin ausgetrocknet wie die Wüste Gobi.

Selbst Mama, die in Sachen Abschied Profi ist, stirbt jedes Mal tausend Tode und vergießt Bäche von Tränen, obwohl Trennungen sozusagen ihr Job sind. Sie ist Stewardess. Das heißt, ich war viel allein und früh auf mich gestellt. Der einzige Vorteil an Mamis Job ist, dass ich ziemlich früh selbstständig geworden bin, bereits mit zehn Jahren vier Kontinente bereist habe und in Amerika bestimmt schon fünfmal gewesen bin, auch in San Francisco. Außerdem sind wir, weil Mami immer so viel weg war, hierher zu Omi gezogen.

Mein Blick fällt auf die Balken dieses schönen alten Fachwerkhauses, das seit fast zwölf Jahren mein Zuhause ist. Meine Augen wandern über die Hortensienbüsche im Vorgarten, die Omi damals mit mir gepflanzt hat, um mich von meiner Trauer abzulenken, dann weiter zu ihren Bildern, die so fröhlich und farbig die Wände zieren. Omi ist Malerin, und als ich geboren wurde, war sie selbst erst achtunddreißig. Bei uns in der Familie scheinen die Frauen mit neunzehn schwanger zu werden, doch mit dieser Tradition werde ich brechen, das ist mal klar! Ich schließe die Fensterläden und schleiche mich leise nach oben in mein Zimmer. Bevor ich mich ins Bett lege, sortiere ich noch einmal meine Unterlagen und prüfe, ob auch wirklich alles komplett ist. Mami hat mir verraten, dass sie einen super Platz für mich organisiert hat, damit ich meine Beine während des langen Fluges ausstrecken kann. Eigentlich wollte sie morgen auf dieser Strecke arbeiten, sie hatte bereits den Flugplan mit einer Kollegin getauscht, damit sie mich begleiten kann. Auch wenn das fies klingt, aber ich bin dem Grippevirus dankbar, das ihr einen Strich durch die Rechnung gemacht hat – irgendwie hätte ich mich sonst ziemlich entmündigt gefühlt.

Es klopft leise an meine Tür. Das ist sie bestimmt.

»Ja?!« Ich setze mich im Bett auf.

»Ich habe noch Licht bei dir gesehen.« Es ist Omi, die durch den Türspalt zu mir hereinschlüpft. »Kannst du nicht schlafen?!«

»Du doch auch nicht?« Ich grinse schief und werfe einen Blick auf meine Uhr. Es ist drei Uhr zweiundzwanzig.

»Hast du Angst?« Sie setzt sich kurz zu mir auf die Bettkante und zieht mir liebevoll an einer Haarsträhne.

»Nein, überhaupt nicht, ich bin nur so aufgeregt. Die Vorfreude auf mein neues Leben kribbelt von den Zehen rauf bis in meine Haarspitzen.«

Omi lächelt verstehend. Dann erhebt sie sich wieder und legt einen Briefumschlag auf meinen Schreibtisch.

»Steck das morgen bitte noch in deinen Rucksack, ja? Ich hab dir eine CD mit ein paar Bildern gebrannt und dann willst du dir ja bestimmt noch was Schönes dort drüben kaufen ...«

»Ach, Omi«, seufze ich. »Du hast mir doch schon den Camcorder geschenkt!« Ich deute auf das Hightech-Teil auf dem Tisch.

»Das war purer Egoismus!« Ihre Hand umschließt die Türklinke. »Ich hoffe, du schickst mir gelegentlich ein Paar Filme und Bilder.«

»Klar, mache ich. Kannst sie dann ja auch Mami zeigen!« Ich zwinkere ihr zu, denn am Computer ist Omi mittlerweile deutlich fitter.

»Und du hast bestimmt alle Unterlagen?!«, versichert sich Mami zum x-ten Mal, als wir vor dem Durchgang zum Zollbereich stehen.

»Ja, ich habe alles, mach dich nicht verrückt!« Ich ziehe ihr den Schal strammer um den Hals. Sie hätte im Bett bleiben sollen, ihre Augen glänzen fiebrig.

»Wenn was ist«, sie schnäuzt sich die Nase, »ruf an, ich besorge dir ein Ticket, und dann kommst du auf dem schnellsten Weg wieder nach Hause!«

»Was soll schon sein ...!« Ich zucke die Schultern.

»Mir gefällt es gar nicht, dass Judith in den ersten paar Tagen nicht da ist!«

Mir schon. Dann kann ich schon mal ein wenig auf Sightseeingtour gehen, bevor ich mich um James und Mona kümmere.

»So, jetzt muss ich aber ...« Ich werfe den Rucksack über die Schulter. Mein Flieger wird bereits zum zweiten Mal aufgerufen. Schnell drücken mir Svea und Katrin, die mich ebenfalls zum Flughafen begleitet haben, noch ein kleines Päckchen in die Hand.

»Ihr habt mir doch gestern schon was geschenkt«, protestiere ich.

»Das hier ist nicht von uns«, flüstert Katrin konspirativ.

»Wenn das von Jan ist, kannst du es gleich wieder mitnehmen!«, blaffe ich sie an.

Doch bevor ich es ihr zurückgeben kann, wirft sich Mama mir mit einem lauten Schluchzer in die Arme. Ich drücke sie ganz fest und sehe dabei Omi tief in die Augen. »Pass gut auf Mami auf«, sage ich grinsend und dann werfe ich mich in Omis Arme, denn ich weiß, sie hält mich auf ihre Wir-gegen-den-Rest-der-Welt-Weise fest, und das ist genau das, was ich jetzt brauche.

»Wow«, wispere ich, als mich die Stewardess in den vorderen Bereich des Fliegers führt. Genial, ich fliege Business, was für ein Privileg! Aber irgendwas Positives muss es ja haben, wenn die eigene Mutter ihr halbes Leben durch die Gegend jettet und einen die meiste Zeit allein lässt. Ich plumpse in den fetten Sessel, greife nach der Fernbedienung, mit der ich mein TV-Programm nachher selbst gestalten kann, und schließe kurz die Augen. Endlich! Endlich geht es los!

»Darf ich dir was bringen?«

Ich öffne die Augen und sehe in das kantige Gesicht eines typischen Stewards: gut aussehend, braun gebrannt und freundlich lächelnd.

»Danke, ja, ich hätte gern eine Cola!«

»Etwas zu knabbern dazu oder Schokolade?«

Kopfschüttelnd nehme ich den Menüplan entgegen, den er mir soeben reicht.

»Hier, du kannst ja schon mal aussuchen, was du nachher essen möchtest.« Dann deutet er auf den Fenstersitz: »Du kannst es dir ruhig richtig schön bequem machen, der Platz neben dir ist frei.«

Als er sich zum Gehen wendet, sehe ich unsicher an mir herunter. Sehe ich noch so jung aus, dass man mich so ohne Weiteres duzt? Ich trage eine Jeans, einen roten Kapuzenpulli und rote Chucks, also mehr so aus der Kuschelabteilung für einen Langstreckenflug. Noch bin ich überzeugt von meinem pragmatischen Outfit, bis eine völlig durchgestylte Familie einsteigt. An ihnen ist gar nichts kuschelig, sie sind einfach nur todschick und ihre Reiseutensilien wie Extra-Nackenkissen, Turbo-Kopfhörer, rutschfeste Designer-Stoppersocken und Kaschmir-Schals gegen die arktische Kälte der Klimaanlage lassen vermuten, dass es sich um echte Globetrotter handelt. Die Tochter scheint in meinem Alter zu sein. Als ich sehe, wie sie mit laszivem Blick beim Steward ein Glas Champagner gegen ihre Flugangst bestellt, kichere ich in mich hinein. Wie naiv muss man sein, dass man seinen *most sexiest* Augenaufschlag ausgerechnet an einen Steward verschwendet, der hundertpro nur auf XY-Chromosomen-Träger steht?

In diesem Moment reicht er mir mein Getränk. »Deine Cola. Hast du schon einen Blick auf die Menüauswahl geworfen?«

»Äh, nein, noch nicht!« Ich werde rot, weil ich mich ertappt fühle.

»Nicht schlimm. Hast ja noch genug Zeit. Ich bin übrigens Rico und du kannst mich während des Fluges jederzeit ansprechen, wenn du was benötigst.«

»Gut, ja, danke, also, klar, werd ich machen.«

»Also, Rico, ich hätte gern ein paar Zeitschriften!« Das Mädchen tippt ihm auf die Schulter, dann reicht sie ihm die Hand. »Ich bin übrigens die Jasmin.«

Sie schlängelt sich auf den Sitzplatz vor mir und klimpert so lange mit den Wimpern, bis Rico mit den Magazinen wieder auf der Bildfläche erscheint. Ich hasse diese Puten, die sich offensichtlich für einen Typen zum Affen machen, aber diese Jasmin scheint echt ein Härtefall zu sein, schließlich verschießt sie ihr Pulver auch noch ganz umsonst, denke ich gehässig.

»Rutsch rüber«, fordert ihr jüngerer Bruder sie auf. Sein Gesicht ist kaum zu erkennen. Alles was Haar ist, hat er schräg ins Gesicht gekämmt und wahrscheinlich mit Haarspray dort fest gekittet, es bewegt sich nicht eine Strähne.

»Rutsch doch selbst rüber«, giftet Jasmin.

»Sag mal, was soll der Mist? Sonst willst du doch auch immer am Fenster sitzen!« Er quetscht sich an ihr vorbei und es scheint, dass er ihr dabei extra auf die Füße tritt.

»Au!«, kreischt seine Schwester. »Spinnst du? Ich habe Peeptoes an, hast du eine Ahnung, wie weh das tut, du Blödie?!«

»Hört mal ihr zwei«, mischt sich ihre Mutter ein, »ich denke, mit achtzehn und fünfzehn sollte man wissen, wie man sich zu benehmen hat.« Dann wendet sie sich an ihre Tochter: »Hab ich vorhin richtig gehört, du hast Champagner bestellt? Gegen deine Flugangst?«

»Wo ist das Problem, das machst du doch auch ständig!«

Nachdem sich die Mutter wieder umgedreht hat, zischt Jasmin: »Du behandelst deine Flugangst sogar, wenn du nicht fliegst ...«

Der Vater liest stoisch seine Zeitung weiter. Typisch, das ist meistens so. Andere Familien zu beobachten ist fast schon eine Art Sucht für mich. Früher habe ich mich oft gefragt, was ich versäumt habe, so ohne Vater. Aber dann haben mich die Querelen innerhalb der fremden Familien wieder versöhnt und mir gezeigt, dass ich offensichtlich nicht viel verpasst habe.

»Ich habe mir erlaubt, dir noch eine Cola zu bringen.« Rico reißt mich aus meinen Gedanken.

»Danke, sehr nett!« Ich reiche ihm den Zettel fürs Essen. »Ich habe alles angekreuzt.«

»Warst du schon mal in San Francisco?« Er nimmt mir das Blatt ab und bleibt neben mir stehen.

»Ja, aber das ist ewig her, da war ich sieben oder so.«

»Und jetzt? Wie alt bist du jetzt?«, grinst er verschmitzt. »Lass mich raten.« Er legt den Kopf schief. »Achtzehn?«

Wow, gut geschätzt.

»Ganz frisch, nicht wahr?«

Ich nicke.

»Seit gestern?« Er tippt sich mit dem Finger auf die Lippen.

Hallo, hat der hier irgendwo eine Glaskugel?

»Ich könnte auch noch deinen Namen raten!«

Ich schiebe die Unterlippe vor und recke das Kinn: »Na, dann mal los!«

»Lena Horbach!«

»Du hast auf die Passagierliste geguckt«, mir geht plötzlich ein Licht auf, »das ist unfair!«

»Na ja, nicht ganz, aber ich oute mich jetzt mal!« Er lehnt sich mit den Unterarmen auf Jasmins Kopfstütze.

Da bin ich aber gespannt.

»Deine Mutter hat mich sozusagen beauftragt, auf dich aufzupassen!«

»Meine Mutter?«, frage ich fassungslos. Wie peinlich ist das denn, bitte schön? Da engagiert die einen Babysitter für mich. Ich glaub, ich spinne.

»Ja, sie hat mich gestern angerufen. Christina und ich fliegen häufig zusammen. Sie bat mich, während des Fluges nach dir zu sehen und dich zu verwöhnen. Also, Lena Horbach ...« Er macht eine Verbeugung und legt sich die Serviette galant über den Arm: »Womit kann ich dienen?«

Jetzt muss ich doch lachen.

»Ich bin wunschlos glücklich, danke.«

»Wenn du Lust hast, ich bin noch ein paar Tage in San Francisco, besuche dort einen Freund ...«

Er meint wohl *seinen* Freund, aber der kann mir ja egal sein. Im Gegensatz zu Jasmin, die ihren Kopf angestrengt gegen die Rückenlehne presst. Sie hat ihre Lauscher auf Empfang gestellt, völlig unauffällig, wie sie glaubt.

»... ich könnte dir ein bisschen die Stadt zeigen, wenn du magst.«

»Gehört das auch zu deinem Aufpasserjob?«, necke ich ihn.

»Nein, das ist eine freiwillige Zusatzleistung«, schmunzelt er. »Aber ich bin ein richtig guter Reiseführer. Pass auf, ich schreibe dir meine Handynummer auf, und wenn du dich einsam fühlst oder einfach Lust auf einen gemeinsamen Städtetrip hast, dann ruf mich an, okay?«

Im selben Moment plingt das Lämpchen vor uns auf. Jasmin ruft nach dem Steward – das war ja klar. Eilig kritzelt er seine Handynummer auf meine Stoffserviette und drückt sie mir in die Hand.

»Ja, also, ich würde auch gerne eine private Sightseeingtour bei Ihnen buchen!« Jetzt versperrt sie Rico schon den Weg.

»Tja …«, lächelt Rico höflich.

Erstaunt stelle ich fest, dass sein Lächeln nicht professionell aufgesetzt ist, sondern tatsächlich freundlich bleibt.

»… das habe ich nur der jungen Dame hinter Ihnen angeboten, weil sie die Tochter einer Kollegin ist, ansonsten ist meine Zeit eher knapp bemessen. Aber ich kann Ihnen gerne eine Reise-Agentur nennen, die hervorragende Trips organisiert.«

»Danke, aber wir sind schon komplett verplant«, mischt sich ihr Bruder ein. »Dad hat doch bereits jede Minute durchorganisiert, du hast doch gar keine Zeit für ein Date!«

»Gut, dann bringen Sie mir bitte noch was zu trinken!« Jasmin gibt sich geschlagen.

Dachte ich.

»Trotzdem hätte ich gerne noch Ihre Handynummer!« Sie beugt sich vor und versucht, das Namensschild auf Ricos Hemdkragen zu entziffern: »Enrico Girandhelli!«

Kopfschüttelnd stopfe ich die Serviette mit Ricos Telefonnummer in meinen Rucksack, dabei fällt mir Jans Geschenk in die Hände, das Svea und Katrin mir kurz vor dem Abflug noch überreicht haben. Was da wohl drin ist? Neugierig wickele ich ein in Leder gebundenes Notizbuch mit der Aufschrift *Travel Diary* aus dem Geschenkpapier. Was für eine schöne Idee. Wo ist die Karte? Warum hat Jan nichts dazu geschrieben? So viel Einfallsreichtum habe ich ihm gar nicht zugetraut und es wundert mich, dass er mir überhaupt etwas schenkt, schließlich sind wir ja gestern im Streit auseinandergegangen, weil er einfach ungefragt seine Kumpels auf meine Party mitgeschleppt hat. Egal, auch wenn das Reisetagebuch eine wirklich nette Geste ist, mit uns wäre das sowieso nie was geworden. Gedankenverloren wickele ich das braune Lederband ab und werfe einen Blick auf die leeren Seiten. Ich liebe es, in ein neues Heft zu schreiben, es mit Inhalt zu füllen, und mag auch den Geruch von Papier. In dem Moment, in dem ich es wieder zuklappen will, sehe ich, dass Jan etwas hineingeschrieben hat.

Liebe Lena,
ich habe das Buch deinen Freundinnen mitgegeben, weil du und deine Mutter ja nicht mehr mit mir redet.

Was soll der Quatsch? Wieso sollte meine Mutter nicht mehr mit Jan reden? Ein Schauder der Erkenntnis durchfährt mich. Das Buch ist nicht von Jan! Es ist auch gar nicht seine Handschrift. Hektisch rasen meine Augen zum Textende, um meine Vermutung zu bestätigen, denn ich ahne, wer der Verfasser sein könnte. Tatsächlich, da steht *Papa*. Schluck, damit habe ich nun gar nicht gerechnet. Meinem ersten Impuls folgend, schlage ich das Buch wieder zu und schieße blitzartig von meinem Sitz hoch, um es in den Untiefen des Toilettenpapierkorbs zu entsorgen, wo es dann für immer und ewig im Weltall verglüht oder sich zumindest in Luft auflöst. Dann setze ich mich doch wieder zurück auf meinen Platz. Etwas in mir sagt mir, dass es unfair und feige ist, es nicht zu lesen. Irgendwann muss ich mich ja damit auseinandersetzen, dass ich einen biologischen Vater habe. Allerdings ist jetzt vielleicht einfach nicht der richtige Zeitpunkt. Es ist sicherlich nicht gut, wenn ich so aufgewühlt in mein neues Leben starte. Besser ich lese es, wenn ich mich ein wenig eingelebt habe. Also schlinge ich das Lederband mehrfach um das Buch herum, verstaue es wieder im Rucksack und lasse mich schnaufend gegen die Rückenlehne fallen, während ich auf die surreale Wolkenlandschaft unter mir stiere.

Immer wenn Papa mir näherrücken wollte, fühlte ich mich wie gelähmt, deswegen habe ich ihn auch jahrelang auf Abstand gehalten. Trotzdem ist da die Frage, wie lange ich es wohl aushalten kann, nicht doch wieder einen Blick in das Buch zu werfen, um zu lesen, was er mir geschrieben hat, um zu erfahren, was er mir sagen will ... Ach, ich weiß doch auch nicht, bis eben ging es mir richtig gut. Was fällt ihm eigentlich ein, sich jetzt, genau jetzt, wieder in mein Leben einzumischen? Langsam werde ich wütend. Vielleicht hat die Auseinandersetzung mit dem Thema aber auch eine Art therapeutischen Effekt, psychologisiere ich vor mich hin. Diese Faszination und das fast schon krankhafte Beobachten *kompletter* Familien, die mir zeigen, dass bei unserer ein Defizit vorherrscht, ein ganz konkretes, weil der Vater einfach nicht vorhanden ist, kann nicht wirklich gesund sein. Nicht umsonst habe ich mir immer Typen ausgesucht, die deutlich älter waren als ich. Ich kann es nicht mehr hören, dieses »Lena hat einen Vaterkomplex«. Sicher hat sie einen Vaterkomplex, ist doch logisch. Ach Shit! In dem Moment beobachte ich, wie Jasmins Vater sich erhebt, um für alle Familienmitglieder ein paar neue Zeitschriften und Snacks zu besorgen. Aber Jasmin mault nur, dass sie die Magazine schon gelesen hat und die Snacks lieber persönlich beim Steward bestellt. Sie weiß gar nicht zu schätzen, dass er sie verwöhnen will, dass sie einen Vater hat, mit dem sie sich auseinandersetzen kann und der sie liebt. Unbewusst presse ich mir die Hände ganz fest auf die Ohren. Ich kann das nicht mitanhören.

»Geht's dir gut?«, dringt Ricos Stimme dumpf zu mir durch.

Schnell lasse ich die Hände sinken und räuspere mich. »Ähem, ja, klar, super, ich hatte nur so einen Druck auf den Ohren«, lasse ich eine kleine Notlüge verlauten.

»Warte«, er zückt einen Kaugummi aus seiner Brusttasche, »der hilft.«

Kurze Zeit später falle ich völlig erschöpft in einen tiefen Schlaf. Schließlich habe ich letzte Nacht so gut wie gar nicht geschlafen. Erst als wir im Landeanflug auf San Francisco sind, wache ich wieder auf.

Judiths Haus steht auf einem der dreiundvierzig Hügel der Stadt. Es ist knallpink, und man muss fast die Augen schließen, um von der grellen Farbe nicht geblendet zu werden. Wow, so was Schrilles hätte ich ihr gar nicht zugetraut! Ich registriere die liebevollen Details, die französischen Fensterläden, das Gemüsebeet im Vorgarten, ein cooles Baumhaus. Als ich einen typisch deutschen Gartenzwerg neben einem Kaninchenstall entdecke, muss ich grinsen. Eine würzige Brise zieht vom Pazifik herauf, es riecht nach Pinien und Orangen, der Großstadtgeruch nach Abgasen und Smog fehlt. Von hier oben kann man beobachten, wie der Wind die Wolken vor sich her zum Meer treibt. Apropos Meer, ich muss unbedingt ans Wasser. Doch vorher muss ich noch den Schlüssel bei Mrs Odeal, der Nachbarin, abholen. Sie öffnet mir mit Lockenwicklern in den Haaren, in einen Frotteebademantel Modell Leberwurst gepresst, und hält einen kleinen Chihuahua auf dem Arm, der mich grell ankläfft.

»Shut up, Sweetie, she's a good girl!«

Womit sie jetzt hoffentlich mich meint.

Ehe ich mich versehe, hat sie mich auch schon zu sich hereingeschleust. Ihr Slang ist extrem breit und schwer verständlich, aber ich kann ihr ganz gut folgen, nur selbst höre ich mich nach steifem Oxford-Schulenglisch an. Phonetisch bin ich kein Genie, meine Stärken liegen eindeutig in der Grammatik, ach, ich muss einfach noch ein bisschen warm werden. Mrs Odeal stört das sowieso nicht, sie stößt kleine spitze Begeisterungsschreie über jedes englische Wort aus, das mir über die Lippen kommt. Dann erzählt sie mir noch, dass eine Tante ihres Onkels mütterlicherseits eine angeheiratete Cousine hat, deren Schwippschwager auch Deutscher war, und drückt mir zu guter Letzt noch ein paar Pizza-Gutscheine von der Pizzeria ihres Mannes in die Hand. Es ist jetzt sechs Uhr abends, eigentlich lohnt es sich heute nicht mehr, auf Entdeckungsreise zu gehen. Um den Jetlag auszutricksen, gehe ich am besten pünktlich ins Bett.

Judiths Haus ist von innen richtig schnuckelig. Im Eingangsbereich hängt eine selbst gemachte Girlande mit »Herzlich willkommen«, und mir wird ganz warm ums Herz. Auf dem Boden liegen kleine Zettel mit Pfeilen, ich folge ihnen bis zum Küchentisch. Dort liegt ein Brief. Neben den Willkommensgrüßen gibt es Anleitungen für den Gasherd, den Kühlschrank, die Waschmaschine, die Heizung, darunter steht die Telefonnummer mit der Bitte, mich sofort zu melden, sobald ich angekommen bin. Erst mal will ich jetzt aber mein Zimmer sehen. Neugierig folge ich den Papierpfeilen mit der Aufschrift *Lena's Room*. Ich hieve die Koffer die steilen Treppen hoch, bis ich in eine Art Turm komme. Oben, auf der verschlossenen Tür, klebt ein Bild mit meinem Porträt. Das hat bestimmt die sechsjährige June gemalt. Erwartungsvoll öffne ich die Tür: »Wow!« Das Zimmer hat den gigantischsten Ausblick, den man sich vorstellen kann! Mein Turm ist komplett verglast und ich kann in alle vier Himmelsrichtungen sehen, sogar bis zur San Francisco Bay. Fasziniert filme ich meinen Rapunzel-Turm und den unglaublichen Rundumblick für Omi.

Als ich Stunden später im Bett liege und aus dem Fenster über die Hügel meiner Traumstadt schaue, in die ich mich schon als Kind verliebt habe, stelle ich mir blöderweise vor, wie Tausende *komplette* Familien gemeinsam zu Abend essen. Neid schleicht vom Bauch aus zu meinem Herzen, dort macht sich dieses bedrückende, altbekannte Gefühl breit, das ich mit aller Kraft zu verdrängen versuche. Nachdem ich zur Ablenkung den Reiseführer verschlungen habe, schlafe ich endlich ein.

Draußen bricht der Tag an, der Himmel ist in ein graues Grau getaucht, doch mich hält jetzt nichts mehr im Bett! Ich könnte die ganze Stadt umarmen! Wie spannend, zum ersten Mal werde ich sie auf eigene Faust erleben!

San Francisco ist eine überschaubare Stadt, wie in allen Metropolen in den USA sind die Straßen im Schachbrettmuster angeordnet. Mit ein bisschen Orientierungssinn findet man sich schnell zurecht, außerdem lässt sich das Zentrum gut mit der Cable-Car-Bahn oder dem Bus erkunden, aber erst mal gehe ich zu Fuß. Gut, dass ich vom Joggen eine prima Kondition habe, denn auch wenn ich Glück habe, dass es jetzt nur abwärts geht, irgendwann muss ich ja auch mal wieder rauf. Das Gefühl von Freiheit spürt man überall: crazy Designerläden, Dutzende Plattenläden und verrückte Restaurants. An jeder Straßenecke riecht es anders. Mal nach frisch gemahlenem Kaffee, mal nach gedünsteten Zwiebeln, nach Orangen oder ganz unbekannt, exotisch. Über allem aber schwebt noch ein ganz anderer Duft. Der des Meeres.

Endlich stehe ich am Wasser der San Francisco Bay. Möwen kreischen, Leute joggen, die Sonne drückt sich langsam durch die Wolken, ich schaue aufs Meer hinaus. Das rege Treiben auf dem *Fisherman's Wharf* beginnt, die Händler füllen die Kühltheken mit gecrashtem Eis und positionieren gekonnt die schmackhaft aussehenden Fische. Während ich an den Ständen vorbeischlendere und die Auslagen begutachte, überkommt mich ein irrsinniger Hunger. So ein köstlich herzhaftes Krabbenbaguette wäre jetzt genau das Richtige! Als ich in den Untiefen meines Rucksacks nach meinem Brustbeutel wühle, ziehe ich das Reisetagebuch mit hervor. Hastig will ich es zurückstopfen, doch dann zögere ich, und auf einmal ist mir sonnenklar, dass ich hier keine gute Zeit haben werde, wenn ich es nicht endlich lese. Ich kann nicht länger davor weglaufen. Entschlossen marschiere ich zu der nächstgelegenen Bank und klappe es auf.

Liebe Lena,
ich habe das Buch deinen Freundinnen mitgegeben, weil du und deine Mutter ja nicht mehr mit mir redet. Auch wenn du in den letzten Jahren meine Geschenke und Briefe zurückgeschickt hast, hoffe und wünsche ich mir sehr, dass du diese Zeilen liest.
Marc hat mir erzählt, dass du für eine längere Zeit nach Kalifornien gehst.

Marc. Klar! Dass Papas Stiefsohn ausgerechnet mein Klassenkamerad war, hat mir das Leben in den letzten Jahren nicht unbedingt erleichtert. Öfter als mir lieb war, habe ich brühwarm von Marc erzählt bekommen, was in Papas neuer Familie so abgeht. Und umgekehrt offenbar auch!

Ich möchte es nicht versäumen, dir eine schöne, aufregende Zeit zu wünschen. Ich musste an früher denken, als ich vor dem Studium für ein paar Monate durch Costa Rica gereist bin. Damals habe ich meine Erlebnisse in ein Tagebuch geschrieben und immer, wenn es mir wieder in die Hände fällt, bin ich froh, dass ich meine Eindrü-

cke und Gefühle darin festgehalten habe. Deshalb bin ich vor einiger Zeit auf die Idee gekommen, dass ein Reisetagebuch auch für dich ein schönes Geschenk sein könnte. Ich weiß, du bist schon viel in der Welt herumgekommen, aber bisher waren immer deine Mutter und deine Oma dabei. Diesmal bist du ganz alleine und du wirst feststellen: Du wirst dein bester Freund, dein engster Vertrauter, aber auch dein fremdester Fremder sein!

Liebe Lena, es tut mir leid, dass ich dir nie ein richtiger Vater war, aber auch wenn ich es dir bisher nicht gesagt habe, nicht sagen konnte: Du hast einen Sonderplatz in meinem Herzen. Du bist mein erstes Kind, ich habe dich im Arm gehalten, als deine Mutter nach dem Kaiserschnitt noch versorgt werden musste. Ich habe deinen ersten Zahn entdeckt, ich habe mit deiner Mutter geweint, als du deinen ersten Kindergartentag hattest, ich stand hinter der Buche vor eurem Garten und habe beobachtet, wie du mit deiner Oma die Hortensienbüsche gepflanzt hast, und ich bekam zufällig mit, wie du den ersten Kuss auf dem Schulparkplatz bekommen hast. Bei deiner Konfirmation habe ich mich unbemerkt in die hinterste Kirchenbank gesetzt, und es schmerzt, dass ich dich auch an deinem achtzehnten Geburtstag nicht in die Arme nehmen darf.

Deine Mutter hat nie Unterhalt von mir gewollt, doch ich habe die ganzen Jahre über das Geld für dich gespart und angelegt. Jetzt ist der Tag da, an dem ich es dir geben möchte. Nicht als Geschenk, es steht dir zu! Du kannst eine Ausbildung davon finanzieren, dir ein Auto kaufen, was immer du möchtest. Es ist deins.

Lena, ich möchte, dass du weißt, dass ich immer da war und dass ich dich liebe. Vielleicht verstehst du eines Tages, dass die Liebe manchmal seltsame Wege geht, die nicht für ALLE Glück bedeuten. Es tut unendlich mir leid, dass ich dich unglücklich gemacht habe.

Papa

Wie versteinert starre ich auf die Zeilen. Damit habe ich nicht gerechnet. Die Worte meines Vaters krempeln mich von rechts auf links. Ich versuche, meine Gedanken in den Griff zu bekommen, doch meine Gehirnzellen fahren Achterbahn. Wäre mein Leben anders verlaufen, wenn ich das alles schon viel früher gewusst hätte? Mit Sicherheit. Ich hätte mich geliebt gefühlt! Geliebt!!!

Mir ist der Appetit vergangen, auf einmal fühle ich mich unglaublich allein. Meine Abenteuerlust schrumpft wie der Ballon, aus dem ich erst vor wenigen Stunden die Luft gelassen habe. Verloren schleiche ich an den Pier und setze mich auf einen Poller. Vielleicht wäre es doch schöner gewesen, Judith wäre nicht verreist. Vielleicht hätte Mami doch erst mal mitkommen sollen. Vielleicht hätte ich die Grüße meines Vaters besser doch nicht lesen sollen. Vielleicht, vielleicht, vielleicht ... Wenn nur nicht alle so weit weg wären. Mir wird klar, wie wichtig Familie und Freunde sind, und dass es wahnsinnig schwer werden wird, Vertrauensverhältnisse aufzubauen. Noch habe ich hier niemanden. Ich kann ja schlecht zu Judiths Nachbarin gehen und ihr was vorheulen. Dann habe ich eine Eingebung. Hastig fummele ich die Serviette aus meinem Rucksack und wähle die darauf vermerkte Handynummer.

»Enrico Girandhelli?«

»Hallo, Rico, hier ist Lena, Lena Horbach, ich bin am Fisherman's Wharf, also, wenn du Lust hast, könnten wir uns ja gleich mal treffen«, sprudele ich einfach drauf los, weil ich so froh bin, seine Stimme zu hören.

»Klar gerne, ich wollte sowieso gerade frühstücken. Warum also kein Fischbrötchen. Ich schnapp mir das Auto von Jimmy und bin so in zwanzig Minuten bei dir.«

»Ich sitze gegenüber vom Fischereibüro!«

»Ich werde dich finden!«

Erleichtert atme ich auf, denn nicht nur die Wolken am Himmel lösen sich langsam auf.

»Du bist ja leichenblass«, sagt Rico zur Begrüßung. »Geht's dir nicht gut?« Er hält mich eine Armlänge von sich weg und sieht mich besorgt an.

»Na ja, nicht so wirklich, wenn ich ehrlich bin.«

Auf einmal überlagern wieder Zweifel mein Bedürfnis, mit jemandem zu reden. Ich bin mir nicht mehr sicher, ob meine Geschichte bei ihm gut aufgehoben ist. Wir kennen uns ja kaum, noch dazu ist er ein Mann, auch wenn er schwul ist ... Mhm, ich weiß nicht. Dann gebe ich mir einen Ruck. Was habe ich schon zu verlieren?

»Wenn ich dir jetzt etwas erzähle, versprichst du, dass du niemals mit meiner Mutter darüber sprichst?«

»Das verspreche ich«, sagt er fast feierlich, er spürt offenbar, wie ernst es mir ist.

Plötzlich bricht alles aus mir heraus, ich erzähle ihm mein halbes Leben: von meinem Vater, der mich so früh verlassen hat, von meiner Mutter, die ständig unterwegs ist, von Omi, meinem Fels in der Brandung, von dem Neidgefühl, das ich jedes Mal verspüre, wenn ich komplette Familien sehe, davon, dass ich mit Jungs nichts mehr zu tun haben will, weil ich ihnen nicht traue, von dem Versuch, meine große Liebe, die ich so vermisse, endlich zu vergessen, von meiner Hoffnung, hier in San Francisco zu mir selbst zu finden. Am Ende halte ich ihm das geöffnete Reisetagebuch hin: »Hier! Lies!«

Gespannt verfolge ich jede Regung in seinem Gesicht, während er liest. Schließlich lässt er das Buch sinken und nimmt mich wortlos in den Arm. Der Zedernholzduft seines Aftershaves steigt mir beruhigend in die Nase. Es tut gut, von ihm gehalten zu werden. »Ich hab Hunger«, grinse ich schief, als er mich loslässt, und wir beide nicht wissen, wie wir die peinliche Pause überbrücken sollen. Meine Beine sind richtig wattig, als ich mich von ihm zu einem Fischstand führen lasse.

»Lobster-Sandwich? Die haben hier die besten.«

»Klingt gut!« Ich nicke und verschlinge das Sandwich, das er mir reicht. Danach halte ich mir den Bauch. »Mir ist ein bisschen übel.«

Rico lächelt aufmunternd: »Das ist die Anspannung!«

Plötzlich nimmt er meine Hand: »Komm, ich zeig dir was Schönes.«

Wir steigen in ein altes Käfer Cabriolet und fahren los. Rico greift an mir vorbei und reicht mir eine Kappe. »Setz die besser auf.«

Wie fürsorglich!

»Wie alt bist du eigentlich, Rico?« Mir fällt auf, dass ich bis auf seinen Namen und seinen Beruf noch gar nichts von ihm weiß.

»Dreiundzwanzig.«

Die wohl berühmteste Hängebrücke der Welt liegt ausnahmsweise mal nicht im Nebel, sie ist zum Greifen nah.

»Ich liebe diesen Ort«, sagt Rico, und ich weiß genau, was er meint. Vor uns liegt der Pazifik. An dem breiten Strand sehe ich Möwen, Pelikane und ein paar Surfer, die auf den hohen Wellen reiten. Alles scheint so unwirklich, mein Leben zu Hause so weit weg, und auf einmal fühle ich mich gar nicht mehr so allein. Es dämmert bereits, als Rico mich nach Hause fährt. Beim Abschied druckse ich herum. »Sag mal«, traue ich mich schließlich, »fändest du es komisch, wenn ich dich fragen würde, ob du heute Nacht hier schläfst? Ich kann gerade irgendwie nicht alleine sein.«

»Ich muss nur Jimmy anrufen, damit er sich keine Sorgen macht.«

»Du bist wirklich wie ein ...« Ich stocke, denn ich wollte schon sagen, wie ein Vater zu mir, aber dann ersetze ich das Wort und beende den Satz mit: »... Bruder zu mir.«

Wir bugsieren eine Matratze in meinen Turm und Händchen haltend schläft er kurz vor mir ein. Seltsam, so was habe ich noch nie erlebt, so vertraut bin ich noch nicht mal mit Svea und Katrin. So ähnlich muss es sich anfühlen, wenn man tatsächlich einen großen Bruder hat, denke ich, und schlafe zufrieden ein.

Am nächsten Morgen verabreden wir uns wieder, so geht es auch am dritten, vierten und fünften Tag. Ich habe mich schon lange nicht mehr so wohlgefühlt, das Einzige, was nervt, ist, dass Jimmy andauernd auf Ricos Handy anruft. Wahrscheinlich ist er sauer und tierisch eifersüchtig, weil Rico die ganze Zeit mit mir zusammen ist.

Als ich am sechsten Tag bei Rico anrufe, ist er gerade auf dem Sprung: »Ich muss heute noch unbedingt mein Hausfrauenprogramm erledigen. Aber wenn du Lust hast, dann komm doch auch in den Waschsalon.«

Und ob ich Lust habe!

Der Waschsalon ist nicht zu verfehlen. Schmunzelnd lese ich, was in großen roten Lettern auf der Scheibe steht: *The Missing Sock – Laundry.*

Auch Rico deutet grinsend auf die Buchstaben: »Nomen est Omen, ich bin nämlich gerade auf Sockensuche. Willst du mir helfen?«

»Kommt drauf an. Wenn sie sauber ist ...«, frotzle ich und freue mich unbändig, in sein bereits vertrautes Gesicht zu sehen.

»Ich könnte schwören, dass ich zwei Socken hier reingetan habe!« Sein Kopf verschwindet fast komplett in der gigantischen Trommel des Trockners. Da fällt mein Blick auf einen Korb, in dem unzählige einzelne Socken liegen.

»Ist sie das?« Ich halte ihm eine rosafarbene Socke mit Blümchen entgegen.

»Oh ja!« Er stemmt seine Hände in die Hüften und sagt mit nasaler Stimme: »Rosa ist meine Lieblingsfarbe!«

Finde ich gut, dass er zu seinem Schwulsein steht, dann muss man auch nicht immer um den heißen Brei rumreden.

»Hast du Lust, nebenan was trinken zu gehen? Der Trockner läuft noch eine Viertelstunde!«

»Klar, gute Idee!«

»Dieser Laden ist mein absoluter Geheimtipp für den Koffeinschub zwischendurch!« Er steuert auf einen freien Tisch zu. »Der Coffeeshop war einer der ersten an der Westküste. Der Espresso ist unschlagbar. Was soll ich dir holen?«

»Einen *Mocha Frappuccino Blended Coffee!*«

»Das kam ja wie aus der Pistole geschossen«, grinst er.

»Das ist der Tagestipp, der draußen angeschlagen ist«, ich deute auf die Tafel neben der Eingangstür. »Aber ich komm mit rein, du brauchst mich nicht zu bedienen.«

»Ich weiß, ich bin im Urlaub! Ich dachte aber nur, weil wir den letzten Tisch ergattert haben, und das Caffe Trieste ein ziemlicher Touri-Magnet ist, wird hier gleich alles brechend voll sein.«

»Ach, du Scheiße«, entfährt es mir.

»Na ja, so schlimm ist das auch wieder nicht.«

Bevor ich ihm erklären kann, dass soeben Jasmin mit ihrer

Familie um die Ecke biegt, ist er bereits im Café verschwunden. San Francisco ist echt ein Dorf! Hoffentlich gehen die weiter, wenn sie keinen Platz finden.

»Toll, jetzt schleppst du uns durch die halbe Stadt und dann ist der Schuppen voll!« Jasmins Bruder hockt sich genervt auf eine Mauer neben dem Café.

»Da wird schon gleich was frei werden. Reg dich ab. Du glaubst doch wohl nicht, dass ich mir einen der Touri-Tipps aus dem *Top-10-Reiseführer* entgehen lasse? Was soll ich meinen Freundinnen erzählen?«

Doch ihr Bruder ist schon wieder ganz woanders: »Steht da hinten nicht die Schwuchtel aus dem Flieger?«

»Würdest du dich bitte etwas gemäßigter ausdrücken«, ermahnt ihn seine Mutter.

»Rico!«, ruft Jasmin.

»Du bist so dämlich, dass du noch immer nicht kapiert hast, dass der Typ stockschwul ist.« Jasmins Bruder rollt die Augen.

»Wie... wieso?«, stammelt Jasmin verunsichert.

»Erstens, weil jeder Steward schwul ist, und zweitens, weil wir in San Francisco sind! Der wird hier schön ein paar Tage durch die Bars tingeln.«

»Er hat gesagt, er besucht einen Freund!«

»*Seinen* Freund! Boah, du bist echt blöder als 'n Knäckebrot!«

»Iiiihhh!«, ruft Jasmin spitz aus. »Und ich hätte beinah was mit dem angefangen!«

»Immer noch nichts frei!« Unruhig rutscht ihr Bruder auf der Mauer hin und her. »Vielleicht überlässt er uns ja seinen Platz, *wenn ich ihn ganz lieb bitte.*«

»Allein die Vorstellung, uaaah!« Jasmin schüttelt sich. »Deshalb stand der nicht auf mich, ich hab mich schon gewundert!«

Freudestrahlend kommt Rico mit einem Espresso, meinem

Mocca und zwei Blueberry-Muffins zurück. »Die musst du unbedingt probieren!« Er stopft mir einen in den Mund.

»Rico«, sage ich leise und ziehe ihn am Hemdkragen zu mir her, »würde es dir etwas ausmachen, mich zu küssen?«

»Äh, wie meinst du das?«

»Küssen! Jetzt!« Ich nicke ihm auffordernd zu.

»Gut!« Rico beugt sich zu mir vor. Etwas unbeholfen finden sich unsere Lippen, und ich jubiliere innerlich. Jetzt werden die beiden kein blödes Wort mehr über Rico verlieren. Als wir uns wieder voneinander lösen, wandert mein Blick in ihre Richtung.

»Was war denn?«, fragt Rico verständnislos.

»Ach, nichts, ich wollte nur mal wissen, ob das noch geht!« Mir fällt spontan keine bessere Erklärung ein, aber er scheint sie zu schlucken.

»Und?« Er zwinkert mit den Augen und stopft mir den restlichen Muffin lachend in den Mund.

»Ist wie Fahrradfahren ... hab nichts verlernt!«, kichere ich und stelle zufrieden fest, wie Jasmins Kiefer runterklappt.

»Wenn ich die Wäsche geholt habe, könnten wir nachher reiten gehen. Oben in den Bergen, hast du Lust?«

»Super Idee! Ist mal was anderes, sonst habe ich nachher noch die ganzen Sightseeing Spots von San Francisco in einer Woche abgefrühstückt!« Ich spiele auf unser Mammutprogramm der letzten Tage an. »Und dabei habe ich doch noch sechs Monate! Aber heute ist mein letzter Tag in Freiheit!«

»Meiner auch«, sagt Rico traurig.

Erschrocken schlage ich die Hand vor den Mund »Stimmt! Du fliegst ja morgen schon wieder! Das habe ich total verdrängt.«

»Jimmy hat ein paar Jungs eingeladen, geplant ist ein Barbecue zum Abschied, auf seiner Dachterrasse. Hättest du Lust?«

»Klar, gerne, hört sich gut an.« Ich klinge semi-begeistert, denn diesmal bin ich die Eifersüchtige und wäre liebend gerne am letzten Abend mit Rico alleine.

Es ist acht Uhr abends, als ich auf der Party aufkreuze. Die Haustür steht auf, und Papierpfeile (die scheinen in SF echt *in* zu sein) zeigen mir den Weg nach oben. Nachdem ich eine schwere Stahltür geöffnet habe, stehe ich auf einer Dachterrasse, die wirklich gigantisch ist. Jimmy hat wohl einen grünen Daumen, man kommt sich vor wie im Stadtpark. Noch fühle ich mich unsicher auf der Premierenparty meines neuen Lebens. Auf das Styling habe ich heute besonders viel Wert gelegt. Und das alles für Männer, die sich sowieso nicht für mich interessieren, das ist echt eine neue Erfahrung. Auf dem Boden liegen bunte Polster, auf denen sich männliche Pärchen tummeln, es sieht so aus, als ob ich hier die Quotenfrau wäre. Na, was soll's, schließlich ist mein neuer Freund auch einer von ihnen. Erschrocken fahre ich zusammen, als mir jemand auf die Schulter tippt. Hinter mir stehen Rico und Jimmy. So sieht er also aus. Blonde Rastalocken, breites Grinsen und ein T-Shirt mit einem Peace-Zeichen.

»Du bist also meine Konkurrentin?«, lässt er verlauten und nickt lässig.

»Konkurrentin?«, frage ich verdattert.

»Na ja, schließlich hast du Rico in den letzten Tagen ganz schön in Beschlag genommen.« Er legt die Arme besitzergreifend um die Hüften seines Freundes.

»Tut mir leid«, sage ich schuldbewusst, denn irgendwie hat er ja recht, letztendlich sehen sich die beiden ja auch nicht so oft.

»Sex on the beach?«, fragt er mich geradeheraus.

»Bi-t-te was?«, stammle ich jetzt vollends verwirrt, der glaubt doch wohl nicht im Ernst, dass Rico und ich????

»Ob du 'nen Cocktail willst?« Er verdreht die Augen, hält mich wohl für weltfremd. Jimmy scheint mich nicht besonders zu mögen, befürchte ich.

»Klar, na sicher, gerne!«

Im Weggehen gibt Jimmy Rico einen Klaps auf den Hintern. Als er sich zu ihm beugt, um ihm etwas zuzuflüstern, oder nein, wahrscheinlich um ihn zu küssen, drängen sich neue Gäste dazwischen. Die mitgebrachten Salate und Getränke nimmt Jimmy mit viel Tamtam und Chichi entgegen.

»Hast du Lust?« Rico deutet auf die am Boden liegenden Kissen. Wir hocken uns zu den anderen, und ich fühle mich immer unwohler. Vielleicht war es doch keine so gute Idee, hierherzukommen, die wollten bestimmt lieber ohne mich Abschied feiern. Unauffällig checke ich, dass ich tatsächlich die einzige Frau hier bin.

»Hey, Rico!« Ein dunkelhäutiger Hüne mit Lederstirnband legt ihm die Hand auf die Schulter. Grinsend zieht er eine Gitarre hinter dem Rücken hervor: *»Please, sing for us!«*

Rico lässt sich nicht lange bitten. Er stimmt die Gitarre, beugt sich zu mir vor: »Welches Lied möchtest du hören?«

»You're beautiful von James Blunt«, fällt mir spontan ein.

Wie elektrisiert fahre ich zusammen, als er zu singen anfängt: *»My life is brilliant. My love is pure. I saw an angel. Of that I'm sure. She smiled at me on the subway ..."*

Seine Stimme ist hell und klar, zugleich aber auch kraftvoll und ausdrucksstark, ich wusste gar nicht, dass er so gut singen kann. Eigentlich weiß ich gar nicht viel von ihm. In den letzten Tagen ging es fast ausschließlich um mich. Er hat sich sehr zurückgenommen. Wer bist du Rico Girandhelli? Ich lasse meinen Blick über die Dachterrasse schweifen, bis hin zu den flirrenden Lichtern der Stadt. Die Stimmung ist prickelnd, und als wir den Refrain alle gemeinsam singen, kriege ich eine Gänsehaut. Dann kommt eine Stelle, die mich unglaublich berührt und deren Bedeutung plötzlich einen Sinn bekommt: ». . . *I don't think that I'll see her again, but we shared a moment that last till the end . . .*«

Bei dieser Strophe werde ich richtig melancholisch. Ausgerechnet ich, das Mädchen mit dem skeptischen Blick, das nicht so leicht Freundschaften schließt und sein Herz nicht so schnell verschenkt, hat in sechs Tagen einen Freund gefunden, einen *Soulmate.* Vor meinem geistigen Auge rasen die Szenen der letzten Tage dahin: unser erstes Treffen am Fisherman's Wharf, wir im Cabriolet, an der Golden Gate Bridge, im Waschsalon, im Caffe Trieste, unser Kuss ... Bekümmert denke ich, was sein wird, wenn wir uns wirklich nicht mehr wiedersehen. *But we shared a moment ...* Genau das ist es, wir haben einen Moment geteilt, einen superwichtigen, genau den Moment, der mein bisheriges Leben infrage gestellt hat, in dem ich mich unsagbar einsam und verlassen gefühlt habe, weil ich begriffen habe, dass mein Vater die letzten Jahre für mich da gewesen wäre, wenn ich ihn gelassen hätte.

Mittlerweile singt Rico ein Lied von Coldplay, ein paar von den Jungs haben Kerzen aufgestellt, die Stimmung ist auf dem Siedepunkt, es knistert vor Liebe, Lust und Leidenschaft. Jimmy steuert mit einem Cocktail auf Rico und mich zu und kuschelt sich zwischen uns.

»Ist er nicht wahnsinnig?! Ich liebe diesen Jungen!« Liebevoll wuschelt er Rico durchs Haar. Rico lächelt ihn an, und ich wünschte, zwischen uns wäre genauso viel Vertrautheit wie zwischen den beiden. Ich flüstere: »Ich wäre dir auch gerne so nah!«

»Das bist du doch!« Er streichelt meine Hand.

Wir legen uns auf den Rücken und starren in den Himmel.

»Wenn du wiederkommst, erzählst du mir ganz viel von dir, ja?«, bitte ich ihn.

Nachts schleiche ich zurück ins Haus, es ist auf einmal gar nicht mehr so schön, alleine zu sein, und ich bin froh, dass Judith morgen mit ihrer Familie kommt.

»Mir dir ist alles so einfach, die Jungs, die ich sonst kennenlerne, sind meistens so kompliziert. Bei dir ist das anders, ich kann das irgendwie gar nicht richtig einschätzen, weil ich noch nie einen Jungen als Freundin ... Also, ich meine ...«, stottere ich vier Stunden später bei der Verabschiedung, denn Rico ist vor seinem Abflug noch mal vorbeigekommen.

»Lena ...!«

»Ich meine, ich habe schon oft gehört, dass Schwule die besten Besten-Freundinnen sein können, und im Moment wünsche ich mir nichts sehnlicher«, fahre ich fort. »Kannst du dir das auch vorstellen?« Ich lächle ihn hoffnungsvoll an.

»Nein, Lena, ich muss dich leider enttäuschen ...«, entgegnet er zu meiner Überraschung.

Ich starre ihn an. Dabei hatte ich doch gedacht, dass er ähnlich empfindet und dass ich ihm in den letzten Tagen auch irgendwie wichtig geworden bin. War das alles nur gespielt? Hat er womöglich doch nur den Aufpasser gespielt?

Plötzlich zückt Rico die rosa Socke aus dem Waschsalon aus der Hosentasche. »Ich trage so was gar nicht!«

Dann zieht er mich sanft am Kragen zu sich heran.

»Sag mal«, seine Stimme klingt rau, »würde es dir etwas ausmachen, mich zu küssen?«

»Äh, wie meinst du das?«, frage ich genauso verdattert, wie er mich gestern im Café gefragt hat.

»Küssen! Jetzt!« Er nickt mir auffordernd zu.

Rico beugt sich zu mir. Deutlich weniger unbeholfen als gestern finden sich unsere Lippen.

»Tatsächlich, wie Fahrradfahren!«, murmelt er.

»Du ... du kannst auch mit Mädchen?«, stammle ich verwirrt.

»Ich kann eigentlich *nur* mit Mädchen.«

Er zieht mich an sich, um mich erneut zu küssen.

»Und Jimmy?«, frage ich verständnislos und rücke ein Stück von ihm ab.

»Ist ein alter Schulfreund von mir. Wir verstehen uns supergut und ich wohne immer bei ihm, wenn ich hier bin.«

»Aber er ist schwul!«, stelle ich fest.

»Das sind Millionen andere Männer auch.«

»Er ist also gar nicht dein ... dein Liebhaber?« Wie altmodisch klingt das denn?

Rico schüttelt den Kopf.

»Hier!« Er drückt mir die Socke in die Hand. »Pass gut drauf auf, bis ich wieder da bin!« Dann nimmt er mein Gesicht in beide Hände und küsst mich schwindelig. »In vier Wochen bin ich zurück. Lena Horbach, ich bin verliebt.«

Diesmal brauche ich nicht die Augen zusammenzupressen, sie werden schon von selbst feucht. »Aber ich wollte doch keine One-Night-Stands, keinen Beziehungsstress und schon mal gar keine Fernliebe!«, stammele ich verdutzt vor mich hin und wische mir überglücklich mit einer rosafarbenen Socke die Tränen aus den Augen.

»

Cora Gofferjé | Jahrgang 1965, lebt mit ihrem Mann und ihrem Sohn in Essen. Mit einem Magister-Abschluss in Englisch, Kommunikationswissenschaften und Psychologie startete sie schon während des Studiums ihre Medienlaufbahn. Doch Redakteurin, Producerin und Lektorin waren ihr nicht genug. Es muss noch etwas anderes geben!, dachte sie sich und erinnerte sich an den Spruch ihrer Mutter: »Unsere Cora hat Fantasie mit Schneegestöber!« Es war an der Zeit, herauszufinden, was damit gemeint war. Die Reise in die Welt der Fantasie führte sie über die Internationale Filmschule Köln, wo sie das Drehbuchschreiben lernte, nach Amerika und von dort kehrte sie mit vielen spannenden Geschichten im Gepäck zurück.

Cora Gofferjé in der Reihe *Ich bin Ich!*

Bye-bye Ben
Ciao, Süßer!
Everybody´s Darling!
Glückskeks-Momente
Shopping-Queen!
Sunny side up!

«

3

Martina Sahler

Die Party ist zu Ende

Seit ich mit zwölf Jahren zum ersten Mal auf einer Geburtstagsfeier war, die meine Freundin Jana als »Fete mit Jungs« angekündigt hatte, hasse ich Partys. Wir waren damals zu acht. Die drei Jungen hießen Frederic, Peter und Mark und besuchten mit uns die Klasse 6 b. Nach der Erdbeertorte zogen sich die drei mit Janas Bruder Sven in den Keller zurück, wo ein Kicker stand, und dort blieben sie, während wir Mädchen in Janas Zimmer herumlungerten, Erdnussflips aßen, Cola mit Strohhalmen tranken und warteten, wie die Party sich so entwickeln würde. Das Blöde war, dass wir uns alle vorher aufgebrezelt hatten, als ginge es um einen Beauty Contest. Wir hätten ebenso gut in Klamotten aus dem Ausverkauf vom Takkomarkt dasitzen können. Es hätte keinen Unterschied gemacht. Alle Partys, die auf diese erste folgten, hatten eines gemeinsam: Jede einzelne weckte wolkenkratzerhohe Erwartungen, jede einzelne versprach, der Wendepunkt von was auch immer zu werden, und dann war es doch wieder nur ein weiteres Zusammenhocken mit Musik. Einen Kick gab es, als mit fünfzehn die erste Bierflasche kursierte und knallbunte, scharf riechende Cocktails gemixt wurden, aber am nächsten Morgen bedeutete der Alkohol auch nur, dass zu dem Gefühl »Das hättest du dir sparen können« dröhnende Kopfschmerzen kamen.

Ich weiß wirklich nicht, warum ich nicht bereits mit sechzehn beschlossen habe, Partys künftig zu meiden. Ich weiß nicht, warum ich mich in jenem November, als ich gerade siebzehn geworden war, von Jana auf die Fete zum achtzehnten Geburtstag eines Freundes ihres Bruders mitschleppen ließ. Und ich weiß erst recht nicht, warum ich mich mit ungebrochenem Ehrgeiz in Schale schmiss. Die Fete war bereits in vollem Gang, als Jana und ich aufliefen. Metallisch vibrierender Lärm, stehender Qualm und wirbelnde Duftwolken aus Schweiß und schalem Bier empfingen uns. Bunt zusammengeworfenes Volk rockte die Hütte. *Yeah, let's Party!*

Ich hätte am liebsten gleich wieder kehrtgemacht, aber das ließ Jana nicht zu. Ich fühlte ihre Fingerknochen, als sie meine Hand fasste und mich mit sich zog, während sie nach links und rechts mit eishell geschminkten Augen blinkte wie das Blaulicht einer Polizeistreife und Luftküsse über Schultern verteilte. Ich hatte schon befürchtet, dass ich keinen Menschen kennen würde, und fühlte mich gleich in den ersten Minuten, als wäre ich am falschen Bahnhof aus dem Zug gepurzelt.

Jana ließ meine Hand nicht los. Beste Freundinnen wissen Bescheid, und Jana wusste, wie mies ich drauf war. Hätte sie mich losgelassen, hätte mich die offen stehende Haustür angezogen wie ein Magnet eine lockere Schraube.

»Hast du das Büfett schon entdeckt?«, schrie ich Jana ins Ohr.

Sie lachte mich aus, ohne ihren Marsch durch die dicht gedrängten Leute zu unterbrechen. »Essen kannst du zu Hause, Schätzchen. Jetzt wird abgehottet.«

Abgehottet. Eine Tanzfläche gab es nicht, aber das hinderte

niemanden am Abhotten. Übergangslos begann Jana, zu dem Heavy-Metal-Gedröhne auf der Stelle zu springen und ihre langen Haare im Headbanging zu schmeißen. Mir war ja so gar nicht danach. Ich wusste, dass man mir anmerken würde, wie verbogen ich mich fühlte, während Jana mit der Musik zu verschmelzen schien.

»Komm schon, Pauline. Beim Tanzen wird dir warm«, versuchte sie, mich anzufeuern.

Janas Bruder kam mir wie gerufen. Er trug zwei geöffnete Bierflaschen in einer Hand und streckte sie uns grinsend entgegen. Ich nahm sie ihm ab und nutzte die Gelegenheit, um mich an Jana vorbeizuquetschen. Während vor mir wie in Trance gezappelt und laut gelabert wurde, versuchte ich, die Szenerie zu erfassen. Der Raum, in dem wir uns befanden, war vermutlich an anderen Tagen ein kühl gestyltes Wohnzimmer. Jetzt war alles leer geräumt für die Party. Am Fenster zur Terrasse stand ein Tapeziertisch mit mehreren Schüsseln und Platten, die kaum jemand beachtete. Mir knurrte der Magen, aber ich fand, dass es reichlich verfressen aussehen würde, nach zwei Minuten gleich den Pappteller vollzuladen. Ich wusste zwar nicht, ob mich jemand beobachtete, aber dieses Gefühl war allgegenwärtig: dass aller Aufmerksamkeit auf mich gerichtet war und dass hinter vorgehaltenen Händen gekichert wurde, wenn ich mich danebenbenahm. Also bloß nicht auffallen. Der Form halber wippte ich ein bisschen im Rhythmus mit, so als ginge mir die Musik zwar ins Blut, als müsse ich mich aber erst noch warmlaufen.

Jana war inzwischen Teil der wogenden Menge geworden, während immer mehr Leute in den Raum sickerten. Sie gehörte dazu – und ich war mal wieder an dem Punkt, an dem ich mich fragte, warum ich nicht einfach zu Hause geblieben war. Wie lange sollte ich anstandshalber aushalten? Sie schien mich – beste Freundin hin oder her – völlig vergessen zu haben. Ein großer magerer Typ mit Pferdeschwanz und Murmelaugen hatte sie angetanzt und flirtete nun wie ein wucherndes Gewächs mit schlängelnden Bewegungen, die er offenbar für sexuell verwegen hielt. Und sie strahlte zu ihm auf wie ein Spotlicht und ließ mit erhobenen Armen die Hüften rotieren. Ihr Freund Thorben hatte letzte Woche mit ihr Schluss gemacht. Sie waren drei Monate zusammen gewesen. Jana war noch nie der Typ gewesen, der lange trauerte. Und ich war noch nie der Typ gewesen, der sich überhaupt auf Beziehungen einließ. Seit ich vor einigen Jahren registriert hatte, dass an Jungen etwas Interessantes ist, sofern sie sich nicht zum Kickerspielen in den Keller zurückziehen, befand ich mich eigentlich in Wartestellung. Ich beobachtete die Typen, ließ mich auch mal anbaggern, aber immer hatte ich das Gefühl, ich würde dabei neben mir stehen und alles wie unter einer Lupe betrachten: bloß kein Detail verpassen und nur nicht den Überblick verlieren! Ich wartete darauf, dass es Peng oder Krawumm oder von mir aus auch Pling machte, irgendein Startschuss, der mir signalisierte: Ab hier beginnt das mit der Liebe. Aber mein Liebesleben blieb so unbewegt wie die Linie auf dem Monitor in der Intensivstation bei Herzstillstand. Ich hatte überlegt, mir eine Frist zu setzen: Wenn sich bis zu meinem achtzehnten Geburtstag nichts getan hatte, würde ich mich auch ohne Peng oder Pling in eine Affäre stürzen. Vielleicht brauchte mein Herz ja Starthilfe.

Fünf qualvoll lahme Minuten später kam auf genau dieser Party der Elektroschock aus dem Nichts. Das Profil des Typen stach scharf umrissen aus dem grauen Gesichterbrei. Seine Nase war so gerade gewachsen, dass ich sie am liebsten auf der Stelle mit einem Kohlestift auf ein Blatt Papier gezeichnet hätte, obwohl ich noch nie zuvor Gesichter porträtiert habe. Seine Lippen waren schmal und lagen locker aufeinander, ohne zu lächeln. Ich sah, wie er mit der Zungenspitze die Oberlippe befeuchtete, während die Frau vor ihm wild gestikulierend und lachend auf ihn einredete. Er nickte nur hin und wieder. Die dunkelblonden Haare fielen ihm dabei über die Augen, die von einem so intensiven Blaugrau waren wie bei einem Husky. Sein grauer Rollkragenpullover betonte die Farbe noch, aber ich war mir sicher, er wusste das nicht. Kein Typ, der sich über seine Wirkung auf Frauen im Klaren war, das erfasste ich im Bruchteil einer Sekunde, während mein Herz seinen Marathon begann und meine Pulslinie in heftigen Wellen ausschlug. Es war der Stromschlag, der mich zum Leben erweckte. Ich spürte es fast schmerzhaft in jedem Teil meines Körpers.

Uns trennten drei Meter – von der Wand neben den CD-Regalen bis zum Büfett an der Terrassentür. Ich beobachtete, wie er sich den Pappteller volllud, während die Tussi nicht von seiner Seite wich. Ja, merkte die denn nicht, dass sie nervte? Ich glaubte, in seinen Gedanken lesen zu können, und ja! Da schaute er mich an. Ein ... zwei ... drei Sekunden. Wie auf der Suche. Ich hielt seinen Blick fest und befürchtete für einen Moment, mein Herz könne es mit seiner plötzlichen Aktivität übertreiben, aber es war keine Zeit mehr für Vermutungen, die ins Leere liefen. Keine Ahnung, wie er die Tussi abwimmelte, aber auf einmal stand er neben mir. Der Mayo-Geruch des Kartoffelsalats auf seinem Teller drang mir in die Nase. Ich fragte mich, wie ich jemals in meinem Leben wieder essen sollte und ob ich von jetzt an bis in mein Greisinnenalter Erotik mit Mayonnaise verbinden würde. Mein Magen war auf die Größe einer Rosine geschrumpft, aber durch meinen zugeschnürten Hals wäre ohnehin nichts geflutscht.

»Hi, ich bin Stefan«, brüllte er mich an.

»Pauline.« Ich betete, dass er über die wummernde Musik das Krächzen in meiner Stimme nicht hören würde.

»Bist du eine Bekannte von Bernie? Kennt ihr euch vom Studium?« Dieser Mund sollte flüstern. Verdammter Lärm hier.

Bernie? Studium? Wahrscheinlich meinte er den Gastgeber, den ich nicht kannte. Geschweige denn, dass ich wusste, was er studierte. Ich hob die Schultern und lächelte, um anzudeuten, dass ein Gespräch hier keine gute Idee war. Er grinste zurück und schaufelte den Kartoffelsalat in sich hinein, ohne von meiner Seite zu weichen. Ich konnte meinen Blick überhaupt nicht von ihm abwenden. Ich studierte sein Gesicht, als müsste ich es später aus dem Gedächtnis zeichnen. Es fehlte nicht viel und ich hätte es mit heruntergeklapptem Kiefer getan. Ich fühlte mich wie ertappt, als er mich anschaute. Hatte er bemerkt, wie intensiv ich ihn gemustert hatte? Er deutete auf seinen nun leeren Teller und nickte mit hochgezogenen Brauen in Richtung Büfett. Ich lächelte und folgte ihm durch die Menge hindurch.

Fünf Minuten später waren wir, jeder mit einem Teller in der Hand, draußen auf der Terrasse. Es war viel zu kalt für eine Freiluftparty, objektiv betrachtet, aber meine Hitze reichte für zwei. Stefan hatte zwei Gartenstühle nebeneinander gezogen. So saßen wir mit übergeschlagenen Beinen und blickten in den von hohen Bäumen umstandenen dunklen Garten. Irgendwo heulte ein Käuzchen ohne Chance gegen die Bässe, die die Scheiben hinter uns zum Vibrieren brachten.

Ich hatte mir nicht mehr genommen als ein paar Tomatenscheiben mit Mozzarella und knabberte an dem Basilikumblatt. Das konnte ich notfalls zwischen den Zähnen verstauen, falls mein Hals zugeschnürt blieb. Stefan zog sich Minibuletten und

Schinkenrollen rein, als hätte er drei Tage lang gefastet. Ich konnte seinen Genuss körperlich spüren. Ein wohliges Gefühl von Sattheit breitete sich in mir aus.

Ich achtete weniger auf das, was er sagte, als darauf, wie er es sagte. Das Auf und Ab der Sprechmelodie, wie sich seine Lippen beim »M« und »B« formten, wie er immer wieder ein Lachen einfließen ließ. Wie er mich anschaute, zu lang, um als unverbindlich durchgehen zu können. Irgendwie schaffte ich es, trotzdem so weit akzeptabel zu reagieren, dass das Gespräch nicht ins Stocken geriet, obwohl ich zugegebenermaßen nichts lieber getan hätte, als zu schweigen, um zur Körpersprache überzugehen. Wir saßen so dicht beieinander, dass sich unsere Knie berührten. Ich hätte meinen Fuß gern eingemauert, um nur nicht aus Versehen ein Stück von ihm wegzurutschen und die Verbindung zwischen uns zu kappen. Dann spürte ich seine Hand. Nein, kein Traum. Während er mir weitere Storys von sich und Bernie erzählte, lag auf einmal wie purer Zufall seine Hand auf meinem Knie. Kein Zweifel, dass er merkte, dass mein Bein anfing zu zittern.

»... am liebsten war mir natürlich Neuseeland, aber Australien wäre auch okay gewesen ...«

Ein Ruck ging durch meinen Körper. Wovon hatte er gesprochen? Ja, genau, sein soziales Jahr, das er im Ausland verbringen wollte ... Ich arbeitete mir ein Lächeln ins Gesicht. »Na ja, davon träumen viele. Ich kenne keinen, der es wahr gemacht hat.«

Er stupste mir mit dem Zeigefinger auf die Nase. Seine Augen hatten aus der Nähe betrachtet einen müden Schimmer. Er hatte schon reichlich Alkohol intus.

»Einen kennst du jetzt«, sagte er und hielt meinen Blick fest. Ich holte tief Luft, um nicht zu ertrinken in diesem feuchten Grau.

Ich lachte auf. »Hast du denn schon eine Zusage?«

»Willst du sie sehen?« Er grinste. »Im Januar geht es los.«

Ich stockte und studierte sein Gesicht. Nein, das war keine Verarsche. Er meinte es ernst.

»Wahnsinn. Neuseeland.« Ich schluckte. Und schon im Januar! Tausende Fragen sprudelten durch meinen Kopf, und ehe ich es merkte, war ich in meinen Gedanken bereits um Wochen voraus: Wie weh es mir tun würde, ihn zum Flughafen zu begleiten ... Wie ich die Stunden zählen würde, bis ich die nächste SMS von ihm bekommen würde ... Wie viel Geld ich zurücklegen müsste, um ihn im Sommer besuchen zu können ... Wie groß die Wiedersehensfreude sein würde, wenn er mich abholte ...

»Lust zu tanzen?« Stefan war aufgestanden und hielt mir seine Hand hin. Ich schnellte in die Höhe. Durch das Fenster sah ich, wie sich die Paare eng aneinandergepresst im Takt eines Schmusetitels wiegten. Ja, tanzen ...

Ich spürte Stefans Körper von den Knien bis zum Kopf. Sein Mund lag in meiner Halsbeuge, während seine Hände über meinen Rücken strichen und immer wieder zu meinem Po glitten. Ohne nachzudenken, passte ich mich seinem Rhythmus an. Ich fühlte mich wie handwarme Knete unter seinen Berührungen, bewegte mit geschlossenen Augen den Kopf und spürte auch schon seine Lippen auf meinen. Ein Kuss, der mich in ungeahnte Sphären katapultierte. Das erotische Feuerwerk in mir vernebelte meinen letzten Funken Verstand. Stefan legte seine Stirn an meine, während wir uns langsam wiegend im Kreis drehten.

»Du bist ja echt süß«, murmelte er lächelnd.

Du auch, lag mir auf der Zunge, aber das kam mir unzureichend vor.

»Mit dir habe ich doch glatt meine guten Vorsätze vergessen.«

Gute Vorsätze? War Silvester, oder was?

»Hast du dir vorgenommen, nur noch im Dunkeln zu küssen, oder was?«

Er lachte auf. »Nein, ich hab mir vorgenommen, nur noch meine Freundin zu küssen.«

Ein Eimer Löschwasser für mich. Ich schnappte nach Luft. Freundin? Küssen? Falscher Text ...

Er lachte zärtlich und drückte mich einmal fest an sich. »Du müsstest dein Gesicht sehen ...«

Mir reichte, was ich spürte. Sehen musste ich da gar nichts mehr. Das ging doch gar nicht, dass er eine Freundin hatte! Das war doch absolut unmöglich nach dem, was in den letzten beiden Stunden hier mit uns beiden passiert war ... Ich sortierte alle Sätze, die mir in den Sinn kamen, um irgendeinen passenden zu finden, aber alles schied aus. Die Musik verebbte, der DJ kündigte an, dass es nun wieder fetziger werden würde. Stefan nahm mein Gesicht in beide Hände und drückte mir einen Kuss auf den Mund. »Ciao, Pauline. Es war superschön, dich hier zu treffen. Vielleicht sieht man sich mal wieder.«

Nee, nee, so nicht ...

»Wieso musst du schon gehen?«, stieß ich hervor.

»Ich hab genug getrunken für heute. Mir reicht's.«

Mir noch lange nicht. Ich folgte ihm, schnell atmend, als er sich Richtung Haustür schob, griff an den anderen vorbei nach seiner Hand. Lass mich hier nicht allein ... Er drückte meine Hand einmal, ließ sie dann wieder los. Zerrissene Bilder von Kindheitsängsten in meinem Kopf.

An der Tür stellte ich mich vor ihn, sah zu ihm auf wie ein kleines Mädchen und wünschte mir nichts mehr als die magische Fähigkeit, ihn hier an diese Stelle zu bannen. Auf der Kommode hinter ihm lag neben Notizzetteln ein Filzstift. Ich griff ihn, ohne nachzudenken, nahm Stefans Arm und notierte meine Handynummer mit fliegenden Fingern in seine Hand.

Sein Lachen wirkte verunsichert. »Jetzt hast du mich tätowiert«, sagte er.

»Nach dem ersten Waschen ist die Nummer weg. Also warte nicht zu lange, bis du mich anrufst«, versuchte ich zu flirten, obwohl mir überhaupt nicht danach zumute war. Das, was hier zwischen uns gelaufen war, war mehr als ein lockeres Partyabenteuer. Mit mir war hier etwas passiert, etwas Großes, und Stefan war dafür verantwortlich. In den nächsten Sekunden wartete ich darauf, dass er mir seine Nummer geben würde. Bitte, bitte ... Aber er küsste mich nur noch einmal schnell und so heftig, dass mir fast die Knie wegsackten. *»See you.«*

Die Tür klappte zu, und ich blieb zurück, mit hängenden Armen, den Stift in der Hand. Ich schloss für einen Moment die Augen, spürte meinem Herzschlag, meinem pulsierenden Blut nach.

»Pauline!« Janas Stimme riss mich in die Realität zurück. »Du bist ja blass wie eine Leiche ... Was ist los? Hast du zu viel getrunken?«

Ich starrte Jana an, ließ mich von ihr unterhaken und in den Vorgarten führen. »Pauline ... jetzt sag doch mal was. Willst du nach Hause, oder was? Geht's dir nicht gut?«

Noch ein paar Sekunden lang starrte ich Jana an – dann fiel ich ihr um den Hals. Ich fühlte, wie sie meinen Rücken tätschelte, irritiert, aber auch voller Mitgefühl, wofür auch immer.

»Hey ...«, sagte sie zärtlich und streichelte über meine Haare.

»Jana, es ist etwas passiert ...«, brachte ich endlich hervor. »Ich ... ich habe ihn gefunden.«

Sie nickte nachdenklich. »Okay ...« Es war klar, dass sie nicht wusste, wovon ich redete. »Und wen jetzt genau?«

»Den Mann meines Lebens.«

Jana fragte nicht, wer und wann und wie, nahm mich nur beglückwünschend ein weiteres Mal in den Arm, und das machte es noch ein Stück weit realer für mich. Ja, es war wahr. Ich hatte gefunden, wovon ich gar nicht gewusst hatte, dass ich es gesucht hatte. Meine Irrfahrt, die in der Pubertät begonnen hatte und im Laufe der Jahre auf einen aberwitzigen Höhepunkt zugesteuert war, war endlich zum Stillstand gekommen.

Als wir eine Stunde später nach Hause gingen, überprüfte ich ein ums andere Mal, ob mein Handy eingeschaltet war. Ich durfte nicht vergessen, zu Hause den Akku aufzuladen und den Klingelton auf extralaut zu stellen. Nicht auszudenken, wenn Stefan anrief, um mir eine Gute Nacht zu wünschen – und ich vermasselte es aus technischen Gründen!

Ich weiß nicht, ob ich in dieser Nacht schlief. Ich hatte das Gefühl, mich in mehrere Partikel aufgespaltet zu haben, die alle mit irgendwas beschäftigt waren. Ein Teil von mir hatte nichts anderes zu tun, als auf das Handy zu achten, ein anderer verlor sich in erotischen Fantasien, ein weiterer arbeitete an einem Liebesfilm, der mit Ringtausch und Kuss auf dem Standesamt endete, und wieder ein anderer ließ die Highlights des vergangenen Abends wie in einer Endlosschleife vor meinem inneren Auge ablaufen.

Am nächsten Morgen ging ich wie auf Watte und musste mich auf jeden meiner Schritte konzentrieren, um die Balance nicht zu verlieren. Zum Duschen nahm ich das Handy mit ins Bad und ließ das dunkle Display auf dem Waschbeckenrand nicht aus den Augen. Wie blöd aber auch, dass nur er meine Nummer hatte! Um wie viel einfacher wäre alles, wenn er mir seine auch gegeben hätte. Dass wir das vergessen hatten! Während ich mich abrubbelte, malte ich mir aus, wie Stefan gerade jetzt auf der Bettkante saß und überlegte, unter welchem Vorwand er mich anrufen könnte, und ihm einfach kein Grund einfiel. Ganz bestimmt war er schüchtern. Deswegen hatte er auf der Party auch über den Durst getrunken. Mit Alkohol im Blut war es ihm leichter gefallen, seine Gefühle zu zeigen. Nun war er nüchtern und wusste nicht, wie er an unsere Begegnung anknüpfen sollte. Was für ein Drama! Und ich kannte noch nicht einmal seinen Nachnamen!

Ich beschloss, ihm noch zwei Stunden Zeit zu geben. Vielleicht überwand er seine Hemmungen ja und simste mich an ... Vorsichtshalber überprüfte ich, ob mein Handy überhaupt funktionierte. Ich wählte Janas Nummer. Kein Problem. Nach zweimal Bimmeln ging sie verschlafen an den Apparat.

»Jana, tust du mir einen Gefallen?«, überfiel ich sie ohne Hallo.

»Morgen erst mal. Puh ... Mir brummt der Schädel.«

»Macht ja nichts«, sagte ich herzlos, ganz von meinen eigenen Ideen besessen.

Jana lachte, trotz Brummschädel. Deswegen war sie schließlich meine beste Freundin. »Was gibt's?«

»Ruf mich mal an, ich glaub, mein Handy ist im Eimer.« Ich schaltete ab und wartete. Sekunden später dudelte der Klingelton los und hallte von den Kacheln wider. Ich meldete mich. »Alles okay, danke. Ich muss wieder auflegen.«

»Hey, warte mal, ich ...«

Den Rest hörte ich nicht mehr. Nur nicht zu lange die Leitung blockieren.

Am gemeinsamen Sonntagsfrühstück mit meinen Eltern und meinem Bruder nahm ich nicht teil. Ich hätte mich sowieso auf kein Gespräch außerhalb meines eigenen Universums konzentrieren können und Hunger hatte ich immer noch nicht. Stattdessen verbrachte ich die nächsten Stunden damit, mir alle Informationen über Neuseeland und das freiwillige soziale Jahr zu beschaffen. Ich wollte vorbereitet sein, wenn Stefan und ich uns das nächste Mal trafen, und ihn mit meinem Wissen beeindrucken. Er sollte sehen, wie wichtig er mir war, wie sehr ich mich für seine Dinge interessierte. Immer wieder wanderte mein Blick zum Handy, das stumm blieb. Dann. Endlich. Ich bekam fast einen Herzkasper, als es klingelte und das Display hektisch blinkte. Ich riss es an mich – und sackte in mich zusammen, als ich den Namen las. Jana. Verdammt, warum rief die jetzt an! Was sollte das!

»Ich hab dir doch gesagt, dass ...«, fuhr ich sie an.

»Hallo? Geht's noch?«, unterbrach sie mich. »Was ist mit dir los, Pauline?«

Ich stieß die Luft aus. »Sorry, Jana. Ich bin ein bisschen neben der Spur.«

»Den Eindruck habe ich auch. Ich nehme an, es geht um deinen Traummann?«

»Nicht Traummann!«, korrigierte ich sie. »Er ist der Mann, auf den ich mein Leben lang gewartet habe! Kein Teenietraum oder so was. Sondern ganz real der Typ, mit dem ich den Rest meines Lebens verbringen möchte.«

»Ja, das hast du gestern schon durchblicken lassen«, erwiderte Jana nüchtern. »Weißt du seinen Namen?«

Irgendwie legte sie nicht den nötigen Ernst an den Tag, fand ich. Aber mir war nicht nach Gags zumute, es ging hier um mein Schicksal. »Da gibt es nichts zu lachen, Jana. Mir ist es so ernst wie noch nie zuvor. Mit Stefan und mir, das ist was ganz Besonderes.«

»Du meinst Stefan Hamberg? Den Typ mit der Fönfrisur?«

Fönfrisur ließ ich unkommentiert, da hatte Jana eindeutig nicht richtig hingeguckt. Aber ich angelte nach dem nächstbesten Stift und notierte mir: Hamberg.

»Ja, wir waren den ganzen Abend zusammen. Du müsstest uns eigentlich gesehen haben.«

»Na ja, ehrlich gesagt, ich hatte Spannenderes zu tun, als dich zu beobachten, Süße. Gab's denn was zu gucken?«

Ich grinste. »Allerdings. Ich bin noch völlig im Delirium. Und nun sitze ich hier und warte, dass er anruft, während du die Leitung blockierst.«

»Du hörst doch, wenn er anklopft. Dann lege ich sofort auf, versprochen! Aber ... hast du echt Bock auf so eine heimliche Geschichte? Ist doch sonst nicht dein Ding.«

»Heimlich? Wie kommst du denn darauf? Unheimlich vielleicht.«

»Hat er sich denn von seiner Freundin getrennt? Die sind doch schon seit Jahren zusammen, soweit ich weiß.«

Ein Frösteln lief über meinen Rücken. Dass er eine Freundin hatte, hatte Stefan irgendwann gesagt. Obwohl ich mich nur dunkel daran erinnern konnte. Es gab so viel Schöneres, das sich in mein Gedächtnis eingebrannt hatte.

»Vielleicht findet er, dass es Zeit ist für was Neues! Ich hatte jedenfalls nicht den Eindruck, dass ihn ein schlechtes Gewissen plagt.«

»So kennen wir ihn«, sagte Jana. »Der flirtet allgemein gern. Seine Freundin scheint damit umgehen zu können. Verstehe ich zwar nicht, aber jeder so, wie er mag.«

»Wie meinst du das, dass er allgemein gern flirtet?«, fragte ich alarmiert.

»So, wie ich's gesagt habe: Ich hab ihn schon einige Male mit anderen Frauen rummachen sehen, ohne dass das seine Beziehung je tangiert hätte.«

»Du scheinst ihn ja gut zu kennen«, erwiderte ich bissig. Ob Jana auch schon mit ihm rumgemacht hatte? Wahrscheinlich. Und nun war sie eifersüchtig, dass er sich für mich entschieden und sie auf der Party nicht beachtet hatte. Ja, genau. So musste es sein.

»Nicht gut genug. Aber ich freue mich, wenn du Spaß hattest.«

»Ja, und den werde ich auch noch eine ganze Weile länger haben«, erklärte ich patzig und beendete das Gespräch ohne Tschüss. Jana war zwar in vielerlei Hinsicht die beste Freundin, die man sich nur wünschen konnte, aber was Männer betraf, war ich auf der Hut! Sie konnte schlecht damit umgehen, wenn andere besser ankamen als sie, das hatte ich oft genug mitgekriegt. Warum sollte sie bei mir eine Ausnahme machen?

Es gab drei Hamberg in der Stadt, aber nur einen mit einem »S.« davor. Anscheinend wohnte Stefan nicht mehr bei seinen Eltern. Er hatte sowohl die Festnetzverbindung als auch seine Handynummer angegeben. Doch was sollte ich jetzt tun? Wenn ich einfach bei ihm anrief, wusste er natürlich sofort, welchen Aufwand ich betrieben hatte, um ihn zu erreichen. Ich hatte Angst vor seiner Reaktion. Und ganz unverbindlich eine SMS mit Gruß? Was war dabei? War doch nur höflich, sich nach dem Befinden zu erkundigen, oder? Ich tippte ein: *»Na, die Nacht gut überstanden? Liebe Grüße von P.«*

Senden? Ja. Senden. Zack.

Mir sprang das Herz fast aus der Brust, als das Display »gesendet« anzeigte. Und ... jetzt! Jetzt würde es bei ihm klingeln, und er würde sehen, dass ich ihm geschrieben hatte. Nur daran, dass das Handy in meiner Hand wackelte, merkte ich, wie ich zitterte.

Die nächsten Minuten breitete sich in meinem Kopf ein Vakuum aus. Absolute Leere. Mit dem Telefon in der Hand ging ich im Zimmer auf und ab und wartete. Die Minuten zogen sich. Er antwortete nicht. Nicht in den nächsten Stunden und auch nicht bis zum Abend. Kurz bevor ich an diesem Sonntag ins Bett kroch, schickte ich eine zweite SMS, weil ich mir überlegt hatte, dass die erste vielleicht nicht angekommen war oder er an eine falsche Nummer geantwortet hatte. Konnte ja alles passieren. »*Alles okay bei dir? Ich denke viel an dich. Meld dich mal! Alles Liebe von P.*«

In den nächsten beiden Tagen sendete ich zwanzig weitere SMS. Und in jeder ging ich einen winzigen Schritt weiter, weil ich mir einredete, ich wäre vielleicht nicht deutlich genug gewesen. Ja, ich wollte, dass wir uns wiedersahen! Ja, ich wollte sehr dringend, dass wir uns in die Arme nahmen und dass er mich küsste, bis ich fast verglühte. Ich wollte das alles so unbedingt – und ich lief gegen eine Wand. Von ihm kam nicht die geringste Reaktion, auch nicht auf die letzte SMS, in der ich ihm gestand: »*Ich kann nur noch an dich denken. Ruf doch bitte an!*«

Ein Teil von mir war erstaunt, wie sehr ich inzwischen jede Hemmung abgelegt hatte, ein anderer Teil trieb mich immer weiter an, nur nichts unversucht zu lassen.

Jana meldete sich ein paarmal in der Woche, aber ihre Anrufe waren mir lästig. Ich wollte Stefan, alles andere schrumpfte zur Bedeutungslosigkeit. Was Jana von dieser Wandlung hielt, ließ sie mich wissen, als ich sie fragte, wie sie es fände, wenn ich die Schule abbrechen und für ein Jahr nach Neuseeland gehen würde.

»Jetzt bist du völlig durchgeknallt«, sagte sie.

Ich legte auf.

Zweimal war ich inzwischen in sein Viertel gefahren. Er wohnte in einem Altbau in der Innenstadt. Verdeckt von den

Verschlägen für die Mülltonnen schaute ich verstohlen die Hausfront rauf und runter und überlegte, hinter welchem Fenster er wohl lebte. Wahrscheinlich das dritte von unten links, da, wo es keine Gardinen gab. Nur eine vertrocknete Pflanze stand auf der Fensterbank. Junggesellenwohnung eben. Ich schlich zum Eingang und wartete – worauf, das wusste ich selbst nicht. Was sollte ich sagen, falls er auf einmal vor mir stehen würde?

Natürlich fragte ich mich, warum er nicht auf eine einzige SMS antwortete. Aber eine Erklärung war rasch entworfen: Es gab solche Typen, ja, die kamen und kamen einfach nicht mit der Mini-Tastatur des Handys zurecht und brachen sich fast einen ab, bevor sie auch nur ein Wort auf die Reihe kriegten. Warum er in diesem Fall nicht einfach anrief, wusste ich bereits: Ohne Alk war er viel zu schüchtern. Es gab in meiner Welt also nur eine logische Konsequenz, nachdem er sich eine Woche später immer noch nicht gemeldet hatte: Ich musste ihn anrufen. Ich musste den Mut für uns beide aufbringen.

Es war Sonntagnachmittag, 15:00 Uhr, eine Woche nach der Party. Ich wusste, was alles schiefgehen konnte, wenn ich Stefan direkt anrief, aber ich war innerlich auf alles vorbereitet. Glaubte ich. Und ich hatte einen Plan.

Es klingelte dreimal, dann meldete er sich. »Hallo?«

»Ja, hi, ich bin's.« Oh, wow. Diese Stimme. »Pauline.«

Seine Begeisterung verbarg er.

»Hast du meine Nachrichten bekommen?«

»Ich weiß nicht, ob ich sie komplett habe. Aber es sind einige, ja.«

Das Schweigen war bleischwer.

»Du bist wohl nicht der große Simser, oder?«

»Doch, im Prinzip schon.«

Ich schluckte.

»Du hör mal, Pauline, ich fand den Abend mit dir echt supernett, und du bist auch eine ganz Süße, aber ...«

Nein! Nein! Stopp!

»Also, ich rufe eigentlich nur aus einem Grund an«, unterbrach ich ihn mit etwas zu schriller Stimme.

»So?«

»Ja, es geht um dein Jahr in Neuseeland. Weißt du, ich hab da ein bisschen gegoogelt und wirklich ein paar tolle Tipps gefunden. Ich könnte dir die Links ... geben, wenn du magst.«

Bloß keine E-Mail-Adressen austauschen. Ich wollte doch den Realkontakt! Wieder Schweigen. Diesmal ein nachdenkliches, wie mir schien.

»Also, was meinst du?«, bohrte ich nach. Mein Puls brauste in meinen Ohren.

»Das ist ja lieb von dir«, sagte er endlich. »Hm, ja. Vielleicht ist es gar keine schlechte Idee, wenn wir uns treffen. Über Neuseeland könnte ich stundenlang reden.« Er lachte, und ich stimmte erleichtert ein.

»Ich inzwischen auch«, gestand ich.

»Also okay. Sagen wir in einer Stunde im Café Latte in der Altstadt?«

Ich fühlte mich, als würde ich abheben, und in meinem Kopf machte sich wieder diese inzwischen vertraute Leere breit. Er wollte mich treffen. Jetzt! Aber was, um Himmels willen, sollte ich fürs wichtigste Date meines Lebens bloß anziehen?!

Anderthalb Stunden später schlich ich in meinem süßesten Top, meiner engsten Röhrenjeans und meiner coolen Lederjacke ziellos durch die Altstadt. Eine orientierungslose Gestalt mit starrem Blick. Ich hörte mein eigenes Schlurfen auf dem Kopfsteinpflaster, sah die Häuserfassaden und Straßen wie durch einen Zerrspiegel. Meine Wimperntusche war sicher längst von Tränen abgespült und kroch in schwarzen Bahnen über mein Gesicht. Meine Arme hingen bleischwer an meinem Körper, die Fingerspitzen taub, während sich meine Beine wie von Marionettenfäden gezogen bewegten. Ich wusste nicht, wo ich hinsollte. Dass ich auf einmal vor Janas Haus stand, ist nicht auf meinen eigenen Willen zurückzuführen. Ich habe keine Ahnung, wie ich dort gelandet bin.

Jana öffnete, sah mich und zog mich an sich. »Du liebe Güte, Pauline ... Du siehst aus wie ein Gespenst. Was ist denn passiert?«

Ich ließ mich in ihr Zimmer führen, meine Bewegungen immer noch hölzern und wie ferngesteuert, mein Gesicht so angespannt, dass die Muskeln schmerzten. Und dann weinte ich erst mal, lang und laut. Gehalten von Jana spürte ich, wie ich aus meiner Erstarrung erwachte und wie mich ihr mütterliches »Schhhh ...« und ihre streichelnde Hand auf meinem Rücken beruhigten. Schließlich reichte sie mir ein Taschentuch.

»Ist es wegen Stefan?«, fragte sie.

Ich zog die Nase hoch, zerrupfte das Papiertuch in den Händen. »Ja und nein. Ich hab mich mit ihm getroffen.«

Sie verzog den Mund. »Scheint ja nicht der Renner gewesen zu sein.«

Ich sah sie an. »Er kam mit seiner Freundin.«

»Oh, Shit ...«

Ich schluckte an dem Kloß, der sich erneut in meinem Hals bildete. »Ja. Danielle. Eine wunderschöne Frau mit Märchenaugen und Schneewittchenhaaren.«

Einmal tief Luft holen, den Rücken stärken.

»Sie fährt mit ihm im Januar nach Neuseeland, die beiden

haben einen Platz auf demselben Bauernhof bekommen und freuen sich tierisch darauf.«

Ich fahre mit dem Handrücken über die Nase.

»Wir drei haben uns prima unterhalten«, fügte ich gallebitter hinzu. »Ich weiß 'ne Menge über Neuseeland.«

»Oh, Mann, du Arme … Es tut mir so leid, dass du auf die harte Tour Abschied nehmen musstest von ihm. Aber wer weiß, wofür es gut ist …«

»Ja, Jana, Abschied habe ich wohl genommen«, sagte ich nach einer Weile leise. »Aber es hat eigentlich nichts mit Stefan zu tun. Weißt du, ich hatte einen Traum, den ich unbedingt erzwingen wollte, und ich glaube, dabei habe ich mich so was von verloren und so was von scheiße verhalten … Irgendwie war ich gar nicht mehr ich selbst. Kannst du das verstehen?«

Wieder begannen die Tränen zu laufen. Jana legte den Arm um meine Schultern.

»Pssst … Du musst mir nichts erklären. Und außerdem kenne ich niemanden, der sich noch nie scheiße verhalten hat. Wichtig ist doch nur, dass du aus diesem Albtraum wieder aussteigst.«

Ich nahm ihre Hand. »Hilfst du mir beim Neustart?«

»Nichts lieber als das!« Jana küsste mich auf die Wange. »Ich hab dich vermisst. Willkommen zurück im Leben, Pauline!«

»

Martina Sahler | Jahrgang 1963, lebt mit ihrer Familie in der Nähe von Köln. Das Studium der Germanistik und Anglistik brachte ihr vor allem die Erkenntnis, dass ihr die bunte Praxis des Schreibens lieber ist als die graue Theorie. Und so arbeitet sie seit über fünfzehn Jahren freiberuflich rund ums Buch – als Ghostwriter, Lektorin und Autorin. In ihrem Büro mit Blick in bergische Wälder und den Katzen Lottie, Linus und Lilly um die Beine schreibt sie historische Romane, Krimis, Bücher zu Filmen – und Mädchenbücher.

Martina Sahler in der Reihe *Ich bin Ich!*

China Blues & Grüner Tee

Cyberschokolade

Einfach fliegen

Sternenhimmel inklusive

«

4

Barbara Bollwahn

Falsch verbunden

Es ist Sonntagabend acht Uhr. Ich liege auf dem Sofa und mache schon den ganzen Tag lang nichts. Ich meine, wirklich nichts. Keine Musik, kein Essen, kein Trinken, kein Fernsehen. Okay, ich atme, und zweimal bin ich auf die Toilette gegangen und habe mein verheultes Gesicht unter kaltes Wasser gehalten. Mehr Nichts geht nicht. Ich habe nicht geduscht, die Zähne nicht geputzt, den Schlafanzug nicht ausgezogen. Meine Füße stecken in dicken Wollsocken, die das untere Ende meines Körpers wärmen sollen. Mein kaltes Herz versuche ich, unter einem Berg von Kissen und zwei Decken vor dem Erfrieren zu retten. Reglos warte ich auf die Nacht und auf die Dunkelheit, die sie mit sich bringt. Zu etwas anderem bin ich nicht in der Lage. Ich habe Angst, dass eine einzige Arm- oder Beinbewegung meine Gedanken durcheinanderbringen könnte. Ich muss verstehen, was passiert ist.

Konrad hat Schluss gemacht. Einfach so. Wir waren mehr als ein halbes Jahr zusammen. Wir hatten eine gute Zeit. Von mir aus hätten wir die noch immer. Aber Konrad hat gestern Abend gesagt, er würde mich unglücklich machen.

»Du bist zu gut für mich« waren seine Worte. »Es ist besser so. Glaub mir.«

Ich war sprachlos, wie vom Schlag getroffen. Er gab mir einen Kuss auf die Wange und verabschiedete sich mit einem traurigen Blick. Seine Worte klangen so überzeugt, dass ich unfähig war, etwas zu erwidern oder zu fragen. Konrad hat mich sitzen lassen, im wahrsten Sinne des Wortes, und ist hinausgegangen in die Nacht. Ohne mich.

So ein verdammter Scheißlügner und Feigling. Ein paar Tage zuvor habe ich ihn zufällig mit einer langhaarigen Blondine in der U-Bahn gesehen. Wie ein Voyeur habe ich mich hinter einem Zeitungskiosk am Bahnsteig versteckt. Er hatte seine linke Hand auf ihren Oberschenkel gelegt, so wie er es immer bei mir gemacht hat, wenn wir U-Bahn gefahren sind. Mit der rechten Hand hat er ihr zärtlich den Pony aus dem Gesicht gestrichen. Das geht bei mir nicht, weil ich meine Haare meistens zu einem Pferdeschwanz nach hinten gebunden habe. Dann haben sie sich geküsst. Auch das haben wir oft unter der Erde gemacht. Ich hatte Angst, mein Herz bleibt stehen. Als die Aufforderung »Zurückbleiben!« über den Bahnsteig fegte, fühlte ich mich persönlich angesprochen. Die U-Bahn-Türen schlossen sich. Ich blieb zurück. Ich habe Konrad nicht gesagt, dass ich ihn gesehen habe. Seine Feigheit, seine Lüge haben mich stumm gemacht.

Wie ich nach Hause gekommen bin, weiß ich nicht mehr. Es war unerträglich, mitanzusehen, dass das Leben um mich herum weiter funktionierte, auch wenn die Welt für mich gerade unterging. Autos fuhren auf den Straßen, überholten, blinkten, bremsten. Ampeln schalteten von Rot auf Gelb auf Grün. Alle waren in Bewegung und hatten ein Ziel. Nur ich wusste nicht, wohin mit mir. Ein Würstchenverkäufer pries seine Bratwürste als die ehrlichsten Würste an, die jemals auf einem Grill gelegen hätten. Mir wurde speiübel. Ein schwarzer Pudel verrichtete auf dem Gehweg sein Geschäft. Scheiße. Als ich ein Paar sah, das sich vor einem Schuhgeschäft küsste, brach ich in Tränen aus.

Seit sich Konrad aus meinem Leben gestohlen hat wie ein Dieb, liege ich hier auf dem Sofa. Die Dunkelheit und die Stille sollen mir helfen, damit klarzukommen, dass ich einen geliebt habe, für den die Wahrheit anscheinend so kostbar ist, dass er nur sehr sparsam von ihr Gebrauch macht. Ich rede mir ein, die Finsternis könne mich trösten. Es ist nicht so, dass da nichts zu sehen ist. Sie schickt mir Schatten, die um mich herumtanzen und sich an der Decke und den Wänden niederlassen, als wollten sie mir sagen: »Du bist nicht allein.« Dabei fühle ich mich so verlassen wie nie zuvor. Die Stille legt sich über mich wie ein Schleier, der zu dünn ist, um mich zu wärmen. Mein Atem geht ganz ruhig. Ich stelle mir vor, wie es ist, tot zu sein.

Ich muss eingeschlafen sein. Die Schatten um mich herum sind dunkler geworden. Ich öffne die Augen einen winzigen Spalt und brauche eine Weile, um mich zu orientieren. Ich weiß nicht, ob ich geträumt habe. Langsam und schmerzhaft wird mir bewusst, warum ich wie gelähmt hier liege. Nie wieder werde ich mit Konrad zusammen auf dem Sofa rummachen. Nie wieder werde ich mit ihm am Ufer der Spree den Sonnenuntergang verpassen, weil wir uns küssen. Nie wieder werden wir spät in der Nacht ein Essen aus dem zubereiten, was gerade im Kühlschrank ist. Nie wieder wird er mir sagen, dass er mich liebt. Nie wieder werden wir einen ganzen Tag zusammen im Bett verbringen. Ich bin froh, dass ich liege. Der Verlust könnte mir die Beine weghauen.

Ich habe das Bedürfnis, mich an etwas festzuhalten. Meine

Augen bleiben ausgerechnet an den Umrissen des Hirschgeweihs oben auf dem Schrank hängen. Das ist eine Pflanze mit großen geweihartigen Blättern, die mit wenig Wasser auskommt. Das tröstet mich ein wenig. Aber nur kurz. Die Pflanze hat mir Konrad vor zwei Monaten geschenkt. Während ich darüber nachdenke, ob es gemein wäre, sie deshalb verdursten zu lassen, zerreißt das Telefon die Stille. Ich zucke zusammen. Das Klingeln erinnert mich an das »Zurückbleiben!« am Bahnsteig. Ich mache kein Licht und suche vorsichtig im Dunkeln. Mit jedem Klingeln werden meine Bewegungen hektischer. Wenn es Konrad ist? Beim sechsten Klingeln finde ich das Telefon auf dem Fensterbrett. Dort hatte ich es hingelegt, nachdem ich dreimal seine Nummer gewählt und sofort wieder aufgelegt hatte und drauf und dran gewesen war, das Ding aus dem Fenster zu werfen, um nicht weiter in Versuchung zu kommen. Ich wollte ihm sagen, wie schlecht es mir geht, und dass Lügen schlimmer sind als fremde Küsse. Ich habe es dann doch nicht getan. Ich war mir sicher, er würde mich nicht verstehen. Würde er es, hätte er mich nicht abserviert wie verdorbenes Essen.

Erst als ich mich wieder in die Kissen und Decken auf dem Sofa verkrochen habe, gehe ich ran.

»Hallo?«, frage ich zaghaft.

Es ist das erste Wort, das ich an diesem Tag spreche, der längst zur Nacht geworden ist.

»Caroline? Caroline!«, höre ich eine männliche Stimme, die ich auf irgendwas zwischen siebzehn und zwanzig Jahre schätze. »Ich bin's, Fred. Hör mir einfach nur zu, ja? Bitte.«

Auch das noch. Falsch verbunden. Die kurzen Sätze klingen atemlos und verzweifelt. Ein fremdes Elend am anderen Ende der Leitung. Das Flehen ist so inständig, dass sich die unbekannte Stimme in meinem Ohr einnistet, ob ich will oder nicht.

Kurz überlege ich aufzulegen. Ich kenne keinen Fred und ich heiße nicht Caroline. Statt »Falsch verbunden« zu sagen, höre ich zu. Bin ich eben Caroline. Noch schlechter kann es mir nicht gehen.

»Das kannst du nicht mit mir machen! Du kannst dieses Jahr nicht so einfach wegwischen wie einen lästigen Fleck. Hörst du? Ich liebe dich, Caroline!«

Ich höre ihn gut, sehr gut sogar. Aber was soll ich mit einem Liebesgeständnis anfangen, das nicht mir gilt? Mir kommen plötzlich Zweifel, ob ich so viel Kummer auf einmal vertragen kann. Mein Kopf ist kein Mülleimer. Doch die Stimme ist so drängend, dass ich mit dem Telefon am Ohr verharre. Ich setze mich kurz auf, als könnte ich so besser nachdenken. Vielleicht lenkt mich die fremde Verzweiflung von meiner eigenen Verzweiflung ab? Konrad hat mich auch ohne mit der Wimper zu zucken angelogen. Die Schatten um mich herum ermuntern mich weiterzumachen. Ich lege mich wieder hin und beschließe, Caroline zu bleiben. Vorerst.

»Bist du noch dran, Caroline?«

»Ja«, sage ich mit schwacher Stimme. Noch nie habe ich mich für eine andere Person ausgegeben. Oft habe ich mir vorgestellt, anders zu sein, als ich bin. Nicht ganz so sensibel, etwas robuster, schlagfertiger, vielleicht auch etwas größer und schlanker. Plötzlich bin ich eine andere Person. Mein Herz schlägt bis zum Hals. Der Anrufer scheint keinen Verdacht zu schöpfen. Er spricht weiter mit mir, als sei ich Caroline.

»Ich sitze in unserem Café, auf dem Stuhl, auf dem du gesessen hast, als ich dich zum ersten Mal sah. Du hattest die grüne Bluse mit den blauen Blumen an. Und vor dir auf dem Tisch lag deine knallgelbe Tasche. Weißt du noch?«

Meine Augen füllen sich mit Tränen. Ich beneide das Mädchen, das ich vorgebe zu sein. Ich weiß nicht, ob Konrad sich daran erinnern könnte, was ich bei unserem Kennenlernen auf der Geburtstagsparty eines gemeinsamen Freundes getragen habe. Ich hingegen könnte in null Komma nichts eine Zeichnung von ihm machen. Er hatte eine schwarze Cordhose an, dazu ein hellgrünes Hemd und dunkelgrüne Turnschuhe. Er gefiel mir sofort, aber ich war nicht die Einzige an diesem Abend, die sich für ihn interessierte. Erst nach Mitternacht kamen wir ins Gespräch. Ich weiß noch genau, was seine ersten Worte waren. »So, jetzt sollten wir zwei Hübschen uns mal unterhalten.« Das klang ein bisschen gönnerhaft. Aber sein Selbstbewusstsein beeindruckte mich. Wenige Tage später waren wir zusammen.

Ich drücke meine Augen ganz fest zu, um die Tränen zurückzuhalten.

»Du musst nichts sagen, Caroline«, fährt die Stimme, immer noch atemlos und verzweifelt, fort. »Hauptsache, du legst nicht auf. Okay, du hast da ein Ding mit diesem Typen am Laufen. Es ist nicht so, dass mir das nichts ausmacht. Im Gegenteil. Aber dass du dich deswegen von mir trennen willst, geht mir einfach nicht in den Kopf. Und dann auch noch so! Das war doch etwas ganz Besonderes zwischen uns!«

Jetzt schießen mir die Tränen in die Augen. Ich kann sie nicht mehr zurückhalten. Auch ich hatte gedacht, dass die Beziehung zwischen Konrad und mir etwas ganz Besonderes sei. Ich bin froh, dass ich nicht aufgelegt habe, obwohl es ein schmerzhafter Trost ist, meine eigene Enttäuschung aus einer fremden Perspektive zu erleben.

»Zumindest habe ich gedacht, es wäre etwas Besonderes«, fügt er leise hinzu. »*Du* wärst etwas Besonderes.«

Ich habe den Hörer ans Ohr gepresst, sodass ich hören kann, wie auch er mit den Tränen kämpft.

»Was hat dieser Typ, dass ich plötzlich keine Bedeutung mehr für dich habe? Ist er besser im Bett? Ach Scheiße, ich hab die ganze Nacht kein Auge zugetan.«

Träume ich? Der unbekannte Anrufer stellt sich die gleichen Fragen wie ich. Ich beschließe, weiter Caroline zu bleiben.

»Und weißt du, was ich dir besonders übel nehme?«, fährt er fort. Seine Stimme klingt jetzt sehr traurig. Ich gebe ein Geräusch von mir, das wie eine Verneinung klingen soll. Es funktioniert. Er redet weiter.

»Dass du mich belogen hast. Wollten wir uns nicht immer die Wahrheit sagen? Tagelang habe ich dich gefragt, was mit dir los ist. Du hast immer nur gesagt, dass nichts sei. Dabei habe ich euch gesehen! Am Montag um 15:00 Uhr, wenn du es genau wissen willst. Die Rathausuhr schlug dreimal, als ihr über den Marktplatz gelaufen seid und euch geküsst habt. Ich dachte, mein Herz bleibt stehen. Wolltest du nicht in die Bibliothek wegen eines Buchs? Eine seltsame Lektüre hast du dir da ausgeliehen. Und die Anrufe auf deinem Handy, die du immer weggedrückt hast, die waren doch von diesem Komiker! Und danach bist du immer für eine Ewigkeit auf dem Klo verschwunden und hast was von schwacher Blase gefaselt. Schwache Blase, dass ich nicht lache! Das ist einfach nur eine schwache Nummer.«

Die Verzweiflung am anderen Ende der Leitung ist plötzlich kein Trost mehr für mich, sondern verdoppelt meine eigene Verzweiflung. Ich sollte aufhören, Caroline zu sein. Ich fühle mich hundsmiserabel. Doch ich würde im Moment keinen einzigen halbwegs vernünftigen Satz zustande bringen. Deshalb schweige ich weiter.

»Ich habe viel über die Wahrheit nachgedacht, weißt du?«, höre ich. »Vielleicht hast du mich gar nicht angelogen, als du gesagt hast, es wäre nichts. Denn dieser Typ, dieses Würstchen, diese halbe Portion mit der bescheuerten Frisur aus der letzten Bundesligasaison ist doch ein einziges Nichts.«

Er wählt seine Worte präzise, mit Bedacht, und spuckt sie dann aus. Würstchen, halbe Portion, Nichts. Fast amüsiere ich mich. Aber nur fast.

»Und dass du unsere Beziehung mit einer SMS beendest, das hätte ich nie von dir gedacht. Nie!«

Freds Stimme klingt jetzt so schwach, dass ich ihm am liebsten einen Platz neben mir auf dem Sofa anbieten würde. Was würden wir für ein Gespann abgeben. Mir wurde die Lüge wie ein Pflasterstein ins Gesicht geschleudert, ihn ereilte die Lüge heimtückisch und perfide mit einer Kurzmitteilung auf dem Handy. Die Wirkung ist die Gleiche.

»Caroline? Bist du noch dran?«

Ich gebe einen Laut von mir, der wieder wie ein zustimmendes Brummen klingen soll.

»Das ist ja wieder typisch! Wenn es dir unangenehm wird, schweigst du. Das war schon immer so. Ich kann dir gar nicht sagen, wie mich das ankotzt!!«

Ich würde mir am liebsten die dicken Wollsocken bis über den Kopf ziehen, um nichts mehr zu hören. Denn Konrad hat auch oft geschwiegen, wenn es ernst wurde. Wollte ich etwas aus der Welt schaffen, was unausgesprochen in der Luft lag, hat ihn stets eine seltsame Sprachlosigkeit befallen. »Mädchen müssen immer über alles reden«, lautete seine Standardantwort. Ich verstehe nicht, wie ich das so lange ertragen konnte.

Je mehr dieser Fred seiner Enttäuschung Luft macht, umso mehr denke ich über meine Beziehung zu Konrad nach. Natürlich muss man reden. Wir sind doch keine Tiere, die sich oben was reinstopfen, das später unten wieder rauskommt. Sicher sind auch Hunde oder Katzen zu Gefühlen fähig, aber darum geht es jetzt nicht. Ich spiele mit dem Gedanken, dem Anrufer zu sagen, dass ich nicht die bin, für die er mich hält. Gerne würde ich mich mit ihm unterhalten, anstatt ihm unter Vorspiegelung falscher Tatsachen zuzuhören. Nur weiß ich nicht, wie ich diese Caroline-Rolle loswerden soll. Deshalb lasse ich alles so, wie es ist. Ich lüge den, der von seiner Freundin belogen wurde, weiter an – indem ich weiter schweige.

»Ich finde, du könntest jetzt etwas sagen«, dringt wieder seine Stimme an mein Ohr. »Das bist du mir schuldig. Sag mir endlich, was los ist, und ich verschwinde aus deinem Leben.«

Ich höre, wie er tief einatmet. Natürlich ist Caroline ihm das schuldig. Aber ich bin nicht Caroline! Ich halte die Luft an und schließe die Augen. Stumm beginne ich zu zählen. Eins, zwei, drei, vier, fünf ... Bei dreizehn öffne ich vorsichtig den Mund, um etwas Luft hereinzulassen.

»Willst du gar nicht wissen, was aus der Geschichte geworden ist, die ich für den Literaturwettbewerb eingereicht habe?«, wechselt er plötzlich das Thema.

Was für ein Literaturwettbewerb? Ich bekomme Angst, dass mir die Sache aus dem Ruder läuft. Zum Glück redet Fred weiter, ohne auf eine Antwort zu warten.

»Ich habe den ersten Preis gewonnen. Zweitausend Euro!«

Für einen Moment klingt er nicht mehr verzweifelt, sondern stolz. Ich würde ihm gerne gratulieren. Aber dafür müsste ich aus meiner Deckung rauskommen.

»Das Geld wollten wir zusammen in Frankreich auf den Kopf hauen«, fährt er fort. »Ich hatte schon ein Auto organisiert. Aber das hat sich ja nun erübrigt. Oder?«

Das »Oder« am Ende des Satzes rührt mich. Das Wörtchen klingt nach einer vagen Hoffnung, die er sich macht, nach einer Brücke, die er Caroline bauen will.

»Jetzt sag endlich was!«

Ich habe plötzlich einen unsäglichen Durst. Meine Zunge klebt am Gaumen, als wäre sie dort festgewachsen. Ich könnte mit dem schnurlosen Telefon in die Küche gehen. Aber ich wage nicht, mich zu bewegen. Nicht jetzt.

»Ach ja«, höre ich Fred mit spitzer Stimme sagen, »ich hatte deinen elenden Stolz vergessen, den du mit dir spazieren führst wie einen dressierten Hund.«

Wieder halte ich die Luft an.

»Du weißt schon, dass ein Telefon ein Kommunikationsmittel zur Übermittlung von Sprache mittels elektrischer Signale ist, oder? Ich mach mich hier total zum Affen. Macht dir das Spaß?«

Fast muss ich lachen. Ein Telefon ist ein Kommunikationsmittel zur Übermittlung von Sprache. Dieser Fred scheint die Kurve viel besser zu kriegen als ich. Hätte ich Konrad angerufen, hätte ich ihn wahrscheinlich nur beschimpft und geflennt.

»Weißt du was?«, vernehme ich wieder seine Stimme. »Eigentlich machst du es mir leicht. Mittlerweile frage ich mich, ob du wirklich so toll bist, wie ich immer geglaubt habe. Wenn sich deine Gefühle für mich geändert haben, okay, dann muss ich das akzeptieren, auch wenn es verdammt wehtut. Aber dass du mich so abspeist und so feige bist, nee, wirklich, das ist eine oberschwache Nummer.«

Das Telefonat wird immer unheimlicher. Es ist, als könnte Fred meine Gedanken lesen. Mir wird ganz heiß.

»Was gefällt dir so an dem anderen, dass du mit mir Schluss machst?«, fragt er. »Wenn du mir darauf eine Antwort gibst, lege ich auf.«

Ich staune über seine Geduld. Er muss diese Caroline sehr geliebt haben oder noch immer lieben. Dieser Fred ist besser als jeder Therapeut. Ich habe nie wirklich darüber nachgedacht, ich meine so richtig, warum ich mich in Konrad verliebt habe. Okay, er sieht gut aus. Deshalb gab es ja auf der Party, auf der wir uns kennengelernt haben, und auch später jede Menge Mädchen, die sich genauso für ihn interessiert haben wie ich. Er ist nicht auf den Mund gefallen. Er kann ziemlich witzig sein. Mir gefällt die Musik, die er hört. Er kann gut tanzen und im Knutschen ist er Weltmeister. All das kommt mir plötzlich erbärmlich wenig vor.

Ich merke erst jetzt, dass ich eigentlich keine Ahnung habe, was Konrad im Leben wichtig ist, ich meine, wirklich wichtig. Er hat nach einem halben Jahr seine Ausbildung zum Glasbläser abgebrochen. Ich fand das sehr schade. Insgeheim hatte ich die Hoffnung, dass er mir irgendwann einmal ein selbst geblasenes Glas schenken würde. Doch Konrad meinte, er habe keinen Bock, sein Geld mit der Herstellung von Glasaugen oder Weihnachtsbaumkugeln zu verdienen. Dass er die Lehre angefangen hatte, lag nur daran, dass er seine Eltern ruhigstellen wollte. Jetzt kellnert er in einer Kneipe, macht Musik mit seinen Kumpels oder hängt mit ihnen rum. Zu meinem Geburtstag hatte er mir einen Drink in der Kneipe spendiert, in der er arbeitet. Wie fantasielos das war, wird mir komischerweise erst jetzt klar. Ich war einfach nur stolz gewesen, dass Konrad von all den Mädchen, die ihn anhimmeln, ausgerechnet mich ausgewählt hatte.

Ich halte mich am Telefon fest, als wäre es mein einziger Halt im Leben. Wahrscheinlich wäre Konrad sowieso kein guter Glasbläser geworden, versuche ich mich zu trösten. Dazu braucht es nämlich Fingerspitzengefühl. Ich habe Angst, in Tränen auszubrechen.

»Wieso hörst du mir überhaupt zu«, vernehme ich wieder die unbekannte Stimme, »wenn du offenbar keine Lust hast, mit mir zu reden? Warum ich bisher nicht aufgelegt habe, dürfte dir klar sein, oder?«

Ich nicke. Natürlich ist mir das klar. Fred hofft noch immer, dass Caroline mit ihm spricht, dass vielleicht alles gut wird.

»Wenn du jetzt nichts sagst«, redet er weiter, »verschwinde ich aus deinem Leben. Also, entweder du machst den Mund auf oder ich beende diese Quälerei.«

Seine Stimme klingt sehr entschlossen. Ich will nicht, dass er auflegt. Aber was um alles in der Welt soll ich sagen? Ich werfe zwei Kissen und eine Decke vom Sofa und setze mich auf.

»Ich bin nicht Caroline«, sage ich.

Es ist der erste vollständige Satz, den ich an diesem Tag spreche. Meine eigene Stimme klingt fremd in meinen Ohren. Mein Herz schlägt wieder bis zum Hals.

»Caroline?«, fragt er unsicher.

»Ich bin nicht Caroline«, sage ich noch einmal.

Auch wenn ich nicht weiß, wie dieser Fred aussieht, stelle ich mir seine Kinnlade vor, wie sie gerade herunterklappt, als sei sie ein schweres Scheunentor. Während ich auf eine Antwort warte, umklammere ich den Hörer so sehr, dass ich Angst habe, er könnte kaputtgehen.

Fred braucht einige Sekunden, um sich zu sammeln.

»Du bist nicht Caroline?«, wiederholt er meinen Satz.

»Nein«, antworte ich kleinlaut.

»Das glaube ich jetzt nicht!«, ruft er außer sich. »Was wird denn hier gespielt? Ist das versteckte Kamera am Telefon oder was?!«

»Ich bin Johanna«, antworte ich zaghaft. »Du hast dich verwählt.«

»Und warum hast du das nicht gleich gesagt, hä?«

»Das wollte ich ja. Aber du hast so verzweifelt geklungen, dass …«

»… dass du aus Mitleid nichts gesagt hast? Willst du mir das verklickern??«

Ich stehe vom Sofa auf, mache einige Schritte und hole tief Luft, bevor ich antworte. »Ich habe dir zugehört, weil es mich getröstet hat.« Wieder muss ich viel zu lange auf eine Antwort warten. »Bist du noch dran?«, frage ich vorsichtig. Das Einzige, was ich höre, ist sein Atem.

»Sag doch was, bitte.«

Jetzt komme ich mir vor wie Fred, der darauf gedrängt hat, dass Caroline etwas sagt. Dieses Schweigen ist unerträglich. Ich kann verstehen, dass er sauer ist. Trotzdem hoffe ich inständig, dass er nicht auflegt.

»Und?«, fragt er schließlich und klingt gereizt. »Hat es dir Spaß gemacht, mich anzulügen?«

Dieser Vorwurf trifft mich. »Ich habe dich nicht angelogen! Ich habe nur nichts gesagt. Das ist etwas anderes.«

»Ach ja?«, fragt Fred wütend. »Steckst du deine Nase immer in Angelegenheiten, die dich nichts angehen? Warum, verdammt noch mal, hast du das gemacht?«

Ich komme mir vor wie bei einem Verhör. Aber er hat ja recht.

»Weil es gutgetan hat?«, frage ich unsicher zurück.

Fred lacht gequält.

»Das ist doch alles wie in einem schlechten Film, in dem ich nur eine kleine dumme Statistenrolle spiele.«

Ich protestiere sofort. »Davon kann keine Rede sein. Du hattest eine richtig große Sprechrolle.«

Wieder höre ich ein gequältes Lachen. Ich muss weiterreden, wenn ich nicht will, dass er auflegt.

»Falls es dich tröstet: Mir geht es genauso beschissen wie dir. Mein Freund hat auch kurze Beine, äh, mein Freund hat mich auch mit einer Lüge abgefertigt.«

Ich höre ein kurzes Lachen. Der Versprecher ist ihm aufgefallen. Ohne dass er mich danach fragt, erzähle ich ihm die ganze Geschichte mit Konrad. Fred unterbricht mich nicht ein einziges Mal. Als ich fertig bin, dringt wieder Schweigen an mein Ohr.

»Und?«, frage ich vorsichtig. »Du sagst ja gar nichts«.

»Das tut mir leid für dich«, antwortet er schließlich. »Ob du zu gut für diesen Konrad bist, weiß ich nicht. Aber ehrlich gesagt, interessiert mich das auch nicht. Ich bin nicht die Telefonseelsorge. Ich wollte mit Caroline reden, nicht mit dir. Was seid ihr alle egoistisch!«

Seine Stimme ist verärgert. Das ist nicht überraschend. Mir bleibt das Wort Seelsorge im Ohr stecken. Ich lasse es auf der Zunge zergehen wie ein gutes Essen und merke, wie mein Magen knurrt. Das Wort wärmt mein Herz, das vor wenigen Stunden noch am Erfrieren war. »Seelsorge ist ein schönes Wort«, sage ich. »Findest du nicht auch?«

»Jetzt reicht's aber«, ruft er wütend in den Hörer. »Willst du mich verarschen? Erst lässt du mich total auflaufen und dann willst du über schöne Wörter reden? Das kann doch alles nicht wahr sein!«

Ich bin etwas enttäuscht, dass er sich so gar nicht für meine Probleme interessiert. Ich mache Licht, um mich im Wohnzimmer zurechtzufinden. Die Dunkelheit, die mich vorher getröstet hat, macht mir jetzt Angst.

»Es tut mir leid. Aber als das Telefon geklingelt hat, dachte ich, es sei mein Freund«, sage ich. »Mein ehemaliger Freund«, füge ich hinzu. »Ich war so verzweifelt, dass ich nicht in der Lage war, den Irrtum aufzuklären. Ist das so schwer zu verstehen?«

Ich befürchte, dass er jetzt auflegt. Zum Glück tut er das nicht.

»Nein, das ist nicht so schwer zu verstehen«, sagt er. »Aber wie soll ich mich für deine Probleme interessieren, wenn ich selbst gerade mehr als genug habe?«

Der Ärger in seiner Stimme ist verflogen. Dieser Fred wird mir immer sympathischer.

»Das dachte ich am Anfang auch«, erwidere ich. »Deshalb wollte ich ja sofort auflegen. Dann habe ich aber gemerkt, dass es mich tröstet, zu hören, dass ich nicht der einzige Mensch auf der Welt bin, der belogen wird.«

Ich bin gespannt, was er antwortet. Wieder lausche ich seinem Atem. Meine Geduld wird auf eine harte Probe gestellt.

»Nein, das bist du nicht«, sagt er schließlich mit einem Seufzer. »Eigentlich muss ich dir dankbar sein. Nach meinem Monolog sehe ich Caroline in einem ziemlich anderen Licht. Danke, dass du mir zugehört hast.«

Ich kann es nicht fassen. Er ist nicht nur nicht mehr sauer, sondern er bedankt sich sogar bei mir!

»Ich heiße übrigens Fred«, sagt er.

Ich muss lachen. »Das weiß ich doch.«

Wir lachen beide. Das tut gut.

»Wenn du willst, können wir uns ja mal treffen«, schlage ich vor. Ich spüre ein Kribbeln im Bauch.

»Das Gleiche wollte ich auch gerade vorschlagen«, sagt er.

»Ehrlich?«, frage ich überrascht.

Wieder höre ich ihn lachen. »Meinst du, ich lüge dich an?«

Wir lachen noch einmal. Bis vor einer Stunde war ich der unglücklichste Mensch auf der Welt. Das scheint mir jetzt Lichtjahre entfernt zu sein.

»Hör zu«, sagt Fred, »wir könnten vielleicht ...«

Abrupt bricht der Satz ab.

»Wir könnten vielleicht was?«, frage ich.
»Fred?«, rufe ich ins Telefon. »Fred? Fred!«

Ich höre nur ein dumpfes Tut-tut-tut. Die Verbindung ist abgebrochen. Benommen lasse ich mich aufs Sofa fallen und versuche zu verstehen, was passiert ist. Eine mir vollkommen fremde Person war mir plötzlich sehr nah und ist genauso plötzlich unerreichbar weit weg. So unvermittelt wie Fred in meinem Leben aufgetaucht ist, so unvermittelt ist er verschwunden. Jetzt laufen die Tränen wie Sturzbäche meine Wangen herab.

Doch sie schmecken nicht mehr so bitter wie die Tränen, die ich vorher vergossen habe. Ich weiß jetzt, dass ich die Trennung von Konrad überleben werde. Und ich bin froh, dass die Erde sich weiterdreht. Endlich kann ich duschen, etwas trinken und essen. Konrad hat mich aus der Bahn geworfen. Aber Fred, das weiß ich, hat mich nicht aus der Leitung geworfen. Er war meine Telefonseelsorge. Er könnte die Wahlwiederholung drücken, denke ich. Aber die Telefonseelsorge ist anonym, ob es mir gefällt oder nicht.

»

Barbara Bollwahn | geboren 1964 in Sachsen. Als Heranwachsende notierte sie oft in ihrem Tagebuch, wie leicht es ist, zu wissen, was man nicht will, und wie schwer, herauszufinden, was man will. Sie entschied sich für ein Studium der spanischen und englischen Sprache an der Universität in Leipzig. Nach dem Mauerfall dolmetschte sie für Journalisten aus Spanien und fand deren Beruf interessanter als ihren eigenen. Seitdem arbeitet sie als Journalistin, Reporterin und Autorin.

Barbara Bollwahn in der Reihe *Ich bin Ich!*

Glücksmuscheln

Mond über Berlin

«

5

Michaela Hanauer

Liebeskummer für Fortgeschrittene

Die Auswahl ist riesig. Hätte ich nicht erwartet, nachdem überall berichtet wird, die Musikbranche wäre vom Ruin bedroht, weil wir nur noch aus dem Netz abzapfen. Seit ich meinen iPod habe, ziehe ich mir die MP3s auch nur noch direkt und nehme nicht mehr den Umweg über Läden. Ich hätte gedacht, meine Mutter wäre einer der letzten Dinosaurier, die an ihrem CD-Player klebt. Sie besitzt sogar noch einen Plattenspieler, um die LPs ihrer Jugend hören zu können. Oberpanne, wenn Freunde von mir zu Besuch sind und sie beobachten können, wie sie verzückt zu einem alten Madonna-Hit im Wohnzimmer herumtänzelt. Ich finde, meine Mutter sollte auch nicht zu einem *neuen* Madonna-Lied vor meinen Freunden tanzen. Hallo, sie ist über vierzig und benimmt sich wie, wie ... – na kindischer als ich mit neunzehn eben. Doch immerhin hat mich ihr Gehopse auf die Idee für ihr diesjähriges Geburtstagsgeschenk gebracht. Wird Zeit, dass sie ihre Achtziger-Lieblingstitel wenigstens auf CD zur Verfügung hat, bevor der Plattenspieler abrauscht und das Gejammer groß ist. Außerdem kann sie CDs im Schlafzimmer hören und in Zukunft dort Disco spielen. Genialer Plan, oder? Zwei Fliegen mit einer Klappe! Deswegen bin ich hier und staune die über zwei Meter hohen Regale hinauf. Wirkt beinahe wie ein Labyrinth aus Musik. Die Achtziger-Stars waren fleißig, tonnenweise CD-Hüllen, die mir die Entscheidung schwer machen. Ich wühle in meiner Tasche nach dem Zettel, auf dem ich mir einige Namen notiert habe. Von den meisten redet heute keiner mehr. Schon mal was von Kajagoogoo oder Katrina and the Waves gehört? Hoffentlich finde ich einen Sampler, auf dem Mamas persönliche Lieblinge komplett drauf sind. Versunken in die Auflistung der Titel, bekomme ich gar nicht richtig mit, was auf der unsichtbaren anderen Seite meiner CD-Wand abgeht. Dann brüllt eine Mädchenstimme: »Nimm die Finger weg! Du langweilst mich dermaßen mit der ewigen Küsserei!«

Kurze Pause, der »Langweiler« scheint etwas zu erwidern, was ich nicht verstehen kann, weil er flüstert. Das hält sie nicht davon ab, ihn lauthals nachzuäffen: »›Aber, Jeanette, ich liebe dich doch!‹ Ha, das kannst du dir sonstwo hinstecken. Ich habe keinen Bock mehr auf dich, verstanden!«

Wieder kurze Pause, dann: »Ja, genau so meine ich das. Es ist aus und vorbei mit uns! Ich geh jetzt mit Gero, der ist viel cooler als du, und außerdem hat er ein Auto! Ciao!«

Laute, eilige Schritte verraten, dass sie mit ihrem Abgang ernst macht.

Mir läuft es eiskalt den Rücken runter. Falls ich mich nicht sehr irre, habe ich soeben live mitbekommen, wie sich ein Pärchen getrennt hat. Besser gesagt, wie ein Junge unter miesesten Beschimpfungen verlassen worden ist. In aller Öffentlichkeit! Ich habe wahnsinnig Mitleid mit ihm. Trennungen tun weh und dann so knallhart! Diese Frau hat definitiv noch weniger Herz als Paul damals.

Damals – Paul.

In dieser Sekunde liegt es kein halbes Jahr zurück, sondern ist gestern passiert. Die Bilder ploppen zurück in meinen Kopf, lassen sich nicht verdrängen. Die braunen Augen von Prince auf der CD-Hülle vor mir verwandeln sich wie von Zauberhand in Pauls Augen und sehen mich an. Intensiv mit diesem Wahnsinnsblick. Der, bei dem ich geschmolzen bin. Schon beim allerersten Mal. Unwiderruflich, verknallt vom kleinen Zeh bis in die äußerste Haarspitze. Ohne Vorwarnung, aber wer verliebt sich schon mit Vorwarnung? Ich hatte gedacht, alle Jungs an unserer Schule zu kennen. Jedenfalls vom Sehen. Ein knappes Jahr vor dem Abschluss hat man genug Zeit dort verbracht. Man kennt jeden Winkel des Schulhauses, hatte fast alle Lehrer schon mal im Unterricht, bewegt sich in seiner Klassenclique mit traumwandlerischer Sicherheit und genießt die Vorzüge, vom dienstältesten Jahrgang zu sein. »Frischfleisch«, wie meine Freundin Nicole das nannte, lernte man eben anderswo kennen. Im Café, in der Disco, im Schwimmbad, auf Feten ... Nicht auf dem eigenen Schulhof. Das war unmöglich. Eigentlich. Aber Paul war da, wie aus dem Boden gewachsen – für mich vom Schicksal dorthin gestellt.

Zunächst sah ich nicht hin, weil ich mit Nicole ins Gespräch vertieft war, und er blinzelte nach oben in die Sonne, um seine neue Schule genauer unter die Lupe zu nehmen. Wumms – rannte ich in ihn hinein. Ich konnte ihm keine Schuld geben. Daran nicht. Er stand. Ich lief auf ihn zu. Zum Ausweichen hatten wir beide keine Gelegenheit mehr.

»Hi«, sagte er, »ein umwerfendes Begrüßungsritual habt ihr hier!«

»Äh«, sagte ich. Mehr fiel mir nicht ein. Ein Blick in seine

Augen hatte genügt, um mein Gehirn komplett auszuschalten. Bisher hatte ich noch nie einen solchen Totalausfall. Will heißen, normalerweise war ich in der Lage, mit Jungs zu reden, ohne meine Muttersprache zu verleugnen. Ich konnte mich allerdings auch nicht anknipsen wie Nicole, bei der ein gut aussehender Typ schon am Horizont genügte, um das strahlendste Lächeln und einen wahren Redeschwall auszulösen. Mir war das zu heftig – Freundin hin oder her. Sie wurde dann irgendwie künstlich und übertrieben. Wie Barbie auf Speed. Allein, unter vier Augen, tickte sie langsamer, und ich mochte sie irre gerne. Dann war sie die Beste von allen – offenes Ohr, perfekte Trösterin und Spitzenhumor inklusive. Aber bei Jungs galt eine andere Taktung. Die störte das nicht! Im Gegenteil. Sie lagen ihr in Scharen zu Füßen, noch zahlreicher als Tizia, der Beauty Queen unserer Schule. Tizia war zwar noch hübscher, aber nur, bis sie den Mund aufmachte. Klaro, wo Nicoles Vorzüge lagen! Dieses eine Mal war Nicoles Mundwerk auch mein Vorteil. Während mein Magen noch Purzelbäume schlug und ich fieberhaft nach einem zusammenhängenden Satz suchte, sprang sie ein: »Wenn man uns vorher informiert hätte, dass wir Schultouristen erwarten, dann hätten wir uns mit Blumenketten und Hawaii-Baströckchen ausgestattet!«

Er grinste breit, und ich werde nie vergessen, wie er mich von oben bis unten musterte – ganz offen. Fast schon dreist, als ob er sich die Hawaii-Ausstattung direkt an mir vorstellte.

»Ich bin kein Tourist, sondern gehe ab jetzt auf eure Schule. Aber eine kleine Führung nehme ich dankend an.« Er streckte mir die Hand entgegen. »Ich heiße Paul.«

Unauffällig wischte ich mir die schweißnasse Hand an der Hose ab, bevor ich seine ergriff. Wenigstens konnte ich mich an meinen Namen erinnern: »Sarah.«

»Wir können dir gerne alles zeigen«, rief Nicole. »Wie kommt es, dass du mitten im Schuljahr zu uns wechselst?«

Sie hasste es, nicht beachtet zu werden, und versuchte, das Ruder wieder an sich zu reißen.

Noch heute höre ich Pauls dunkle, raue Stimme, mit der er uns erklärte, dass sein Vater versetzt worden war und er deswegen umziehen und die Schule wechseln musste.

»Sieht so aus, als hätte ich es gut getroffen!«, meinte er und grinste mich erneut vielsagend an.

Nach dem Rundgang durchs Schulgebäude verabredeten wir uns für den Nachmittag, um die Sightseeingtour in der Stadt fortzusetzen. Es war alles so selbstverständlich, als müsste es genau so laufen. Meine Fähigkeit zu sprechen war zurückgekehrt, mein Verstand nicht. Ich giggelte kaum weniger albern als Nicole oder die anderen Mädchen über Pauls Witze, hing wie gebannt an seinen Lippen, wenn er von den Orten erzählte, an denen er gelebt hatte, und sonnte mich in seiner Aufmerksamkeit.

Binnen weniger Tage hatte er die gesamte Schule um den kleinen Finger gewickelt und war zum ungekrönten Star unserer Clique aufgestiegen. Nicht mal die Jungs meuterten, denn Paul kannte sich mit Computerzocken und Sport aus und verhalf unserer Schulhandballmannschaft zum ersten Sieg seit Ewigkeiten. Er gehörte dazu, als wäre er schon immer da gewesen, und war gleichzeitig etwas Besonderes, weil er neu war. Mit seinem rasanten Aufstieg auf der Beliebtheitsskala sanken meine Aussichten bei ihm gewaltig. Paul war ein Fall für Tizia geworden. Oder für Nicole. Wahrscheinlich war er das von Anfang an gewesen. Er sah unglaublich gut aus: groß, schlaksig, aber nicht dürr, sogar mit einer Andeutung von Waschbrettbauch. Und diese Augen und sein Lächeln …

Wehmütig erinnere ich mich an unseren ersten Ausflug. Zuerst sah es so aus, als würden wir zu dritt losziehen. Nicole ließ sich partout nicht abschütteln, plapperte munter sämtliche Anekdoten der Vergangenheit aus, um Paul einen Überblick über seine künftigen Freunde zu geben. Aber bei einem kurzen Zwischenstopp auf dem Klo fragte sie: »Toller Typ, oder? Gefällt er dir?«

Ich schwankte zwischen Zurückhaltung und Ehrlichkeit. Nach einer knappen halben Stunde zu gestehen, dass man bis über beide Ohren verknallt ist, kam mir seltsam vor. Meinen letzten Freund kannte ich Monate, bis wir unser erstes Date hatten. Aber mit Paul war es nun mal anders. Die berühmte Liebe auf den ersten Blick oder Liebe auf der Überholspur. Meine Gefühle hatten mich überrollt. Entrinnen aussichtslos und wem, wenn nicht meiner engsten Freundin, konnte ich das gestehen? »Und wie! Ich glaube, mich hat's total erwischt!«

Nicole nickte verständnisvoll. »Habe ich mir fast gedacht. So wie du ihn anschmachtest.«

Ich seufzte: »Habe ich überhaupt eine Chance?«

»Logo, der ist doch völlig hingerissen von dir! Immerhin bist du das schönste *und* netteste Girl der Schule.«

»Ich? Hast du Tizia und dich vergessen?«

Nicole lachte: »Genau deshalb bist du die Netteste, weil du nicht einmal weißt, wie du auf Jungs wirkst, Sarah. Also vergiss ausnahmsweise deine Zurückhaltung und schnapp ihn dir, bevor Tizia ihn entdeckt! Viel Glück!«

Nicoles Worte spornten mich enorm an. Selbstverständlich habe ich mich nicht sofort in Pauls Arme geworfen. Aber ich traute mich, ihn anzulächeln, und fixierte nicht mehr den Bodenbelag. Wir liefen zu Fuß durch die halbe Stadt, trotzdem glaube ich nicht, dass Paul von der Umgebung etwas mitbekam. Es gab tausend Dinge zu bequatschen.

Lieblingsfächer: er Englisch, ich Geschichte; beide Sport.

Lieblingsessen: Er Schnitzel. Ich Pommes. Passt gut zusammen.

Lieblingstier: Er Panther. Ich Wolf. Wo ist hier eigentlich der Zoo!?

Lieblingshobby: Er Handball. Ich Schwimmen. Beide Kino!

Lieblinsfarbe: Er Blau. Ich Rot. Ergab Lila!

Lieblingsband: Beide Coldplay!

Lieblingsort: Er New York, da war ich noch nie. Ich Rom, das kannte er nicht. Fazit: Gemeinsame Weltreise!

Zu einem echten Kuss kam es beim ersten Mal nicht. An meiner Haustür landeten Pauls Lippen lediglich irgendwo zwischen meinem rechten Mundwinkel und meiner rechten Wange. Hastig bedankte er sich für den Stadtrundgang und verschwand in der Abenddämmerung. Ich stand trotzdem da wie nach einem Stromschlag. Wahrscheinlich hätte ich die ganze Nacht dort ausgeharrt, wenn meine Mutter nicht den Müll rausgetragen und mich gefunden hätte.

»Sarah, da bist du ja! Komm rein, das Essen ist fertig!«

So was Profanes wie Nahrung kam in meinem Universum nicht mehr vor. Ich stocherte im Salat, kaute ewig an einem Bissen Brot, weil ich satt war, bevor ich überhaupt angefangen hatte zu essen. Meine Eltern betrachteten kopfschüttelnd mein Treiben, ließen mich aber gewähren. Was hätten sie auch unternehmen sollen? Zum Füttern war ich zu alt und verraten hätte ich ihnen den Grund für meine Appetitlosigkeit auch dann nicht, wenn sie massiv nachgebohrt hätten. Es gibt Dinge, die erzählt man einer Freundin, nicht aber seinen Eltern.

Die nächsten Tage fühlte ich mich wie in Watte gepackt und hatte nur eine sehr selektive Wahrnehmung. Alles, was nichts mit Paul zu tun hatte, zog unbeachtet an mir vorüber. Die Englisch-Sechs war mir genauso egal wie Tizias bevorstehender Geburtstag. Zumindest so lange, bis sie damit rausrückte, dass es eine große Fete geben sollte. Da wurde ich hellwach und überlegte fieberhaft, wie ich unauffällig für Paul eine Einladung ergattern könnte. Überflüssiger Stress, denn – wie gesagt – Paul eroberte die gesamte Mannschaft im Sturm, und Tizia lud ihn schneller ein, als mir lieb war. Mein Hochgefühl stürzte in sich zusammen. Paul war zwar weiterhin süß und lieb zu mir, aber genau so war er zu Tizia, Nicole und den anderen Mädchen. Es gab nicht den Hauch eines Anzeichens, dass ich für ihn mehr war als ein netter, neuer Schulkumpel, und es war klar wie Kloßbrühe, dass Tizia, Serena und gelegentlich sogar Nicole heftig mit ihm flirteten.

»Habe ich dir nicht geraten, dich ranzuhalten?«, rechtfertigte Nicole sich.

Ich hatte eine Weile mit mir gerungen, ob ich sie überhaupt darauf ansprechen sollte. So verknallt ich auch war: Eine dicke Freundschaft ist wichtiger als irgendein Kerl, oder? Ich sah das jedenfalls so und wollte nicht mit Nicole in einen Konkurrenzkampf treten. Schließlich wusste sie, wie es um mich stand. Mein Gefühlsleben rauschte inzwischen derart die Achterbahn rauf und runter, dass ich kaum noch ich selbst war. Absolutes Hochgefühl, wenn ich mit ihm redete, panische Unruhe, wenn er sich mit anderen Mädchen unterhielt und sie um ihn rumschwirrten wie die Motten ums Licht, und heulendes Elend, wenn er mich den ganzen Tag nicht beachtet hatte. Keine Sekunde gab ich dafür Paul die Schuld. Stattdessen war ich sauer auf die anderen Mädchen, obwohl die, bis auf Nicole, ja gar nicht wussten, wie verliebt ich war. Außerdem haderte ich mit mir selbst, mit meinem Spiegelbild und mit meinem fehlenden

Mut, mich gezielter an Paul ranzuschmeißen. Nicole hatte völlig recht: Ich war ein Hühnchen und hatte einen tollen Typen wie Paul nicht verdient. Trotzdem wollte mein Herz die Hoffnung nicht aufgeben. Wäre auch gar nicht gegangen, solange er mir ständig über den Weg lief und ich jedes Mal fast in Ohnmacht kippte, wenn ich ihn bloß sah. Wie soll man jemanden vergessen, an den man sich schon beim Aufstehen erinnert, weil man die ganze Nacht von ihm geträumt hat?

Tizias Fest war mein letzter Notanker. Ich zog mich ungelogen neunmal um, bevor ich mit meinem Outfit einigermaßen zufrieden war. Vier Stunden Dauerbesetzung des Badezimmers. Jede Haarlocke musste ich dreimal föhnen, bevor sie dort saß, wo sie hingehörte. Mein Vater trommelte gegen die Tür, weil er angeblich aufs Klo musste. Mir war das piepegal, sollte er zu den Nachbarn gehen, falls es so dringend war, für mich ging es schließlich um Leben und Tod.

Irgendwann schaffte ich es doch noch auf die Party. Sie war bereits in vollem Gange, und die ersten Pärchen kuschelten in einer dunklen Ecke. Mein Herz klopfte bis zum Hals. War Paul dabei? Hatte sich Tizia etwa ein ganz besonderes Geburtstagsgeschenk gegönnt? Mir wurde speiübel. Ich stolperte ins Wohnzimmer und atmete tief auf. Dort tanzte Paul. Umringt von den üblichen Verdächtigen, aber ohne speziellere Verstrickung.

Und dann geschah das Wunder. Pauls und meine Augen trafen sich wie am ersten Tag. Er rief: »Ich habe auf dich gewartet. Wo warst du so lange?« Erstaunlicherweise gelang es mir, lässig zu erwidern: »Die besten Gäste kommen doch immer am Schluss!« Er zwinkerte mir zu. »Stimmt!« Dann legte er seine Hand auf meine Hüfte, und wir tanzten, als wären wir allein. Alle Tizias, Serenas und Nicoles verschwanden im nebulösen Nichts. Sie zählten nicht mehr. Beim nächsten langsamen Song drückte sich Paul ganz nah an mich heran, ich legte die Wange an seine Schulter, er schlang die Arme um mich und wir verschmolzen mit dem Rhythmus. Irgendwann hob ich leicht den Kopf, und seine Lippen warteten schon. Diesmal landete der Kuss dort, wo er hingehörte, auf meinem Mund, und ich fühlte mich federleicht und glücklich. Paul war ein richtig guter Küsser. Nicht zu feucht, nicht verkrampft, sondern leidenschaftlich *und* zärtlich. Ein Traumboy. Mein Traumboy.

Später erzählte mir Nicole, dass Tizia einen hysterischen Anfall bekommen und sich eine Stunde in ihrem Zimmer eingeschlossen hatte. Sie hatte sich große Hoffnungen gemacht, bei Paul zu landen, und sogar ihrem Dauerverehrer Tobi den Laufpass gegeben. Nicole gluckste schadenfroh: »Tizia hat sich bereits an Pauls Arm als das strahlende Top-Schulpärchen gesehen. Von allen bewundert und beneidet. Typischer Fall von ›Pech gehabt‹!«

Ich bedauerte Tizia eher. Ich hatte am eigenen Leib erfahren, wie übel Liebeskummer sein konnte, und verstand sehr gut, was ihr an Paul gefiel. Und wenn ihre Gefühle für Paul echt waren, dann ging es ihr sicher beschissen, und das wünschte ich niemandem, schon gar nicht einer guten Freundin. Ich hätte gerne mit ihr geredet und sie sogar getröstet, aber dafür war ich eine glatte Fehlbesetzung.

»Verschone mich, Sarah!«, zischte sie. »Auf dein Mitleid kann ich echt verzichten. Du tust bloß immer so unschuldig und süß, in Wirklichkeit bist du schlimmer als ich!«

»Aber es tut mir ehrlich leid. Ich wusste nicht, dass du auch ernsthaft in Paul verliebt bist!«, sagte ich.

»Pah, was heißt schon verliebt!? Typen wie den gibt's wie Sand am Meer. Genieß dein kurzes Glück, Kleine, lange wird es nicht dauern. Und auf meinem nächsten Fest lässt du gefälligst die Finger von meinen männlichen Gästen, sonst lade ich dich nicht mehr ein!«

Ich weiß bis heute nicht, ob Tizia richtig in Paul verknallt gewesen war oder ob er in die Kategorie »Statussymbol« gefallen wäre. Mein Glück mit Paul wollte ich auf jeden Fall genießen. Bis in alle Ewigkeit! Also bestand keine Gefahr, Tizia jemals wieder absichtlich oder unabsichtlich einen Kerl abspenstig zu machen. Weder auf ihren Festen noch sonstwo. Den zweiten Teil ihrer Ansage verbuchte ich deshalb unter gekränkter Eitelkeit. Ich war so happy, dass mich nichts aus der Ruhe bringen konnte. Sollte Tizia ruhig stänkern und die anderen Mädchen hinter meinem Rücken tuscheln, so viel sie wollten. Paul hatte sich für mich entschieden, und wir schwebten auf Wolke sieben. Das konnte mir niemand madig machen.

Bereits zehn Minuten, nachdem er mich nach Hause gebracht hatte, trudelte seine erste SMS ein: *Schlaf gut, Sweety. Ich träume von dir!!!*

Ich schlief nicht besonders, weil ich es nicht abwarten konnte, ihn am folgenden Tag zu sehen, aber meine Wachträume handelten nur und ausschließlich von ihm. Bei unserem nächsten Date klopfte mein Herz so laut, dass ich sicher war, dass er es hören konnte. Doch wenn ich ihn so ansah, erging es ihm anscheinend genauso. Seine Pupillen waren herzförmig wie meine, und aus Blau und Rot wurde nicht Lila, sondern ein hauchzartes Rosa. Hand in Hand liefen wir durch den Park, spielten zum Spaß Verstecken zwischen den Bäumen und ließen uns nach einer aufregenden Verfolgungsjagd kichernd auf eine Wiese sinken. Wir knutschten, knutschten und knutschten. Ich konnte nicht genug von seinen Küssen kriegen und er nicht von meinen. Das klingt wie ein kitschiger Liebesfilm, aber so war es. Wir kamen kaum zum Reden, aber das war auch nicht so wichtig. In den ersten zwei Wochen gab es in der Schule kein Links und Rechts mehr. Ich ging überhaupt nur hin, weil er da war. Der Unterricht zog an mir vorbei wie ein unaufdringliches Hintergrundgeräusch. Entweder hatten die Lehrer mehr Einfühlungsvermögen, als man ihnen zutraut, oder wir hatten beide Dusel, dass wir nicht auf der Ausfragliste standen. Jedenfalls ließen sie uns in Ruhe. Wir störten auch nicht weiter. Wir guckten und smilten bloß.

Nicole war die Erste, die sich wieder an uns heranwagte. »Ich will euer inniges Glücksprogramm ja nicht stören, aber vielleicht habt ihr trotzdem Lust, mit uns gewöhnlichen Sterblichen heute Nachmittag ins Einkaufszentrum zu gehen?«

Also tauchten wir aus der trauten Zweisamkeit auf und nahmen wieder an der Umwelt teil. Zuerst eng umschlungen, dann Händchen haltend und zum Schluss ging Paul mit Tobi, Mark, Elias und David in die Computerabteilung, um die neuesten Spiele auszuprobieren, und ich blieb mit den Mädels im Café zurück.

»Und?«, platzten Nicole und Selina beinahe gleichzeitig heraus.

»Was und?«, fragte ich.

»Stell dich nicht dümmer, als du bist. Wie ist er?«, meinte Selina.

Ich verdrehte verzückt die Augen. »Toll, was sonst!?«

»Lass dir nicht alles einzeln aus der Nase ziehen. Habt ihr schon oder wartet ihr noch auf sturmfrei?«, hakte Selina nach.

»Ach, das meint ihr ...«

Über Sex hatte ich mir noch gar keine Gedanken gemacht. So

wenig wir die Finger voneinander lassen konnten, aber in dem Moment war alles noch eine Gefühlswelle, in der passierte, was passierte.

»Ich würde es nicht ausschließen«, sagte ich vorsichtig.

»Das wäre bei einem heißen Typen wie Paul auch dumm«, tönte Tizia. Sie redete wieder mit mir, seit sie sich Tobi zurückgeholt hatte.

»Na ja, aber ich will nichts überstürzen«, gestand ich. »Das hat doch noch ein wenig Zeit.«

»Heißt das, du bist noch Jungfrau?«, staunte Selina.

Ich biss mir auf die Lippen und nickte.

»Lass sie in Ruhe«, sprang Nicole mir bei. »Sarah muss selbst wissen, was sie wann mit wem tut. Das geht uns gar nichts an!«

»Danke«, sagte ich.

Vor Paul hatte ich das nie als Makel empfunden. War doch besser, auf den Richtigen zu warten, oder? Selbstverständlich war auch bei mir schon mehr passiert als bloß ein Zungenkuss, aber für den letzten Schritt war meine Liebe nie groß genug gewesen. Diesmal könnte das anders sein, das war mir klar. Allerdings hätte ich dieses Gespräch lieber irgendwann mit Paul geführt als mit meinen neugierigen Freundinnen, die mich anglotzten wie eine aussterbende Tierart. Nicole wusste natürlich Bescheid, ebenso kannte ich ihre Geheimnisse. Aber für einen Gruppenplausch war mir das Thema zu intim. Vor allem weil mir klar wurde, dass mich alle für eine Spätzünderin hielten. Nervös rutschte ich auf meinem Stuhl hin und her und sehnte Paul herbei, bis mir siedend heiß einfiel, dass er mit den Jungs möglicherweise gerade dasselbe Thema beackerte. Vielleicht zogen sie ihn auf, weil er bei mir noch nicht weitergekommen war, oder Tobi prahlte, wie gut es mit Tizia lief, und brachte Paul zum Grübeln, warum er sich nicht lieber für sie entschieden hatte.

Überhaupt – warum interessierte er sich ausgerechnet für mich? Ich hatte ihn bislang nicht gefragt, ich war automatisch davon ausgegangen, dass es bei ihm Liebe auf den ersten Blick gewesen war wie bei mir. Aber ich konnte mich irren. Es wurde Zeit, dass ich das herausbekam.

»Bleib cool«, flüsterte Nicole mir ins Ohr. »Die Chicks wissen es halt nicht besser. Jeder hat sein eigenes Tempo!«

Beruhigend, dass wenigstens Nicole mich verstand. Doch der Zweifel nagte in mir, und ich hätte Paul am liebsten sofort ausgequetscht. Aber es war wie verhext. Der ersten Gruppenverabredung folgten zig weitere, in der Pause waren wir voll im Geschehen, und die Meute umringte uns meistens dicht gedrängt. Wie vorher. Mit dem Unterschied, dass Paul und ich uns an den Händen hielten und er mir gelegentlich einen flüchtigen Kuss auf den Mund hauchte. Wir hatten übergangslos die Phase der ersten Verliebtheit abgeschlossen und waren zu einem Cliquenpaar geworden. Das änderte überhaupt nichts an meinen Gefühlen für ihn, er war für mich der tollste und schönste Junge unter der Sonne und ich genoss es, mit ihm gemeinsam Zeit zu verbringen, egal, was wir unternahmen. Ich war auch vor Paul beliebt gewesen, aber gemeinsam leuchteten wir heller, und mein Alltag flog leicht und unbeschwert dahin. Bis auf diese klitzekleinen Fragezeichen, die gelegentlich an der Fassade kratzten. Besonders dann, wenn Tizia sich wie zufällig neben Paul stellte – ein paar Zentimeter zu nah für meinen Geschmack – und ihn wegen irgendwas um Hilfe bat. Rein freundschaftlich, versteht sich! Ich war nicht richtig eifersüchtig, Tizias Auftritte machten mir nur meine eigenen Schwächen deutlich. Ich war unsicher, ob ich Paul alles bot, was er erwartete und nach meiner unumstößlichen Ansicht erwarten durfte, weil er es von anderen Mädchen ja bekommen hätte. Dass man geliebt wird, weil man ist, wie man ist, und nicht, weil man ist wie alle anderen, das checkte ich damals nicht.

Deshalb fragte ich ihn, als wir endlich mal wieder allein in seinem Zimmer schmusten: »Warum hast du dich eigentlich für mich entschieden und nicht für Tizia oder für eine der anderen?«

Paul lachte laut auf: »Sag bloß, ich hätte sie alle haben können?«

Ich knuffte ihn in die Seite. »Das weißt du doch genau!«

»Wenn dir jemand eine Pralinenschachtel vor die Nase hält und du wählen kannst, dann würdest du dir sicherlich das süßeste und leckerste Stück nehmen!« Er stupste mit dem Zeigefinger meine Nase. »Und du bist amtlich das süßeste Mädchen der Schule!«

»Nur der Schule!?«

Ich spielte die Beleidigte bloß, denn ich fand dieses Kompliment wahnsinnig romantisch.

»Der Stadt oder des ganzen Universums, wenn du willst!« Paul küsste mich, und die zweite Frage musste ich nicht mehr stellen. Ich würde so weit gehen, wie er es wollte, weil ich ihn so sehr liebte, dass es schon fast wehtat. Meine Bedenken waren restlos ausgeräumt und mein Selbstbewusstsein restauriert. Das Anhimmeln der anderen nahm ich von da an gelassen in Kauf. Sollten sie ruhig, solange Paul nur mich liebte.

Der nächste Schatten kam durch meine Eltern. Sie hatten sich eine lange Weile still verhalten, meine Mutter hatte nach einiger Zeit gefragt, ob ich einen neuen Freund hätte und sich mit mir gefreut, als ich ihr von Paul erzählte. Doch die Abschlussprüfungen rückten unaufhaltsam näher. Ich hatte das erfolgreich verdrängt, es war mir nicht mehr wichtig, wie ich abschneiden würde. Hauptsache, ich hatte genug Zeit für Paul. Meine Eltern sahen das anders. Sie machten sich Sorgen und zitierten mich vors Familiengericht. So empfand ich es jedenfalls. Der Vortrag dauerte schier endlos.

»Wir erwarten, dass du dich mehr für die Schule engagierst, Sarah! Ein guter Abschluss ist Voraussetzung für einen erfolgreichen Start in die Zukunft.«

»Jaja, aber es gibt auch noch mehr als zu büffeln. Ist schließlich meine Sache, oder?«

»Du wirst es bereuen, wenn du dich jetzt hängen lässt. Paul erscheint dir vielleicht momentan allein selig machend, aber in ein paar Jahren ...«

»Denkt bloß nicht, dass das mit Paul nichts Ernstes ist! Wir lieben uns und werden auch noch in tausend Jahren zusammen sein!«

»Umso besser, dann könnt ihr euch die nächsten Wochen auf eure schulische Karriere konzentrieren!«

Meine Eltern ließen nicht locker, und ein winziger Teil von mir sah sogar ein, dass sie recht hatten. Ich hatte seit Paul tatsächlich kaum mehr meine Nase in die Bücher gesteckt und prompt ein paar schlechte Noten kassiert. Doch meine Überwachungsmannschaft hatte vorgesorgt.

Abendausgang unter der Woche gestrichen.

Paul konnte zum Lernen kommen, aber nur am Küchentisch oder im Wohnzimmer, damit wir auch wirklich arbeiteten.

Auch Freitag- und Samstagnacht hatte ich um dreiundzwanzig Uhr anzutraben, damit ich genug Schlaf bekam, um samstags und sonntags etwas zu tun.

Ich sollte mit meinen Eltern einen Lernplan erstellen und

mich von ihnen in Etappen ausfragen lassen, um meine Erfolge zu prüfen.

Gefängnisregeln, mehr fiel mir dazu nicht ein. Pauls Begeisterung hielt sich wie erwartet in Grenzen.

»Meine Noten sind ausreichend, in Englisch bin ich richtig gut, warum sollte ich mehr tun?«

Kein Wunder, er hatte ein Jahr in England gelebt und war zudem so klug, dass ihm die meisten Sachen zufielen. Mit vollem Einsatz hätte er wahrscheinlich einen Megadurchschnitt erreicht, aber das war ihm zu anstrengend. Ich verstand das, meine Eltern nicht. Wenigstens konnte ich ihn dazu bewegen, mir in Englisch zu helfen. Meine Schwachstelle — und eine optimale Gelegenheit, regelmäßig einen Nachmittag in der Woche mit ihm zu verbringen. Seither verstehe ich mühelos englische Kosenamen und Schimpfwörter.

Überflüssig zu erwähnen, dass ich die einzige Idiotin war, die an den Schreibtisch gezwungen wurde. Logisch, dass ich meine Eltern verabscheute. Abgrundtief und lautstark. Aber es gab kein Entrinnen.

Nach drei Wochen war meine Sehnsucht nach einem Open-End-Abend mit Paul so riesig, dass mir alles egal war. Doofe Paukerei! Es gab wieder eine große Fete, diesmal bei Tobi, und ich musste um kurz vor elf die Segel streichen. Obermiese Nummer! Polternd ließ ich die Tür ins Schloss krachen. Sollten meine Eltern ruhig mitbekommen, wie geladen ich war. Wütend starrte ich in den Nachthimmel. Lieber hätte ich mit Paul in die Sterne geguckt, als daheim Frust zu schieben. Der rettende Einfall kam wie von selbst. Wir wohnten im ersten Stock, kein Hindernis für jemanden, der sportlich ist. Auf dem Fenstersims wurden meine Beine lausig weich, es war tiefer, als ich gedacht hatte, vor allem, weil unter mir kein Rasen war, sondern harter Steinboden. Sollte ich springen? Wenn ich mir alle Knochen brach und im Krankenhaus landete, würde ich Paul bloß noch zu den Besuchszeiten sehen. War es das wert? Jemand schlenderte auf dem Gehweg entlang. Mir rutschte das Herz in die Hose, jetzt war alles aus! Die Fußgänger würden meine Eltern benachrichtigen, und ich bekäme Hausarrest *ohne* Besuchszeiten! Um rechtzeitig in mein Zimmer zu flüchten, war es zu spät, das Pärchen hatte mich bereits entdeckt.

»Was machst du denn da oben?«

In meiner Verzweiflung sagte ich die Wahrheit: »Ich will auf eine Party und meine Eltern haben es verboten. Bitte verratet mich nicht!«

Die beiden waren jung, vielleicht Anfang zwanzig. Er lachte: »Das kenne ich, sollen wir dir helfen?«

Ich war baff. Damit hatte ich nicht gerechnet. Er formte die Hände zu einer Räuberleiter, und ich konnte problemlos nach unten klettern. Wow, wahre Engel der Nacht, die beiden!

»Danke!«, rief ich und sauste davon.

Ich klingelte an Tobis Haustür und hoffte inständig, dass man mich trotz der lauten Musik hören würde. Tatsächlich riss Tobi nach wenigen Minuten die Tür auf – und starrte mich an.

»Du? Du bist doch eben gegangen.«

»Und jetzt bin ich wieder da!«

Ich drängelte mich an ihm vorbei. Tizia stand ebenfalls im Flur, weil sie sich wohl zum Knutschen hierher verkrümelt hatten. Der nächste geniale Zufall. Ich lächelte Tizia an, aber sie lächelte nicht zurück. War mir in dem Augenblick egal.

»Wo ist Paul?«, fragte ich.

»Keine Ahnung.« Sie zuckte vage mit den Schultern.

Viele Möglichkeiten gab es ja nicht, ich würde ihn schon finden. Ich eilte die Treppe in den Keller hinunter, den Tobis Eltern zu einem Partyraum aufgemotzt hatten. Die Beats vibrierten in meiner Magengrube und verdoppelten meine Vorfreude auf Pauls überraschtes Gesicht. Zuerst mussten sich meine Augen an das schummerige Licht gewöhnen. Jemand hatte die bunt blinkende Discobeleuchtung ausgeschaltet, und nur noch ein einzelner roter Strahler funzelte an der gegenüberliegenden Seite. Schemenhaft erkannte ich einige Gestalten an der Bar. Jemand, ich glaube, es war Elias, sagte etwas, aber ich konnte es nicht verstehen. Auf der Tanzfläche bewegte sich eine große Gestalt. Paul! Ich stürmte auf ihn zu. Und stutzte ...

Er tanzte nicht allein. Auf seinem Rücken lagen zwei Arme. Nein, sie lagen nicht nur da, sie schlangen sich um ihn. Langsam drehten sich die Tanzenden ein Stück und ich ...

Der Kloß in meinem Hals tauchte so abrupt auf, wie mein Gehirn begriff, was meine Augen sahen: Paul knutschte hemmungslos mit einer anderen. Ich wollte schreien, aber es kam kein Laut über meine Lippen. Wieder drehten sie sich ein Stück, dann erkannte ich sie: Es war nicht irgendein Mädchen, es war Nicole!

Ein ohrenbetäubender Schrei gellte durch den Raum.

Wer schrie da?

Ich.

Meine Stimme war zurück, obwohl sie nicht nach mir klang. So ein Ton war noch nie aus mir herausgekommen. Laut, schrill, gequält.

Wie in Zeitlupe hoben Paul und Nicole die Köpfe, ihre Gesichter sahen verzerrt aus – das rote Licht, die maßlose Überraschung ...

Sekundenlang glotzten wir uns an. Das Lied war zu Ende, die Musik war aus, aber niemand sagte etwas. Ich hatte nur noch einen Wunsch: Ich wollte weg, so schnell und so weit wie möglich. Langsam tappte ich einen Schritt zurück, dann rannte ich los, zwei Stufen auf einmal, rempelte gegen Tizia und Tobi, zerrte an der Klinke und war endlich draußen. Am Gartentor hörte ich Paul rufen: »Sarah, bleib stehen!«

Ich dachte gar nicht daran. Bloß weiter! Kurz vor der Kreuzung überholte er mich, hielt mich an den Schultern fest. »Es tut mir leid. Hat sich irgendwie blöd ergeben, aber du hattest nie mehr Zeit ...«

»... und da hast du dir einfach eine neue Praline aus der Schachtel geholt.«

Die Tränen schossen mir in die Augen, aber ich wollte nicht vor Paul heulen. Diesen letzten Triumph gönnte ich ihm nicht. Ich riss mich los und lief weiter. Diesmal folgte er mir nicht mehr. Er hatte wohl alles gesagt, was es zu sagen gab.

Wie ich in meinem Bett gelandet bin, weiß ich nicht mehr. Ich machte mir sicher nicht die Mühe, über mein Fenster zurückzuklettern. Jedenfalls merkten meine Eltern nicht, dass ich zur Wohnungstür hereinstolperte. Es wäre mir auch schnuppe gewesen. Mein Glück hatte sich in Rauch aufgelöst. Fünf Monate, dann hatte sich leider, leider »irgendwie blöd« etwas anderes ergeben ...

Es tat noch viel mehr weh als am Anfang, als ich dachte, Paul würde sich nicht für mich interessieren. Inzwischen wusste ich, wie es mit ihm war. Ich konnte die Vorstellung kaum ertragen, ihn nie wieder zu küssen. Aber wenn ich daran dachte, sah ich Paul und Nicole vor mir. In enger Umarmung, leidenschaftlich knutschend. Jedes Mal war es ein Schwinger in die Magengrube, denn die beiden hatten sich auf meiner Festplatte eingebrannt und waren nicht zu löschen. Grausam genug, dass er mich mit meiner besten Freundin betrogen hatte, aber musste ich das auch noch live sehen? Hätte es nicht gereicht, es mir zu sagen? Schluss zu machen, bevor ... Wahrscheinlich hätte es nichts geändert, denn in der Schule hätte ich die beiden sowieso erwischt.

Überhaupt die Schule! Ich wollte nie wieder hingehen. Nie, nie wieder! Am ersten Montag hatte meine Mutter Erbarmen. Ich muss derart krank und schwach gewirkt haben, dass sie mich zum Arzt schleifte. Mir war es recht, jeder Aufschub war willkommen, und vielleicht fand er ja etwas. Ein gebrochenes Herz musste auf einem Röntgenbild doch erkennbar sein! Forget it! Dr. Schlaumeier nahm meine Mutter lediglich beiseite und erklärte halblaut, sodass ich es trotzdem mitbekam: »Ihre Tochter ist körperlich kerngesund. Ich tippe, das junge Fräulein hat ihren ersten Liebeskummer. Sorgen sie für genug Abwechslung, dann legt sich das von allein.«

Auf dem Heimweg überschüttete sie mich mit Vorwürfen, weil ich sie vor dem Doktor blamiert hatte. Das kam mir gerade recht.

»Ich seid doch schuld! Ihr habt mich zu der dämlichen Lernerei verdonnert. Deswegen konnte sich Nicole ungehindert an Paul ranschmeißen!«

Nach dem ersten Tränenschwall wurde mir nach und nach bewusst, dass ich mehr verloren hatte als einen Freund. Und zwischendrin wusste ich gar nicht, was mehr schmerzte: Pauls Fremdgehen oder Nicoles Verrat. Sie hatte ständig so getan, als stünde sie auf meiner Seite, dabei hatte sie nur auf eine Gelegenheit gewartet, um Paul für sich zu gewinnen. Ein Freund, der ein Arsch war, war das eine, eine beste Freundin, die einem kalt lächelnd das Messer in die Brust rammte, das andere. Fakt war, ich hatte gleichzeitig die beiden wichtigsten Menschen verloren. Die Einzige, zu der ich zum Ausheulen gekrochen wäre, war nicht mehr da, sondern knutschte mit dem Grund meines Kummers.

Alternativen? Tizia, die sich bestimmt ins Fäustchen lachte? Selina, die mir den Ratschlag geben würde, ihn in die Kiste zu locken, um ihn zurückzuerobern? Irgendjemand aus der Clique? Sie hatten es alle längst gewusst, aber keiner hatte mir was gesteckt, mir wenigstens den Anblick erspart. Es rief auch keiner an, um nachzufragen, wie es mir ging. Peinlich berührtes Schweigen oder Schadenfreude. Ich war allein und brutal einsam. Meine Eltern waren auch nicht gerade hilfreich.

»Ein Junge, der trotz einer wichtigen Prüfung nicht auf dich wartet, ist es nicht wert, Schätzchen!«, erklärte meine Mutter.

»Reiß dich zusammen, das wird nicht die letzte Enttäuschung in deinem Leben sein. Besser, du stellst dich früh darauf ein«, tönte mein Vater.

Ich hasste die beiden. Deswegen und weil sie mich zwangen, Mitte der Woche in die Schule zurückzukehren. Mein Vater fuhr mich sogar hin, um sicherzugehen. Es fehlte nur noch, dass er mich direkt in meinem Klassenzimmer ablieferte. Ich sollte nicht meine Zukunft ruinieren, indem ich kurz vor der Prüfung alles hinschmiss. Pah, was wusste der schon! Meine Zukunft existierte längst nicht mehr.

Keinen Schimmer, wie ich diese Wochen überstanden habe. An jeder Ecke Paul und Nicole, umringt von unseren Freunden. Anfangs noch ein paar verstohlene, mitleidige Blicke, doch mit meinem verquollenen Gesicht machte ich keinen einladenden Eindruck. Mit dem neuen Sensationspärchen war es viel lustiger, warum sich also um die Heulsuse kümmern? Jede Pause verschanzte ich mich in einer Klokabine, huschte erst kurz nach dem Gong auf meinen Platz und war mit dem Unterrichtsende wieder verschwunden. Ich fühlte mich wie unsichtbar für die anderen – und wäre froh gewesen, es tatsächlich zu sein. Gleichzeitig wünschte ich mir, wenigstens einer hätte den Mumm gehabt, mich anzusprechen, hätte bewiesen, dass ich mir seine Freundschaft nicht all die Jahre bloß eingebildet hatte. Ein einziges Mal begegnete ich David zufällig allein auf dem Gang, und er murmelte verlegen: »Hey, komm doch mal wieder mit, wir gehen Billard spielen heute Abend ...«

Doch als ich den Kopf schüttelte, wirkte er ziemlich erleichtert. »Dann vielleicht ein andermal!«

Abflug.

Nicole versuchte es nie. Vielleicht hätte ich ihr auch die Augen ausgekratzt, trotzdem finde ich, sie hätte sich meine Vorwürfe anhören und mir erklären müssen, warum sie mich so hintergangen hatte. Meine beste Freundin seit der Fünften und nichts blieb übrig!

Ich litt wie ein angeschossenes Reh und brachte die Prüfungen nur hinter mich, weil ich musste. Ich schaffte sie mit Ach und Krach. Zum Glück! Der Horror, ein Jahr dranhängen zu müssen, wäre größer gewesen.

Der Abschied von meiner Schulzeit fiel mir so leicht wie sonst wohl kaum jemandem. Der Schmerz war mit der Zeugnisübergabe zwar nicht vollständig verschwunden, trotzdem war es eine Erleichterung, Paul und Nicole nicht mehr täglich sehen zu müssen. Aus Panik, ihnen zufällig zu begegnen, mied ich alle Cafés und Plätze, an denen sich die Clique traf. Und mein Neustart in die Zukunft war ein echter Neuanfang mit zahlreichen Rückschlägen und Heulkrämpfen.

Ich muss mich zusammenreißen, um nicht die CD von Prince, der mich so an Pauls Augen erinnert, aus der Halterung zu schleudern. Inzwischen tut es nicht mehr weh. Schon eine ganze Weile nicht mehr, aber die Erinnerung macht mich wütend. Niemand sollte so gemein behandelt werden. Ich nicht und der unbekannte Junge hinter der CD-Wand ebenfalls nicht. Wie gedemütigt er sich erst fühlen müsste, wenn er merken würde, dass eine Wildfremde seine Trennung belauscht hatte. Wenigstens das möchte ich ihm ersparen.

Auf Zehenspitzen schleiche ich mich ans Ende des Regals und will in einen anderen Gang abbiegen. Nur aus dem Augenwinkel registriere ich die schlurfenden Schritte neben mir. Oh nein, der Unglücksrabe! Ich will etwas Mitfühlendes sagen – und stocke mitten im Luftholen. Der Verlassene kommt mir bekannt vor. Paul! Paul, kleinlaut und mit verheulten Augen. Er senkt den Blick. Ihm muss klar sein, was ich mitangehört habe.

Wie oft habe ich mir den Augenblick ausgemalt, wenn ich ihm eines Tages überraschend gegenüberstehen würde. In meiner Vorstellung war ich die Unsichere und Eingeschüchterte. Ich schiele an mir runter. Zufällig trage ich die neue Jeans, die so einen knackigen Po macht, und meinen Lieblingspulli. Meine Haare sind frisch gewaschen, kein Pickel im Gesicht … Optimaler hätte man es nicht planen können.

»Oh! Hi, Sarah, ähm, und wie geht's dir so?«, murmelt Paul.

Eine Floskel, auf die mir zahlreiche Antworten einfallen. Belanglose, bissige, gehässige …

Im selben Augenblick tritt jemand hinter mich.

»Hast du gefunden, was du suchst?«, fragt Steffen, mein neuer Freund. Ich strahle ihn an. »Ja, hab ich!«

Dann schiebe ich meinen Arm unter seinen und blicke im Weggehen noch einmal kurz über die Schulter. »Ciao, Paul, mach's gut.«

Manchmal ist es so einfach, die Vergangenheit zu begraben!

»

Michaela Hanauer | 1969, im Jahr der ersten Mondlandung, geboren, konnte schon als Kind von Büchern nicht genug kriegen. Ursprünglich studierte sie Jura, tauschte dann aber sehr schnell die Gesetzestexte gegen Kinder- und Jugendliteratur und arbeitete in einem Verlag. Heute lebt sie als freie Autorin in München, wenn sie nicht gerade auf ausgiebigen Wanderungen die grüne Insel Irland erkundet.

Michaela Hanauer in der Reihe *Ich bin Ich!*
Bauch, Beine, Po & Herz
Betrunken von dir
Mädchen für alles

«

6

Lene März

Waldmeister

Dein Gesicht ist bleich, als ich mit der Axt über dir stehe. Bleich wie mein Teint.

»Kannst du dir nicht ein wenig Rouge auflegen?«

Deine Worte hallen in meinem Kopf wider, während ich den Holzstiel mit beiden Händen umklammere und aushole. *Rouge. Ich brauche kein Rouge. Ich BIN so.* Der Schaft saust nach unten. Sattes Knirschen. Yeah, denke ich. Und noch mal!

Ich ächze, während ich gegen den kühlen Wind ein- und ausatme. Und wieder hole ich aus – *Da, nimm dies! Bis nichts mehr da ist.* Der Schlag sitzt, der Schlag passt, der Schlag ist präzise. Du bewegst dich seit drei Minuten nicht mehr. Dein Kopf liegt auf dem Waldboden, mit Blut durchmischte Spucke klebt in deinem Mundwinkel. Hast dich wohl gebissen? Ich lache. Wer mich so sieht, muss mich für wahnsinnig halten. Ein schmales Mädchen in kniehohen Schaftstiefeln und weißer Bluse. Ich korrigiere: in ehemals weißer Bluse, denn jetzt spritzt Blut. Ich lache wieder, während ich den Schaft in meinen aufgerissenen Händen drehe.

Er riecht nach Blut und Erde und ehrlicher Arbeit.

»Die Hütte?«, hattest du gefragt und deine Augen aufgerissen. »Du willst in die Hütte?«

Ich war sofort ganz kleinlaut geworden. Ja, in die Hütte meines Vaters im tiefen, tiefen Wald. Dreißig Minuten Fahrt. Nur wir beide, du und ich, ganz unter uns, zu unserem Jahrestag.

»In die Hütte deines Vaters?« Noch mal.

Da hätte es mir auffallen müssen, mit jeder Überbetonung und Dehnung von *dein* und *Vater*.

»Was ist mit meinem Vater?«, frage ich dich jetzt. »Hä?«

Du schweigst, und ich trete gegen das, was ich für deinen Oberschenkel halte. Es klingt nicht einmal dumpf. »Mein Vater ist ein ehrlicher Mann.«

Ich lache nicht mehr, ich drehe auch nicht mehr den Schaft, ich schlage einfach zu.

»Hast du etwas gegen ehrliche Männer?«

Zack.

»Gegen ehrlicher Männer Arbeit?«

Zack.

»Er ist dir wohl nicht gut genug und ich gleich mit!«

Zack.

Zorn steigt in mir auf, wenn ich an Jonas' ungläubiges Lächeln denke. Es hätte eine Überraschung werden sollen. Wir zwei allein. Abgeschieden von der Welt, mit einem Korb voll Essen, vor einem prasselnden Kaminfeuer, in kuscheligen Decken und Fellen, das Rauschen der Bäume im Hintergrund und jede Menge Sex. Ich könnte jetzt noch schreien, wenn ich daran denke. Jonas und ich.

Zack.

Stattdessen lächelte Jonas immer noch ungläubig. »Diese olle Waldmeisterhütte.«

Waldmeister – haha! Über diesen Witz habe ich die längste Zeit gelacht. Aber jetzt bin ich wirklich sauer. »Mein Vater ist Jäger, und wenn dir das nicht passt, mach doch einen anderen Vorschlag.«

»Jägermeister, haha«, sagtest du. »Schwänchen, du kannst richtig wild tun.«

Hat der eine Ahnung, wie wild ich tun kann. Ich peile, hole aus und diesmal geht der Schlag mitten hindurch. Yeah, denke ich wieder. Das Blut macht mir nichts aus. Nur schade, dass er das nicht sehen kann, er, dort unten, unter der vom Sturm gefällten Rotbuche. Ich taste den Baum ab, es fehlt nicht viel. Ein paar Zentimeter noch: aus gesplittertem, rot vertropftem Holz, aber die haben's in sich. Ich sollte meine Hand verbinden. Ich sollte reingehen und den Erste-Hilfe-Kasten holen. Jonas täte das, wenn er es noch könnte, der Herr Arzt, viertes Semester, immer beschäftigt, immer am Lernen, Zeit ist Geld. Und die ganzen gesellschaftlichen Verpflichtungen! »Ach nee, Schwänchen, komm mich lieber nicht besuchen, der Professor hat uns Studenten eingeladen. Nein, da kannst du nicht mit. Ist doch langweilig.«

Ich fahre mit dem Zeigefinger über die Klinge und schaue, ob sie noch scharf ist. Sie ist es. Höllenscharf. Rattenscharf. Ich schaue zu Jonas am Boden und denke es noch mal: rattenscharf, du Ratte.

Wir waren mit deinem Wagen losgefahren.

»Soll ich fahren?«, hatte ich gefragt.

»Du?«

»Ja, ich.«

»Das kann ich nicht verantworten.«

Danach haben wir geschwiegen und aus dem Fenster geschaut. Und ich habe mir nichts dabei gedacht. Denn du sagst ständig so was: Du kannst dies nicht, du kannst jenes nicht. Ich habe aus dem Fenster geschaut, und du hast vor dich hin geflucht.

»Manchmal habe ich diesen ganzen Jägermeister-Unsinn so was von satt!«, sagtest du.

Ich hätte merken müssen, dass es keine dieser üblichen Bemerkungen über mich und meine Familie war, sondern der Anfang von etwas Neuem. Ein anderer Ton. Schärfer irgendwie.

»Nur noch durch den Hohlweg, dann sind wir da«, sagte ich und verdrängte meine Gedanken.

»Was? Da hinein? Das verkratzt mir den Lack.«

»Dann lass mich fahren.«

»Ausgeschlossen, der Wagen ist neu.«

Zweimal setzte dein Wagen auf Geröll und Steinen auf, an der Brombeerhecke bist du zu eng vorbeigefahren, obwohl ich »Weiter links!« gesagt habe. Schließlich waren wir da, und du bist wie angestochen um deinen schnittigen Wagen herumgelaufen: »Das bezahlst du mir! Hätte es nicht ein Hotel sein können? Warum ziehst du diesen Jägerscheiß durch.«

Du knallst die Wagentür zu, Jonas, und ich habe die Hand dazwischen. Dümmer kann kein Abend zu zweit beginnen. Noch bin ich reuig, noch denke ich, dass du recht hast. Es hätte wirklich ein Hotel sein können, mit flackerndem Kerzenlicht und duftendem kleinen Rosensträußchen auf dem Tisch.

Wie konnte ich nur!, habe ich in dem Augenblick gedacht. Jetzt, das weiß ich, hat mein Bild von dir zu bröckeln begonnen, denn du bist zur Hütte gegangen und hast mich mit meiner blutenden Hand stehen lassen.

»Sollen wir nicht die Taschen mitnehmen?«, rufe ich in die Dunkelheit.

»Nie im Leben bleib ich hier!«, rufst du zurück.

Es rumpelt, und du sperrst die knorrige Hüttentür auf. »Ist hier irgendwo Licht?«

»Ja, ich muss nur den Generator einschalten. Im Unterstand.«

»Das kannst du nicht.«

Ich beobachte dich, wie du an mir vorbei in den kleinen Verschlag neben der Hütte gehst, und ich lächle. Der Unterstand – darin habe ich als kleines Mädchen gespielt.

»Wo du jetzt stehst, hat mich mal ein Rehkitz geweckt«, rufe ich.

»Ein Scheiß mit dem Rehkitz!«, kommt es von innen, und ich fühle, wie meine Hand nass wird.

»Warum willst du denn nicht bleiben?«, frage ich und halte meine Nase in die vertraute Luft unserer alten Hütte. Ich weiß, dass hinten links das alte Bett steht, dass auf den alten Holzdielen das muffige Kuhfell liegt und von mindestens fünf Wänden Hirschköpfe mit blinden Augen auf die alte Feuerstelle am Eingang hinabschauen. Wie schön das immer war mit Papa, Mama und Oma! Den ganzen Tag Waldduft, Kräuter, Essen, Schlafen, Jagen.

Ein Blitz brennt durch den Himmel, danach Stille und das leise Wehen der Baumwipfel. Mein Lieblingswetter.

»Weißt du«, fluchst du und wirfst den Generator an. »Wenn mich dein Vater nicht extra darum gebeten hätte, sein Gewehr aus der Hütte zu holen ...«

Ja? Ich lausche. Was wäre dann?

Du betrittst die Hütte und drehst das Licht an. Vertrautheit durchflutet mich: Sie sind wirklich noch da, die Geweihe, horrido, der Achtender, der Zehnender, und ich strahle.

»Musst gar nicht so grinsen«, sagst du angewidert. »Tolle Überraschung. Ich bin echt kein Bauerntrampel, Eva.«

Das weiß ich jetzt, Jonas. Ich schaue auf dich herab und streiche dir im Vorbeigehen mit der Axt eine Strähne aus dem Gesicht. Die Klinge hinterlässt einen blutigen Striemen auf deiner Stirn. Oh. Sorry. Du bist mittlerweile kreidebleich. Entlebt. Entseelt. Und das absolute Gegenteil von mir.

Ich bebe, wenn ich an vorhin denke: »Und wo hat dein Vater das Gewehr verstaut?«

Unterm Bett. Ich habe es nur zögerlich gesagt. Weil mir aufgefallen ist, wie irrsinnig das klingen muss. Papas Gewehr unterm Bett! Und er braucht es ganz dringend! Kein Mensch bewahrt seine Flinte unterm Bett auf. Du guckst perplex und lässt dich mit einem Stöhnen auf die Knie fallen. Unter deiner Felljacke dein knackiger Arsch und ich denke spontan: Das hast du absichtlich gemacht, Papa. Damit ich Jonas' Hintern sehen kann und den blonden Flaum über seinem Gürtel. Seine Härchen auf den Wirbeln schimmern fantastisch.

»Ist die geladen?«

»Eine Knarre, die unterm Bett liegt, ist niemals geladen«, sage ich, ohne meine Augen von deinem Hintern zu lassen. Und, zack, stehst du wieder, breitschultrig, mit Papas Flinte im Arm. Ein Zipfel deines Karohemds hat sich unter deiner Felljacke hervorgearbeitet. Du siehst so sexy aus! Wie ein Held aus einem Western, etwas verstaubt vielleicht, aber das steht dir.

»Was verstehst du schon von Waffen?«, murmelst du. »Warst wohl bei der Bundeswehr?«

Das hätte ich vielleicht noch hingenommen. Aber danach schaust du dich um und deinem Blick hält nichts stand. Alles ist schlecht, alles ist alt, alles ist bauerntrampelig. Ich halte so lange meine Hand fest und verwische mit der Schuhspitze die Bluttropfen auf den Holzdielen. Danach sagst du es: »Diese ollen Dinger da oben – der letzte Schrei, oder?«

Das hättest du nicht sagen sollen und komischerweise lachst du dabei – und zwar so, als ob du deinen Frieden mit dieser Hütte geschlossen hättest. Es ist das Lachen, in das ich mich vor genau einem Jahr verliebt habe, und das irritiert mich. Es kommt von innen, dachte ich damals, aus vollem Herzen. Jetzt finde ich es nur äußerlich und verkrampft. Hahaha! Gleich wirst du einen Schritt auf mich zugehen. Hahaha! Du gehst den Schritt, und ich wundere mich, wie kalkulierbar du bist.

»Also gut«, sagst du. Seltsamerweise denke ich: Alles wird gut.

»Lass uns die Sachen aus dem Auto holen.«

Alles wird gut.

»Das mit der Flinte reicht deinem Vater auch bis morgen, oder?«

Alles wird gut.

Danach tust du dummerweise, was du nicht hättest tun sollen: Du stößt *das olle Ding* an der Decke mit dem Lauf der Flinte an, und Omas vertrockneter Strauß schaukelt verdächtig.

»Dein Vater wird wohl kaum heute Nacht Elche jagen gehen, oder?«

Dein Lachen durchdringt mich von Kopf bis Fuß, aber mir wird davon nicht warm, sondern kalt.

»Hör auf«, sage ich.

»Was?« Du guckst erstaunt und verzwirbelst mit Daumen und Zeigefinger vier Blätter. Sie fallen aus dem Strauß heraus, zusammen mit vier Stielen, danach regnet es Blätter, und eine Kaskade von Blüten raschelt zu Boden. Du gehst einen Schritt weiter, hohles Rascheln unter deinen Schuhsohlen.

»Guck nicht so«, sagst du, »das ist altes Gras.«

»Das ist Waldmeister.«

»Ach so. Hahaha. Waldmeister in der Waldmeisterhütte. Hahaha.«

Ein weiteres Bund fällt von der Decke.

Du lachst lauter.

Danach sehe ich Omas heiligen Schatten durch die Hütte fegen, und ein gewaltiger Blitz schlägt wie aus dem Nichts ein. Die Luft reißt, doch ich spüre das Krachen, bevor es kommt. Als würde die Erde einen Moment lang aufhören zu atmen und die Luft still stehen. Zeitgleich springe ich intuitiv nach vorne, in den Raum hinein, über Omas zertretene Waldmeisterbüschel hinweg zur Feuerstelle. Eine gewaltige Macht schiebt mich vorwärts. Ein mächtiges Stöhnen, ein Splittern, und die Rotbuche stürzt um, über den Platz vor der Hütte, in den Eingang hinein, genau dorthin, wo ich bis eben noch gestanden habe.

»Na super. Glück gehabt, Jonas!«

»Klasse!«

Du guckst zur Tür, du rennst zum Fenster, danach schreist du los.

»Scheiße, mein Auto!« Und schon bist du über das Astwerk hinweg zum Eingang hinausgesprungen. Ich bleibe zurück und verharre in Trauerstarre. *Die Rotbuche, meine Güte. Jeden Baum, aber nicht meine Rotbuche.* Danach taumle ich hinter dir her.

»Die schöne alte Buche.«

»Die Buche?«, fährst du mich an. Deine Haare stehen ab. »Ein Scheiß mit der Buche. Sie ist auf mein Auto gestürzt.«

Ist mir gar nicht aufgefallen. Deshalb sage ich: »Echt?«, und du schüttelst mich kurz an den Schultern: »Ja, echt! Scheiß echt. Mach die Augen auf, verdammt noch mal.«

Das würde ich gerne tun, aber im Moment weine ich.

»Wie ist die Nummer vom Forstnotdienst?«, fragst du, während du in tiefem Blätterwerk abtauchst.

»Forstnotdienst? Wegen der Buche?« Ich schaue dich irritiert an. »Die Buche ist tot, die kann man nicht reanimieren.«

Mir ist klar, dass du dich ärgern wirst, aber ich will sie sehen, deine Wut, und ich will meine Gleichgültigkeit spüren. Denn da ist dieser Teil in mir, der das geradezu zwanghaft herausfinden will. Gleichgültigkeit ist manchmal ein gutes Wort.

»Die Buche? DIE BUCHE?«

Ja, denke ich: Reg dich ruhig auf.

»MIST!«

Wie sauer du bist! Das Gewehr sieht übrigens nicht gut in deinen Händen aus.

»Was interessiert mich diese Scheißbuche. Wer holt uns hier raus?«

»Wir uns.«

»Wir? Uns?«

Nein, das Gewehr sieht wirklich nicht gut in deinen Händen aus, und ich spüre, wie kalt ich innerlich geworden bin.

»Über diesem Wagen liegt eine Buche so breit wie zwei Telegrafenmasten.«

»Das ist kein Grund zur Aufregung«, sage ich ruhig. »Im Schuppen ist eine Säge.«

»Eine Säge?« Du schnappst nach Luft, deine Gesichtszüge verzerren sich. »Zum Teufel. ZUM TEUFEL mit dir. Wie heißt der Scheißwaldarbeiter mit dem Geländewagen?«

»Finn.«

»Ruf ihn an.«

»Nein.«

»NEIN?«

Gleich schnappst du über. Gleich kriegst du keine Luft mehr. Und das Gewehr! Es sieht so was von überhaupt nicht gut aus!

»DU!«, zischst du, und einen Moment lang schwirrt deine Hand seltsam weit oben in der Luft. »Karsten hatte recht. Ich hätte mich nie mit dir einlassen sollen.«

Es wetterleuchtet und taghelle Helligkeit umflackert uns. Ich sehe das Gewehr, den umgestürzten Baum und deine Schuhe. Sie stehen schon wieder auf Blättern.

»Erst der Waldmeister, jetzt die Rotbuche«, sage ich.

»Hä?«

»Du stehst auf meiner Rotbuche.«

Erst zuckt Jonas, dann das Gewehr. Ist es das, was mir Papa hatte zeigen wollen? Jonas mit dem Gewehr? Papa hat dem Hüttenwochenende viel zu schnell zugestimmt. *Eva,* hatte er gesagt und mir durchs Haar gestrichen, *vergiss niemals, wer wir sind: eine Jägerfamilie seit unzähligen Generationen. Verstehst du? Das ist in dir.*

Ja, Papa.

Während Jonas und das Gewehr zucken, erscheint vor meinem inneren Auge unser Kamin zu Hause und das Gemälde mit der königlichen Jagdszene darüber.

Ich weiß, Papa, der Mann rechts unten im Bild ist ein Vorfahre. Und der Jagdhund ist der Stammvater unserer Jagdhundzucht.

Und Papa sagte: *Du weißt, wie wir unsere Partner aussuchen. Das ist so und wird immer so bleiben.*

Ich bin kopfschüttelnd aus dem Zimmer gegangen. Unsere Partner danach aussuchen, wie sie mit einem Gewehr dastehen. Ist das nicht ein Witz? Als ob es Jägergene gäbe, die es zu erhalten gilt, weil ich die einzige Tochter in der Linie bin. Wenn ich aber Jura studieren will?

Dann bist du Juristin und Jägerin.

Toll.

Jonas hat ausgezuckt und schreit wieder: »Ein Scheiß mit deiner Rotbuche!«, und ich denke, tu's nicht, aber er tut es: Er wirft das Gewehr in den Dreck.

»Weißt du, was ich wegen dir verpasse?«

Ich schüttle den Kopf.

»Ich könnte auf einem Medizinerball sein! Mit Karsten!«

»Soso«, sage ich in einen aufzuckenden Blitz hinein und denke an den hageren Typen mit der Nickelbrille, der über mich hinwegguckt, wenn er mir die Hand gibt.

»Und mit Lisa.«

»Lisa?«

»Ja doch. Und jetzt komm und hilf mir, die Buche von der Motorhaube zu kriegen.«

»Lisa? Karstens Schwester?«

»Ja«, sagst du. »Latein und Griechisch auf Lehramt. Ich wollte es dir schon lange sagen.«

Damit ist alles gesagt, und du springst mit einem kurzen Schulterzucken über den Buchenstamm hinweg zu deinem Wagen.

»Sie hat's drauf, fährt Snowboard.«

Es ist wohl doch noch nicht alles gesagt.

»Scheiße, sieht der Wagen verbeult aus. Hast du eine Ahnung, wie der Wagen aussieht?«

Nein.

Es interessiert mich nicht.

Wirklich.

Es interessiert mich nicht!

Du reißt an den Buchenzweigen herum und trittst gegen den Stamm: »Los, hilf mir, ruf deinen Vater an, beweg dich!«

Hm.

Ich schaue an meiner Hand herunter, die Schnittwunde ist verkrustet, mein Halstuch hat die Blutung wohl vorübergehend gestoppt. Ich bücke mich nach dem Gewehr und gehe in Richtung Unterstand. Nur eine Sekunde lang schaue ich über die Schulter zurück – wie unser Urahn auf dem Gemälde –, und es ist wie eine Erkenntnis, wie eine Gewissheit, wie etwas, das mich mit großer Ruhe erfüllt: Ich schaue über die Schulter auf die Jagdgesellschaft, auf die königlichen Reiter, auf das verendende Wild, auf das Auto, den Buchenstamm und den matschig verregneten Waldboden. Schwarzdunkel mit abgerissenem Grün, die Konturen zerfließen, zwischen heute und damals liegt kein Zentimeter. Dann laufe ich aus dem Bild, mit geschultertem Gewehr. Nichts tut weh, nichts schmerzt, nichts brennt. Im Unterstand sauge ich den Geruch von Heu ein und lege Papas Gewehr ab. Es ist mein altes Übungsgewehr. Ich schieße besser als er. Ich schieße besser als jeder Urahne. Mein Griff geht automatisch nach oben auf den Schrank und in die Box mit den Patronen. Laden. Zack. Gewehr entsichern. Ruhige Hand, ruhiges Herz, Kälte. Zielen. Peng.

»Scheiße, Eva, wo bleibst du?«, rufst du von draußen, und ich setze das Gewehr ab und nehme die Patronen wieder heraus. Sicher ist sicher. Beim Hinausgehen fällt mein Blick auf die Kettensäge.

»Sag mal, bist du bescheuert?«, schreist du, als du das Ding in meinen Händen siehst.

»Wieso? Geht ganz einfach!« Und schon jault die Säge auf.

»Nein, das kannst du nicht ...«, schreist du und hörst einfach nicht auf, an meiner Buche herumzuzerren. Höre ich Panik in deiner Stimme? Da passiert es: Ich setze die Kettensäge an, du ziehst, das Motorblatt fährt butterweich durch den Stamm, du stürzt, der Baum bewegt sich, peng, Baum, Kettensäge, dann bist du weg.

Nanu, denke ich und setze die Kettensäge ab. Wo bist du denn?

Ich höre dich unterm Blätterwerk röcheln und denke *irgendwie schade*.

»Ich krieg keine Luft mehr. Hilf mir.«

Du siehst ziemlich bleich aus, und ich frage in dein kreidiges Gesicht hinein: »Wie sagt man?«

Ungläubigkeit in deinem Gesicht. Der Stamm ist dir auf den Oberkörper gefallen, dir geht es wirklich schlecht. Aber du röchelst brav: »Bitte.«

Danach wird es mit der Luft knapper. Ich nicke und lasse die Säge wieder aufjaulen.

»NNNNEEEEINN!«

»Ruhig halten.«

»NICHT DIE SÄGE!«

Erst reißt du die Augen auf, danach zappeln deine Beine, danach kippt dein Kopf zur Seite und du wirst ohnmächtig. Memme! Dabei geht es so einfach, wenn man sich konzentriert. Ja, wenn …

Ich grinse.

Als ich den Schatten hinter mir wahrnehme, liegt die Kettensäge längst wieder auf dem Waldboden.

»Hast du ihn endlich umgebracht?«

Diese Stimme würde ich unter hunderten wiedererkennen. Es ist Finn. Er steht neben mir und dreht sich eine Zigarette.

»Du hast nichts vergessen, Eva. Meine Sägelektionen hatten wohl Erfolg?«

Finn lacht und zündet sich seine Zigarette an.

»Zwanzig Zentimeter fehlen noch. Dann bin ich durch.« Ich nicke zu Jonas hin.

»Axt«, sagt Finn und lächelt mich zwischen zwei tiefen Zügen an. »Nimm meine.«

Sein breiter Rücken verschwindet kurzzeitig hinter der Hütte, Regentropfen glänzen auf seiner grünen Wachsjacke, danach steht er wieder da, in der Rechten die Axt mit dem schwarzen Stiel, in der Linken Folie.

»Falls es danebengeht.« Er grinst von einem Ohr zum andern. Sein Bart schimmert rötlich. Ich kenne nur wenige kernige Männer, Finn ist definitiv einer. Warum fällt mir das erst jetzt auf?

»Hier.« Er drückt mir die Axt in die Hand.

»Axt kann ich nicht.«

»Kein Problem, ich bin da.«

Ich zögere.

»Los, schlag zu. Du kannst das.«

Dein Gesicht ist bleich, als ich mit der Axt über dir stehe. Bleich wie mein Teint.

»Kannst du dir nicht ein wenig Rouge auflegen?«

Deine Worte hallen in meinem Kopf, während ich den Holzstiel mit beiden Händen umklammere und aushole. Sattes Knirschen. Finn steht direkt hinter mir. Er führt meine Arme. Unbemerkt, diskret, aufmerksam.

»Lieber so«, murmelt er und zieht mich nach links. Ich nehme ihn kaum wahr und hebe wieder den Schaft über den Kopf.

»Jetzt, meine Schöne. Gerade herunter.«

Finn verstärkt den Druck auf meine Arme: *Da, nimm dies! Bis nichts mehr da ist*! Der Schlag sitzt, der Schlag passt, der Schlag ist präzise. Du bewegst dich seit drei Minuten nicht mehr. Ich lache. Wer mich so sieht, muss mich für wahnsinnig halten. Ein schmales Mädchen in kniehohen Schaftstiefeln und weißer Bluse. Ich korrigiere: in ehemals weißer Bluse, weil der Verband abgegangen ist und das Blut wieder spritzt. Ich lache, während ich den Schaft in meinen aufgerissenen Händen drehe, doch Finn ermahnt mich sofort.

»Konzentriere dich. So ist gut.« Seine Hand liegt zwischen meinen Schulterblättern. »Ruhig bleiben. Zur Not graben wir ein großes Loch.«

Die andere Hand auf meiner führt er die Axt erneut über meinen Kopf. Ich peile, hole aus und diesmal flutscht es.

»Yeah«, sagt Finn. Er streicht über meinen Handrücken und zieht den Verband wieder fest. »Wie ist das passiert? Du blutest wie verrückt.«

Ich weiß es nicht mehr, vielleicht die Kettensäge oder der gesplitterte Ast oder die Wut. Wir schauen auf Jonas herunter. Zu schade, dass er das nicht sehen kann, er, dort unten, unter der vom Sturm gefällten Rotbuche.

»Du bist sicher, dass er nicht tot ist?«, fragt Finn.

Ich fahre sanft mit der Axt über Jonas Stirn. »Ich hab nichts gemacht. Der Baum ist nur ein bisschen umgefallen.«

»Und jetzt blutet er ein bisschen an der Stirn.«

»Ups.«

»Ich werf ihn in seinen Wagen. Einverstanden?«

Ich nicke.

»Fährst du ihn zurück in die Stadt?«, fragt Finn. »Die Ärzte im Krankenhaus werden sich schon um ihn kümmern.« Er hat seine Arbeitshandschuhe übergestülpt und macht sich mit der Kettensäge daran, Jonas' Auto Buchenscheibe für Buchenscheibe zu befreien. Er grinst verschmitzt. »Ein paar Kratzer im Lack zusätzlich machen ja nichts, oder?«

Ich lächle.

Es ist drei Uhr nachts, als ich aus der Stadt zurückkomme. Der Hohlweg liegt wie ein schwarzes unheilvolles Loch vor mir, aber ich fahre butterfederweich mit Papas Geländewagen durch die Schlaglöcher und an der Brombeerhecke vorbei.

»Bist du sicher, dass du noch mal dorthin willst?«, hat Papa gefragt.

»Ja, unbedingt!«

Finn hat das Licht brennen lassen, und ich betrete lächelnd die Hütte. Vor dem prasselnden Feuer, auf dem Kuhfell, liegen die Esswaren aus dem Korb, zusammen mit Finn – ausgepackt. Ich lächle und schaue auf die Uhr. Drei Uhr zehn. Sein Nacken fühlt sich kühl an, als ich ihn zu mir ziehe. Ich schaue in Finns grüne Augen. Drei Uhr zwanzig. Ich bin da. Drei Uhr einundzwanzig. Finn auch.

Anmerkung der Autorin: Rauchen gefährdet die Gesundheit. Die Benutzung von Kettensägen auch.

»

Als kleines Mädchen will **Lene März** vor allem Tänzerin werden. Prinzessin wäre auch nicht schlecht, ist aber zu langweilig, daher rollt sie sich lieber mit Pferden in Wasserpfützen und spielt mit den Jungs Fußball. Später bringt sie ihrem Vogel das Sprechen bei, studiert mit ihm Italienisch und Geschichte am Tag und Betriebswirtschaftslehre in der Nacht und beginnt zu arbeiten: im Lager und in der Fabrik, auf Messen und in Werbeagenturen, im Kleintierzoo und beim Bäcker. Heute lebt sie mit Mann, Kind und Vogel in Zürich.

Lene März in der Reihe *Ich bin Ich!*

Drei auf die Waffel

Drei sind zwei zu viel

Jenseits von Bollywood

«

7

Sabine Both

Die beste Nacht

»Weißt du noch, wie wir letzten Sommer nachts ins Freibad eingebrochen sind?« Leon antwortet nicht, aber auf seinen Lippen liegt ein Lächeln. Er erinnert sich. Natürlich erinnert er sich. Es war eine von den Nächten, die man nie mehr vergisst, weil sie sich in jede Windung des Gehirns einbrennt, in jeder Zelle des Körpers Erinnerungen hinterlässt.

Da war dieser Duft in der Luft, süß und satt vom langen Sommer, mit einer winzigen Ahnung vom Herbst. Die Wärme auf der Haut, auch mitten in der Nacht noch so schwer, dass jedes Stück Stoff am Körper zu viel schien. Leons T-Shirt klebte an ihm wie ein nasser Lappen, und mir lief der Schweiß in dünnen Bächen den Rücken runter. Viel zu schnell waren wir durch die schwüle Nacht geradelt. Weil wir nicht wussten wohin mit unserer Energie. Und weil es ein Wettrennen gewesen war. Klar hatte Leon gewonnen. Ich hatte keine Chance gegen seine durchtrainierten Waden. Der Preis: eine halbe Stunde Massage zu einem Zeitpunkt seiner Wahl. Ein bisschen auch ein Preis für mich. Leons Schultern zu massieren ist nun mal keine Strafe.

Wir standen am Beckenrand, den Blick auf die glänzende Wasseroberfläche gerichtet. Keine noch so kleine Welle hat den perfekten Glanz gestört, in dem sich die Sterne spiegelten. Und wir. Zwei lang gezogene Gestalten, Hand in Hand, wie auf einem Gemälde.

»Mir ist so heiß«, hat Leon gesagt und mir einen Blick zugeworfen, so einen Blick mit Fragezeichen, und ich hab sofort verstanden, weil ich genau dasselbe gedacht hatte. »Runter damit!«, habe ich gesagt, mit Ausrufezeichen, und kurzerhand mein Sommerkleid über den Kopf gezogen. »Alles runter!«, habe ich noch hinzugefügt und dabei ist mir ein prickelnder Schauer über den Rücken gelaufen. So ein Schauer, der dann entsteht, wenn man etwas Verwegenes tut, etwas Verwegenes zum ersten Mal.

Leon hat nicht gezögert, sondern seine Boxershorts ausgezogen und mit dem rechten Fuß von sich geschleudert. Ich hab nur ganz kurz hingeschaut. Eine Millisekunde. Kurz, aber genau. Und wieder Schauer auf dem Rücken. Dann lagen sie um uns herum im Gras, Leons schlabbernde Boxershorts und mein Slip mit Snoopy drauf, wie aufgerissenes Geschenkpapier. Nur dass die Präsente rumstanden wie bestellt und nicht abgeholt. Leon hat so getan, als gäbe es was glatt zu streichen an seiner Brust. Wobei da nicht mal Haare sind. Nur Haut. Alles voller Haut. Und ich hab bestimmt ausgesehen wie ein kleines Mädchen, das mal Pipi machen muss. Voll verdrehte Beine. So konnten wir einfach nicht lange dastehen. Also haben wir uns ins Gras fallen lassen, die Nasen in die Luft, zum Himmel, zu den tausend Sternen.

»Wie kann es so schwül sein, wenn es so sternenklar ist«, hat Leon gesagt.

Und ich: »Ein Wunder wahrscheinlich.«

Denn es war eins. Wenn auch nicht meteorologisch, aber für

uns. Weil wir ein Loch im viel zu hohen Zaun gefunden hatten. Weil Leon eine Flasche Sekt im Rucksack hatte. Weil wir zum allerersten Mal völlig nackt waren und nebeneinander lagen, so weit entfernt, dass sich kein Härchen berühren, aber so nah beieinander, dass unsere Wärme ineinanderfließen konnte.

»Normalerweise gibt es immer ein Gewitter, wenn es so schwül ist«, hab ich gesagt. Und Leon: »Heute nicht, heute bleibt es perfekt.«

»Ja«, hab ich gesagt.

Und dann Leon: »Kannst du deine Zehen spreizen?«

Ich hab's gleich bewiesen. Wie einen Fächer hab ich die Zehen auseinandergezogen, die Füße in die Luft gestreckt, um sie in Leons Blickrichtung zu schwenken.

»Du nicht?«, hab ich gefragt.

»Ne. Ist was Genetisches. Genauso wie Zungenrollen. Das kann ich.«

»Roll mal«, hab ich gesagt und zu ihm rübergeguckt. Seine Zunge sah aus wie eine Cannelloni.

»Roll du auch mal«, hat Leon gesagt, aber bei mir ging's nicht.

»Siehste, sind die Gene. Schon irgendwie komisch, dass alles so vorbestimmt ist«, hat Leon gesagt. »Man wird geboren und alles ist schon in einem drin.«

»Nicht alles«, hab ich gesagt. »Was du aus deinem Leben machst, das nicht.«

»Aber vielleicht doch. Weißt du denn, ob da oben nicht einer sitzt und alles genau plant? So wie ein Puppenspieler. Die da, die so gut die Zehen spreizen kann, die mache ich mal zu einer großartigen Schauspielerin. Und den da, der die Zunge rollen kann, dem verpasse ich einen Arschtritt.«

»Glaub ich nicht. Du hast schließlich auch einen freien Willen.«

»Nicht beim Zungerollen«, hat Leon gesagt, gelacht und seinen Rucksack zu sich gezogen. »Komm, stoßen wir an.«

»Auf was denn?«

»Auf alles. Auf alles Festgelegte und auf alles Freie. Ich meine, sozusagen einfach auf das Leben!« Und einen Moment später, als der Sektkorken schon mit einem lauten Knall Richtung Duschen geflogen war: »Wie geil, dass es gerade erst anfängt, das Leben. Oder?«

»Ja«, habe ich gesagt, denn genau so hat es sich angefühlt in diesem Moment, wie gerade erst geschlüpft. Und alles, was vorher war, wie weggeblasen. Schule, Eltern, Freunde, alles futsch. Dafür eine Zukunft wie ein Wunschzettel. Eine, in der alles möglich ist, eine, die zu gut wird, um sie sich schon vorher auszumalen. So eine Nacht war das. Eine, die zwischen all den schwarzen Einheitsnächten herausragt wie ein Bauchnabelpiercing aus der Haut. Der Sekt sprudelte aus dem Flaschenhals wie eine Fontäne auf Leons Beine und auf meine. Prickelnde, kühle Schweinerei.

»Du zuerst«, hat Leon gesagt und mir die Flasche hingehalten.

Süß und herb zugleich hat der Sekt geschmeckt. Und ich hab Leons Blick gesehen, obwohl er dachte, ich bin mit Trinken beschäftigt. Ein wandernder Blick, von oben bis unten an mir entlang. Ich hab ein paar Schlucke mehr genommen, damit er nicht aufhört zu gucken.

»Jetzt du«, habe ich dann gesagt und bin selbst gewandert. Über Berge und Täler und zu verwilderten Gärten mit exotischen Tieren.

»Jetzt du wieder«, und Leons Blick hat an meinem Bauch Pause gemacht.

»Kann ich mal anfassen?«, hat er gefragt und war schon mit der Hand an meinem neuen Bauchnabelpiercing.

Seine Hand ganz nah da unten, ohne Snoopyunterhose, ohne

alles, aber mit jeder Menge Gänsehaut, weil das Berühren des Rings sich angefühlt hat, als würde Leon etwas aufdrehen, irgendwo in mir drin.

»Hat das wehgetan, als es geschossen wurde?«, hat Leon gefragt.

Ich hab den Kopf geschüttelt. »Ich hab aber auch keine Angst davor, dass was wehtut. Du?«

»Ja klar!«, hat Leon gesagt.

Also habe ich ihn sofort ins Bein gezwickt, voll fest, und er hat sich gerächt mit einem Tritt. Mit nacktem Fuß auf nacktem Oberschenkel, wobei es gar nicht wirklich ein Tritt war, eher etwas, das sich gut anfühlt.

»Tritt noch mal«, habe ich gesagt.

Und Leon: »Du dann aber auch«, und später, als wir nach ziemlich viel Getrete wieder einfach so auf dem Rücken lagen: »Ich habe nur Angst, wenn es wehtut und ich nicht weiß, ob es jemals wieder aufhört.«

»Wie Kopfschmerzen ohne Grund.«

»Oder Bauchschmerzen, die man so noch nie hatte.«

»Weil man davon vielleicht sterben könnte«, hab ich gesagt, und Leon: »Bin ich jetzt ein Weichei?«

»Nein, du bist genau das Gegenteil. Du bist ehrlich. Jeder hat doch Angst vor dem Tod. Ich meine, vielleicht nicht meine Oma, die ist alt und hat genug gelebt, sagt sie. Aber wer jung ist und noch nicht genug gelebt hat.«

»Der würde so viel verpassen«, hat Leon meinen Gedanken fortgeführt. »So was wie Studieren und Heiraten und Kinderkriegen. Und Enkelkinder.«

»Ja.«

So eine Nacht war das, eine, in der über richtig schwere Brocken geredet wird und trotzdem alles ganz leicht ist. In der man Sachen sagt, die man vielleicht noch nie vorher jemandem gesagt hat. Sachen, die man vielleicht selbst noch gar nicht gedacht hat, bevor man sie ausspricht.

»Hörst du das?«, hat Leon gefragt.

Ein Grillenkonzert, ganz plötzlich. Also haben wir die Klappe gehalten und zugehört. Ein Orchester extra für uns wie Geiger am Tisch im italienischen Restaurant. Und ich hab gedacht, dass Schweigen mit Leon genauso gut geht, wie Brocken aussprechen, und dass das noch ein Beweis dafür ist, dass Leon der beste Freund der Welt ist. Und schon hatte ich sie, wieder die Gänsehaut, einfach nur vom Denken an Leon.

»Wieso heißt es eigentlich Gänsehaut?«, hab ich gefragt.

»Weil es aussieht wie eine gerupfte Gans. Wie die Poren, wo vorher die Federn drin gesteckt haben«, hat Leon gesagt.

»Das ist aber nicht besonders schön. Die Gänse sind immerhin tot, wenn sie gerupft werden. Dabei ist Gänsehaut doch was Schönes.«

»Ja«, hat Leon gesagt und ist mit dem Finger drübergefahren, über jede Pore auf meinem Arm. Und ich hab noch mehr Gänsehaut gekriegt davon. So viel, dass es kaum mehr auszuhalten war. Und Leon hat mal wieder das gesagt, was ich gedacht habe, vielleicht weil es ihm genauso ging. »Sollen wir schwimmen gehen?«

»Ja!«

Ich bin sofort aufgesprungen und losgerannt, obwohl ich wusste, dass Leon mir nachguckt. Dass er alles sieht, auch wie mein Po beim Laufen wackelt. Vielleicht gerade drum. Damit er es sieht, alles so, wie es ist. Ich war mir sicher, dass es okay ist. Weil alles okay war in dieser Nacht. Sogar ein Kopfsprung, vor dem ich sonst Schiss hab wie vor Matheklausuren, weil man nie weiß, wie gut man abspringt und wie hart man aufkommt, mit dem Kopf voraus. Ich hab's einfach getan. Aus dem Lauf heraus,

Arme vor, Augen zu, ab in die Fluten. Wow! Was für ein Gefühl. Das Wasser, kaum kühler als die Luft und trotzdem erfrischend, ist an meinem Körper entlanggeströmt, hat meinen Kopf frei gespült und den Schweiß und den Sekt und die Gänsehaut abgewaschen. Ich bin bis an den Boden getaucht und dort schweben geblieben wie eine Qualle, auch noch, als plötzlich Leons Gesicht vor meinem aufgetaucht ist, ganz verschwommen durch das Wasser und die Dunkelheit. Ich konnte nicht abschätzen, wie nah er war. Also hab ich die Hand ausgestreckt und seine Wange berührt. Er war viel näher, als ich dachte, und für einen Moment hat es sich angefühlt, als wenn wir für immer hier unten bleiben könnten, in der Stille.

»Komm, lass uns wetttauchen«, hab ich gesagt, als wir doch wieder die Köpfe über Wasser hatten.

»Ich schlag dich«, hat Leon gesagt, aber natürlich konnte ich länger tauchen als er. Wie leere Sprechblasen ist die Luft aus seinen Mundwinkeln an die Wasseroberfläche gestiegen. Er hat gekämpft, die Zähne zusammengebissen und mich die ganze Zeit über knallhart angeguckt. Aber dann musste er doch aufgeben, hat eine Grimasse gezogen wie der Joker aus *Batman* und ist hochgesaust. Ich bin noch eine Weile alleine unten geblieben. Arme ausgebreitet, Kopf zum Boden, und mein Blick hatte Leons Füße im Visier. Schöne Füße, auch unter Wasser im Dunkeln.

»Verdammte Scheiße, ich dachte, du bist hinüber«, hat Leon gelacht, als ich endlich wie ein Walross schnaufend aufgetaucht bin.

»Bin eben ein Badewannentaucher«, hab ich gesagt. »Ich übe schon seit Jahren. Irgendwann brauche ich gar keine Luft mehr, weil ich langsam Kiemen habe.«

»Zeig mal«, hat Leon gesagt und meine Haare zur Seite geschoben, jede einzelne wassernasse Strähne über meinen Ohren und an meinem Hals.

»Noch ist nichts zu sehen«, hat er gesagt und einen Kuss dahin gedrückt, wo irgendwann mal meine Kiemen wachsen werden.

Und ich hab gesagt: »Wenn ich dann unter Wasser lebe, musst du mich mit einem U-Boot besuchen, klar?«

»Klar! Aber wie reden wir dann miteinander?«

»Mit Zeichensprache«, hab ich gesagt und mit dem Finger Buchstaben in die Luft gemalt. H A L L O.

Jetzt male ich es Leon auf den Arm. H A L L O. Und noch ein Herz dazu. Jetzt bekommt Leon Gänsehaut, den ganzen Arm entlang. »Du gerupftes Huhn«, sage ich und muss lachen. Aber Leon lacht nicht mit, und ich habe irgendwie keine Lust mehr, ihm Worte auf den Arm zu malen. Ich gehe zum Fenster und gucke nach draußen.Reckswetter. Der Himmel ist wolkenverhangen, total grau. Komisch, dass auch die Stadt grau aussieht, wenn die Sonne nicht scheint. Wahrscheinlich sieht sogar das Wasser im Freibad heute aus wie Staub. Wenn überhaupt noch welches drin ist. Das Freibad soll zugemacht werden. Ich hab es in der Zeitung gelesen. Weil es anscheinend zu kaputt ist. Die Fliesen platzen ab, in den Duschen ist Schimmel, die Sprungtürme sind nicht mehr sicher. Ein paar Leute aus dem Viertel protestieren, weil das Freibad einfach dazugehört und alle schon als Kinder drin geschwommen sind. Vielleicht haben sogar noch mehr Leute so eine Nacht dort erlebt wie Leon und ich. Sie haben sich bei der Stadt beschwert, weil man das Freibad doch auch wieder reparieren könnte. Aber die von der Stadt haben gesagt, da ist nichts mehr zu machen. Vielleicht sollte ich irgendwo auf einer Unterschriftenliste unterschreiben. Manchmal nützt so was ja.

Ich hauche gegen die Scheibe, bis sie beschlagen ist, und male ein Loch in den Schleier. Ein Guckloch in die Welt da draußen, in dem für einen Moment Leon seine Bahnen zieht. »Weißt du noch«, sage ich, »du wolltest mir mit deiner Schwimmerei imponieren.«

Wie ein Irrer ist Leon geschwommen, auch noch, als ich schon längst außer Atem am Beckenrand gesessen habe. Eine Bahn nach der anderen hat er gezogen, mal gekrault, mal Brust, manchmal sogar Delfin. Dabei musste er mich gar nicht mehr beeindrucken. Das war schon längst passiert. Hab ich ihm dann auch gesagt, als er endlich zu mir an den Rand geschwommen ist, eine Ladung Wasser im Mund, die er im hohen Bogen auf meinen Bauch gespuckt hat.

»Du hast mich schon vor einem halben Jahr beeindruckt. Im ersten Moment, als ich dich kennengelernt habe.«

Leon hat gelacht, so ein bisschen verschämt und auch stolz. »Womit denn?«

»Na, mit deiner frechen Klappe!«, hab ich gesagt, und, als er sich mit dem Geräusch von nasser Haut auf glitschigen Fliesen neben mich gesetzt hatte: »Du hast nicht geschleimt wie alle anderen!«

»Kunststück. Ich war stinksauer!«

»Ich weiß! Und wer sauer ist, der schleimt nicht. Das war sexy.«

»Sexy?«

»Genau!«

Und dann haben wir es uns noch einmal gegenseitig erzählt, weil es so schön ist, es sich immer und immer wieder neu zu erzählen, obwohl man es in- und auswendig kennt und ja sowieso dabei war.

»Du bist in die Disco gekommen und hattest schlagartig schlechte Laune«, fing ich an, »weil dein bester Freund dich wegen einer Tussi versetzt hatte.«

»Wegen einer voll bescheuerten Tussi, die ihn sowieso nicht wollte. Und ich hatte vorher voll Ärger mit meinem Alten gehabt. Wegen der Schule. Mathe mal wieder. Ich war also auf hundertachtzig, bin in den Club rein und wollte nur noch ein Bier. War aber scheiße voll an der Theke.«

»Den meisten Platz hatten meine Mädels und ich eingenommen. Wir hatten schließlich was zu feiern. Kati hatte am Tag vorher ihre Unschuld verloren und hat uns alles lang und breit erzählt.«

»Ich hab nur eine Horde besoffener Mädels gesehen und gedacht, boah, die blöden Hühner sollen mir bloß schnell den Weg frei machen.«

»Haben wir aber nicht. Wir hatten vielmehr einen Heidenspaß daran, dich nicht durchzulassen. Wir sind immer da enger zusammengerückt, wo du durchwolltest, und haben so getan, als wäre das keine Absicht.«

»Ich habe euch aber sofort durchschaut. Hühner eben, hab ich gedacht und war nicht gerade Gentleman.«

»Du hast den Stinkefinger gezeigt, und als Kati dir einen Spruch von wegen Ladies first reingedrückt hat und sich das Bier, das du mühsam ergattert hattest, geschnappt hat, da ist dir echt der Kragen geplatzt.«

»Ich hab sie übel beschimpft. Und ich weiß nicht, ob ich ihr das Bier nicht auch noch ins Gesicht gekippt hätte, wenn du nicht eingeschritten wärst.«

»Du hattest mich bis dahin noch gar nicht wahrgenommen. Aber dann bin ich zwischen euch Streithähne gegangen und hab gesagt ...«

»›Hey, Kleiner, du kriegst ein Neues auf meine Rechnung‹, hast du gesagt. Cool wie ein Eskimohintern.«

»Eskimohintern? Das hast du gedacht?«

»Ja, komisch, oder? Allerdings, so cool wie damals bist du gar nicht mehr.«

»Und du nicht mehr so unhöflich.«

»Jedenfalls ist bei mir da der Blitz eingeschlagen«, nimmt Leon die Geschichte wieder auf. »Ich war wie mit dem Hammer getroffen. Konnte nur noch stammeln, bis du mir das neue Bier in die Hand gedrückt hast, und wir angestoßen haben. ›Meine beste Freundin ist seit gestern nicht mehr Jungfrau‹, hast du gesagt, und ich hab mich beinahe verschluckt und so was wie ›Herzlichen Glückwunsch‹ zu Kati gesagt. Und da musstest du lachen und hast dich auch in mich verliebt.«

»Aber so richtig erst, als du gesagt hast: ›Wenn ich mal keine Jungfrau mehr bin, dann möchte ich aber nicht, dass das die ganze Stadt erfährt.‹ Damit hast du dich echt in mein Herz gequatscht!«

»Und Jungs denken immer, es ist peinlich, noch Jungfrau zu sein.«

»Das können wir noch unseren Enkeln erzählen«, hab ich geseufzt.

Und Leon hat gesagt: »Ich weiß nicht. Ist nicht ganz jugendfrei. Schon allein wegen dem Eskimohintern. Und wegen Katis erstem Mal.«

Und dann, nach einer Weile: »Du wirst es keinem erzählen, oder? Es bleibt unsere Sache, richtig.«

Und ich hab genickt und gedacht: Er fühlt es also auch, dass es heute passiert. Und Leon muss gedacht haben, jetzt weiß sie, dass ich denke, dass es heute passiert. Und weil es damit so ganz klar zwischen uns stand und keiner mehr wusste, wie es wieder beiseitegeschoben werden kann, hat Leon gesagt: »Sekt ist alle«, und dann: »Guck mal, ich zeig dir was.«

Er hat mir sein Becken entgegengestreckt und auf eine Stelle oberhalb der Linie, wo braune und weiße Haut sich im Sommer treffen, gezeigt. »Siehste die?«

Eine Narbe, fingerlang und wie ein kleiner plattgedrückter Wurm.

»Darf ich mal?« Ich war schon vor seiner Antwort mit dem Zeigefinger dran. »Wo ist die her?«

»Schusswunde«, hat Leon gesagt, und ich hab ihm einen Klaps gegeben.

»Mal ehrlich!«

»Na ja, ich hatte damals echt Glück. Beinahe wäre mir der Blinddarm geplatzt. Und das ist eine höllische Sauerei. Da kann man bei draufgehen.«

»Du sollst aber nicht draufgehen«, hab ich gesagt, und: »Dann muss ich mir ja einen neuen Freund suchen.«

»Willste keinen anderen?«, hat Leon gefragt. »Ich meine, niemals mehr.«

»Nein, niemals mehr«, hab ich geantwortet und bin, als wollte ich es unterstreichen, noch mal die ganze Linie mit der Fingerspitze abgefahren, genau zwischen braun und weiß. Immer wieder, hin und her. Leon hat es die Sprache verschlagen und mir auch, und als sich bei ihm was geregt hat, da unten, ist er schnell wieder ins Wasser gerutscht und ich hab so getan, als hätte ich nichts gesehen. Aber ich hatte es gesehen. Das erste Mal. Und in mir drin war so eine Mischung aus allem. Aus Schreck und Lust und Vorfreude und etwas, das ich nicht einordnen konnte. Mir ist alles durch den Kopf geschossen, völlig durcheinander. Erst die Pille, die Mama und ich vor drei Monaten bei Doktor Frank geordert hatten und an die sie mich jeden

Morgen erinnerte, als wenn ich selbst zu blöd für so was wäre. Dann an die Kondome, die Linda beim letzten Mädelsabend mithatte und die voll künstlich nach Banane gerochen haben, und auch geschmeckt. Ich hab an die Frösche aus dem Biounterricht gedacht, die sich im Terrarium gepaart haben. An Pralinen mit Nugat. Wieso eigentlich? Und an Gänsehaut. Die hatte ich nämlich wieder. Und daran, ob Gänsehaut eigentlich an jeder Körperstelle entstehen kann.

»Los! Komm wieder rein«, hat Leon gerufen, und ich bin ins Wasser gerutscht und zu ihm geschwommen. Wie zwei Kaulquappen sind wir umeinander rumgerudert, in immer kleineren Kreisen, bis die Spannung einfach zu groß wurde. Da hab ich Schwung genommen, hab die Hände auf Leons Kopf gedrückt und ihn mit meinem Gewicht unter Wasser geschoben, immer tiefer. Bis er sich freigestrampelt hat, um sich zu rächen. Dann war ich unten, so weit unten, dass ich alles sehen konnte. Alles. Und dann er wieder. Um auch alles zu sehen.

»Irgendwann waren wir völlig außer Atem. Total fertig, weißt du noch, Leon? Du hast geröchelt wie ein Fisch auf dem Trockenen.«

Ich muss lachen, als ich daran denke, und gucke weg vom Fenster zu Leon. Jetzt sieht er nicht aus wie ein Fisch, eher wie ein Chamäleon mit trockener Haut, die vielleicht jeden Moment die Farbe ändert. Gelbgrün oder Tomatenrot. So was kann Leon mittlerweile. Ich hauche noch einmal die Scheibe an und male ein Herz in das Beschlagene. H A L L O. Draußen hat es angefangen zu regnen, und mir ist kalt, obwohl es hier drin eigentlich warm ist.

»Ich komm zu dir ins Bett«, sage ich, durchquere den Raum, schiebe die Bettdecke zur Seite und dränge mich an ihn. Ganz nah. Das mag ich. Und er auch. Ich schlinge den Arm um Leons Brust und mir wird warm. Genau wie damals, als wir, wieder bei Atem, im Gras lagen, Nasenspitze an Nasenspitze.

»Was hast du deinen Eltern erzählt?«, hat Leon gefragt.

»Sie denken, ich schlafe bei Antonella.«

»Und meine denken, ich penne bei Falk.«

»Das heißt dann wohl, dass wir die ganze Nacht hierbleiben müssen.«

»Ja«, hat Leon gesagt, »das heißt es wohl. Schlimm?«

»Nicht die Bohne.«

Eine ganze Nacht. So viel Zeit hatten wir noch nie zusammen verbracht. Wahrscheinlich nie mehr als sechs Stunden am Stück, nach der Schule oder abends am Wochenende. Aber für diese Nacht waren wir so was wie in die Ferien gefahren. An einen geheimnisvollen Ort irgendwo im Süden. Leon hat es genauso empfunden.

»Wir haben das Meer und den Strand«, hat er gesagt. »Und obendrein diesen tollen Sternenhimmel. Ich schätze, Mallorca ist auch nicht besser.«

Und dann hat er seine Nasenspitze von meiner Nasenspitze genommen und in dem Himmel gezeigt. »Da, das kenne ich. Großer Wagen.«

Ich hab gekichert.

»Was?«, hat Leon gefragt, und ich hab gesagt: »Sternbilder zeigen, das ist wie in so kitschigen Liebesfilmen.«

Aber Leon war das egal. »Jetzt guck schon«, hat er gesagt. »Das da ist, glaube ich, die Milchstraße.«

»Was ist eigentlich eine Milchstraße?«

»Ein megamäßiger Haufen Sterne. Als Kind, da hab ich immer gedacht, auf der Milchstraße leben die Engel. So wie ich in der

Erlenstraße wohne und du in der Palmstraße. So eine richtige Straße mit Geschäften und Straßenlaternen und am Ende, im größten Haus, da wohnt Gott.«

»Glaubst du immer noch, dass Gott irgendwo da oben wohnt?«

»Ich bin mir nicht mehr so sicher«, hat Leon gesagt. »Irgendwie, wenn man anfängt über diese Dinge nachzudenken, wenn man herausfindet, dass die Milchstraße gar keine Straße ist, dann ist irgendwie alles so …«

»Kompliziert?«

»Ja.«

»Aber wenn es Gott vielleicht doch nicht gibt, was wird dann aus uns, wenn wir nicht mehr hier sind?«, hab ich gefragt, und Leon hat gesagt: »Vielleicht werden wir einfach wieder so was wie Nichts. Ich meine so, als wären wir nie geboren worden.«

Und ich hab gesagt: »Nein, das geht nicht. Wenn du einmal auf der Welt warst, dann gibt es Leute, die sich an dich erinnern. Du kannst nicht einfach wieder Nichts sein. Guck mal, ich zum Beispiel, ich würde mich immer daran erinnern, wie wir uns kennengelernt haben. Wie frech du warst. Und heute Nacht. Meinst du, das würde ich jemals vergessen? Echt, Leon, du kannst nicht einfach wieder Nichts sein.«

»Hast recht«, hat Leon gesagt und wieder seine Nasenspitze an meine gedrückt. Nasenspitze und Brustbein, oben ganz nah zusammen, unten weit auseinander. Wie ein A müssen wir ausgesehen haben, von oben gesehen.

»Hallo.« Simone platzt rein, wie sie immer reinplatzt. Das ist echt krass. Sie schafft es jedes Mal, schon eine Sekunde vor ihrem Klopfen im Zimmer zu sein. Keine Ahnung, wie sie das macht. Und auch keine Ahnung, wieso sie dann überhaupt anklopft.

»Was zu trinken?«, fragt sie.

Ich schüttele den Kopf, aber das reicht Simone nicht. Sie tut so, als würde sie hier und da etwas aufzuräumen haben und guckt. Ganz ungeniert.

»Schlechtes Wetter heute«, fängt sie ein Gespräch an.

»Hm.«

»Ich hab ja heute Morgen schon zu Leon gesagt, das gibt Regen. Und siehe da. Regen.«

»Hm.«

»Wenn das so weitergeht, hab ich gesagt, dann ziehen wir in den Süden, was Leon?! Da wird man ja depressiv, von dem Wetter.«

»Hm.«

Simone merkt nie, dass sie stört. Ich kann sie nicht ausstehen. Sie wirbelt mit viel zu vielen Worten die Luft auf und macht unser Netz aus Erinnerungen kaputt.

»Mallorca«, sagt sie. »Das wäre es, was Leon?! Sonne. Meer. Und einen Cocktail in der Hand.«

Ein Freibad reicht auch, denke ich und sage: »Hm.«

Merkt die denn nicht, dass sie nervt? Ich meine, was, wenn Leon und ich jetzt zufällig nackt wären? Könnte doch sein. Was, wenn wir als A auf dem Bett lägen, als atmendes Tier im Winterschlaf, als doppelte Gänsehaut? Denkt sie denn, das könnte nicht passieren?

»Karibik muss gar nicht sein. Aber Spanien. Oder Italien. Eine kleine Finca. Irgendwas mit Blick.«

Simone seufzt, und mir reißt der Geduldsfaden. »Können wir vielleicht unsere Ruhe haben?«

So deutlich habe ich es ihr noch nie gesagt. Sie zieht pikiert die Augenbrauen hoch.

»Wozu denn?«, fragt sie.

Noch dümmer geht es wirklich nicht. »Schon mal was von Privatsphäre gehört?«

Anscheinend nicht. Simone wirft erst mir, dann Leon einen spöttischen Blick zu.

»Oh, die Herrschaften wollen ihre Ruhe haben«, sagt sie. »Haben die Herrschaften etwas Wichtiges zu besprechen?«

Sie findet sich witzig.

»Geh doch einfach«, sage ich. Und dann geht sie tatsächlich. Demonstrativ schnaubend. Schwestern sind echt der Albtraum.

Ich habe Mühe, den Faden wiederzufinden. Als ich ihn aufnehme, lege ich wieder den Arm um Leon.

»So wie du gedacht hast, die Milchstraße ist eine echte Straße, hab ich als Kind geglaubt, dass, wenn der Himmel sich in der Dämmerung so rotorange färbt, die Engel Weihnachtsplätzchen backen«, hab ich zu Leon gesagt und meine Nasenspitze dabei noch ein bisschen fester an seine gedrückt.

»Auch im August?«

»Klar. Sie müssen ja jede Menge Plätzchen vorbacken, damit auf der ganzen Welt an Heiligabend die Teller voll sind.«

»Und dass die Plätzchen trocken werden bis Dezember, daran hast du nicht gedacht?«

»Doch nicht im Himmel. Im Himmel bleibt alles frisch. Plätzchen genauso wie Menschen. Wenn man in den Himmel kommt, bleibt man immer genauso alt wie man ist.«

»Weiß nicht, ob ich das so toll finde.«

»Wieso nicht?«

»Na, wenn ich jetzt zum Beispiel nächstes Jahr sterbe und du erst mit achtzig, dann sind wir, wenn wir uns da oben im Himmel wiedertreffen, ein ganz schön krasses Pärchen.«

»Besser ein krasses Pärchen als gar keins. Kann ja auch sein, dass ich in den nächsten zehn Jahren dreißig Kilo zunehme. Dann sind wir auch ein krasses Pärchen. Oder sind wir dann keins mehr?«

»Wir sind immer eins. Dick, dünn, krumm, doof«, hat Leon gesagt und sich auf den Bauch gedreht. »Krieg ich jetzt meinen Preis?«

»Ja, mein Herr und Gebieter.« Ich hab mich sofort auf die Knie gesetzt und losmassiert. Erst den Nacken, dann die Schultern, den ganzen Rücken bis fast runter zum Po.

»Du hast wirklich einen Knackarsch«, hab ich gesagt. »Ein richtiges Brötchen.«

Und er hat geschnurrt wie eine Katze.

»Willst du jetzt auch eine Massage?«, frage ich Leon. Er will. Also setze ich mich auf die Bettkante und fahre mit den Händen unter seinen Nacken. So lässt es sich gut massieren. Meine Finger finden durch die Schwere von Leons Kopf den richtigen Druck, ich spüre die Wirbel durch seine Haut und taste jeden rundherum ab. Verspannt ist Leon nicht, eher weich wie Butter. Und ich denke, die Haare im Nacken könnten mal wieder geschnitten werden, aber sagen tue ich nichts, Leon ist es ohnehin schnuppe.

»Wie wär's noch mit einer Gesichtsmassage«, sage ich. »Weißt du noch, die habe ich auch von dir bekommen in der Nacht, und das, obwohl ich gar keinen Preis gewonnen hatte.«

Ich lasse meine Hände über Leons Gesicht gleiten und mache es genauso wie er damals, ziehe mit sanftem Druck die Brauen nach, lege meine Daumen auf die Lider und fühle die Augäpfel. Ich massiere den Nasenrücken, die Nasenflügel, streiche die Wangen aus, streichele die Lippen und klopfe leicht den Kiefer ab. Er mag es.

»Wenn man sich ganz flach auf den Boden legt und so durch die Grashalme durchguckt, kann man sich vorstellen, wie das Leben für eine Ameise ist«, hat Leon gesagt, als er mit meiner Gesichtsmassage fertig war. »Mach mal.«

Also habe ich das Kinn in den Rasen gedrückt, und Leon hat sich mit dem kleinen Finger einen Weg durch die Halme gesucht.

»Es ist ewige Nacht im Land der Ameisen«, hat er angefangen zu erzählen. »Das große warme Licht ist heute Morgen nicht erschienen, und die Ameisen sind verzweifelt, weil keiner weiß, ob es jemals wieder zurückkommen wird. Nicht mal der Rat der Ältesten, der normalerweise alle Probleme im Land der Ameisen lösen kann, hat den Durchblick. Alle hocken da wie versteinert und warten ab. Nur ein Einziger im Ameisenvolk will nicht länger Däumchen drehen. Er, ein kleiner Ameiserich, macht sich mit nichts als seinem Mut bewaffnet auf den Weg, um nach dem Licht zu suchen.«

Leons Zeigefinger marschierte los, und ich hab gefragt: »Wieso ist er alleine unterwegs? Hat er denn keinen Kumpel?«

»Doch. Aber diese Sache muss er alleine machen. Da kann ihm niemand bei helfen. Es ist wahrscheinlich irgendwie so was wie Schicksal. Ist doch bei allen Helden so. Die kriegen eine krasse Prüfung auferlegt, müssen da durch und dafür gibt es am Ende eine Belohnung.«

»So was wie eine Massage?«

»Oder einen heiligen Gral. Was aufs selbe rauskommt.« Leon hat gelacht und dann weitererzählt. »Aber auch, wenn der Ameiserich genau weiß, dass er das machen muss, hat er total Schiss. Er hat nämlich Angst vor der Dunkelheit, musst du wissen.«

»Der Arme! Hat er denn keine Taschenlampe?«

»Ne, nichts. Nur ein ganz klein bisschen fahles Mondlicht. Die riesigen Grashalme sehen aus, als wollten sie ihn jeden

Moment fesseln und verschlingen. Alles ist fremd und einsam. Du weißt ja, wie gesellig Ameisen in der Regel sind. In so einem Ameisenhaufen geht die Post ab! Alles krabbelt übereinander. Orgienmäßig. Jedenfalls, der Ameiserich geht jetzt schon viele Monate immer weiter durch den endlos erscheinenden dunklen Wald. So hat er sich das nicht vorgestellt. Er dachte, er geht los, findet das Licht, kommt zurück und wird von allen bejubelt. Aber Pustekuchen. Er verliert seine ganze Hoffnung und ist drauf und dran aufzugeben.«

»Das darf er aber nicht«, hab ich gesagt und Leons Finger angestupst, damit er weitergeht.

»Eines Tages dann«, hat Leon den Faden wieder aufgenommen, »die Dunkelheit erschien dem kleinen Ameiserich genauso schwer wie immer, sah er plötzlich zwischen den Grashalmen hindurch etwas schimmern. Er begann zu rennen, stolperte fast über seine eigenen Beinchen und je näher er kam, desto heller wurde es.«

Leons Finger ist auf meinen Unterarm geklettert und rast auf mein Gesicht zu. »Die Grashalme wichen einer flachen Ebene und plötzlich stand der kleine Ameiserich mitten im gleißenden Licht. Happy End.«

»Aber wie kriegt er das Licht jetzt zurück zum Ameisenvolk«, hab ich gefragt.

»Weiß nicht. Ist nicht wichtig.«

»Hä?«

»Na ja, Hauptsache, er hat es gefunden. Ist jetzt sein Licht sozusagen.«

»Komische Geschichte«, hab ich gesagt und hab Leon zur Strafe in die Nase gezwickt.

»Gar nicht komisch«, hat er sich gewehrt und zurückgezwickt. »Wohl!«

»Ne!«

Und schon waren wir mitten drin in einer Rangelei. Leon hatte schnell Oberhand, hat mich in den Schwitzkasten genommen, schachmatt gesetzt und auf den Boden gedrückt. Sein Kopf hing über mir, und ich hab versucht, mit den Lippen an seine Nase zu kommen. Ging aber nicht.

»Du riechst so gut«, hat Leon gesagt, und ich: »Du auch.« Nach etwas Fremden und etwas Vertrautem.

»Kann ich noch näher kommen?«, hat Leon gefragt.

»Ja«, hab ich gesagt. Und dann war da seine Brust an meiner Brust und Leons Atemzüge wurden länger und ein bisschen lauter, was sich gut angehört hat, wie ein Tier im Winterschlaf, wenn es etwas Schönes träumt.

Und dann wäre es bestimmt passiert. Unter Garantie. Wenn nicht plötzlich diese Stimme losgeschrien hätte. »He, ihr da, was macht ihr da?«

»Ach, du Scheiße«, hat Leon geflucht und wir sind aufgesprungen, haben ruck, zuck unsere Sachen zusammengerafft, die Boxershorts, die Snoopyunterhose. Und schon war ein greller Lichtkegel auf uns gerichtet.

»Unbefugtes Betreten der Anlage ist verboten!«, hat die Stimme gebrüllt, jetzt schon viel näher, und Leon und ich sind wie die Irren losgerannt. Ich hab gemerkt, wie die Snoopyunterhose sich aus dem Bündel in meiner Hand gelöst hat und weggeflogen ist. Aber es gab keine Zeit umzukehren.

»Beeil dich!«, hat Leon gerufen, und der Kegel in unserem Rücken ist hin und her gehuscht. Ich konnte schon die Schritte unseres Verfolgers hören und sogar sein Schnaufen, als wir endlich an dem Loch im Zaun angekommen waren.

»Du zuerst!«, hat Leon gerufen, und ich hab meine Klamotten durch das Loch geworfen und bin hinterhergekrochen.

»Komm!«, hab ich gerufen, und mein Herz hat gepocht wie blöde, viel mehr, als es eigentlich sollte, weil eigentlich nur ein schnaufender Nachtwächter hinter uns her war. Aber es hatte so was von *Bonny und Clyde*, von Verbotenem und Gefährlichem, wie ich da splitterfasernackt vor dem Loch im Zaun stand und um meinen Liebsten gebangt habe. Der war dann auch wirklich richtig in der Klemme, weil er, wie so ein richtiger Held eben, doch noch zurückgelaufen war, um meine Unterhose zu retten. Klar hat der Nachtwächter ihn dabei erwischt. Es gab ein furchtbares Gerangel, und wenn es nicht so *Bonny-und-Clyde*-mäßig dramatisch gewesen wäre, hätte ich mich auch schlapplachen können, weil der Nachtwächter große Mühe hatte mit dem nackten Körper, der ihm immer wieder durch die Hände geflutscht ist. Und weil er gar nicht wusste, wo er hinfassen und wo er hingucken soll. Es war wohl wirklich Leons Glück, dass er sich wie ein Aal aus der Umklammerung befreien konnte.

»Hiergeblieben! Rattenpack!«, hat der Nachtwächter gebrüllt, und Leon ist gerannt, Snoopy wie ein Fahne schwenkend, den Verfolger im Nacken, und ist wie ein Raubtier durch den brennenden Reifen durch das Loch auf die rettende Seite gehechtet.

»Losfahren!«, hat er gerufen.

»So?«, hab ich gefragt und an mir runtergeguckt.

»Ja, so!«

Wir haben die Räder aus dem Gras geklaubt, uns draufgeschwungen und sind, die Klamotten unter den Arm geklemmt, losgestrampelt. Ich hab den Gegenwind pfeifen hören und überall gespürt. Wild und frei hab ich mich gefühlt. Und Leon auch, jedenfalls hat er einen Schrei ausgestoßen, der irgendwie eine Mischung aus Tarzan und Céline Dion war. Er hat den Lenker losgelassen und die Arme in die Luft gerissen.

»Mach auch mal, ist wie fliegen!«, hat er gerufen, also hab ich auch den Lenker losgelassen und bin mit ihm geflogen. Wie zwei Adler. Oder Gänse. Ungerupfte. Mit ausgebreiteten Schwingen durch die Nacht.

»Weißt du noch, Leon, wir haben gar nicht gemerkt, wie spät oder besser gesagt, wie früh es schon war, dass es schon gedämmert hat. Die Nacht war einfach wie im Flug vergangen. Wir haben irgendwann mitgekriegt, dass wir nicht mehr verfolgt werden, und haben uns schlappgelacht, wie krass es ausgesehen hat, wir zwei Nackten auf den Rädern, du immer die Snoopyunterhose in der Hand wie eine Flagge. Du hast dann die Bushaltestelle entdeckt, wo wir uns angezogen haben. Und da war dieser schlaflose Rentner mit seinem Hund, der uns gesehen hat und irgendwas von wegen ›die Jugend von heute‹ gemault hat. Weißt du noch, wir haben einen Bäcker gefunden, der uns schon vor Geschäftsbeginn eine Tüte Brötchen verkauft hat, und haben uns am Marktplatz an den Brunnen gesetzt. Da sind schon die ersten Leute aus den Häusern gekommen, und der Tag hat auch für den Rest der Stadt richtig angefangen. ›Schade‹, hast du gesagt, und dann: ›Wir machen das einfach nächste Woche noch mal.‹ Und ich hab gesagt: ›Wir können das noch so oft machen, wie wir wollen‹, und dabei hab ich dich ganz feste angeguckt: ›Es passiert auf alle Fälle.‹ Du wusstest genau, was ich mit ›es‹ meinte, und hast gegrinst. ›Ja, das passiert so sicher wie, dass heut Abend die Sonne wieder untergeht‹, hast du gesagt und: ›Ich liebe dich.‹ Wir sind am Brunnen sitzen geblieben, bis es Zeit war, nach Hause zu fahren. Du nach links, ich nach rechts. Ich hab mich noch mal umgedreht, und da hab ich gesehen, dass du wieder die Arme ausgestreckt hattest, dass du wieder geflogen bist.«

Ich lege meinen Kopf auf Leons Brust und lasse mich von seinen Atemzügen eine Weile wiegen. »Ich war so happy. Und meine

Eltern haben gedacht, wow, das war aber ein gelungener Mädchenabend bei Antonella. Die haben mir die Geschichte voll abgenommen. Sie wären nie drauf gekommen, wenn nicht eine Stunde später das Telefon geklingelt hätte. Deine Mutter war dran. Sie hat sich total komisch angehört. Und weißt du, Leon, das war ganz merkwürdig, ich wusste sofort, was passiert war, ohne dass deine Mutter etwas sagen musste. Ich wusste es einfach.«

Ich rutsche vom Bett auf den Stuhl und ziehe hinter mir das Laken glatt. Leon mag es nicht, auf Falten zu liegen. Sie graben sich in seinen Rücken und hinterlassen Spuren. Simone hat es mir schon oft genug gesagt.

»Mach es wieder glatt, wenn es schon sein muss.«

»Es muss sein«, hab ich immer wieder gesagt. »Ich kann nicht neben ihm sitzen wie irgendein entfernter Bekannter. Er ist mein Freund.«

»Weißt du eigentlich, wie lange das her ist, Leon, unsere Nacht, meine ich?« Ich schaue ganz genau hin, auf Leons Augen, die sich nicht rühren, auf Leons Lippen, auf denen immer ein Lächeln liegt, ein ganz kleines, das vielleicht nur ich sehe. Mehr gibt es nicht zu entdecken. »In deiner Welt fühlt es sich bestimmt viel kürzer an. Aber es ist ein halbes Jahr her. In meiner Welt. Heute genau auf den Tag ein halbes Jahr.«

Ich streichele mit den Fingerspitzen über Leons Oberarm, einmal um die Kanüle in der Armbeuge herum bis zur Handfläche. Keine Gänsehaut auf Leons Haut. »Sie sagen, du wachst nicht mehr auf, Leon. Wenn, dann würde es an ein Wunder grenzen, aber dann wärst du nicht mehr der, der du vorher gewesen bist. Meine Mutter sagt, ich soll dich loslassen, ich soll Abschied nehmen von dir, weil ich zu jung bin. Weil ich noch alles vor mir habe und so. Aber, Leon, ich weiß einfach nicht, wie das gehen soll.«

»

Sabine Both | Jahrgang 1970, lebt und arbeitet als freie Autorin in Neuss. Eine rabaukige Kindheit, eine rebellische Pubertät und ein paar turbulente Jahre als Sozialarbeiterin haben genügend Stoff für jede Menge frecher Jugendromane angehäuft. Wenn Sabine Both gerade nicht auf den Spuren frisch verliebter Mädchen oder hormongesteuerter Jungen ist, buddelt sie in ihrem Garten oder macht mit Mann und Freunden Ausflüge in die Natur.

Sabine Both in der Reihe *Ich bin Ich!*

LiebesLied

Rosa Wolken

«

8

Gwyneth Minte

Abschiedsbrief

Hallo! Nee.

Hey! Geht auch nicht.

Vielleicht etwas romantischer: *Mein geliebter* ... Nein, passt erst recht nicht. Na, das fängt ja super an. Wie soll ich denn einen ganzen Brief zustande bringen, wenn ich nicht mal mit der Anrede klarkomme? Ich sitze an meinem Schreibtisch, habe ein weißes Blatt Papier vor mir liegen und meinen Kuli in der Hand. Startklar zum Abflug!

Aber mir fällt überhaupt nichts ein! Vielleicht liegt das an dem ungewohnten Medium. Natürlich habe ich mich erst mal an den Computer gesetzt. Wie immer eben! Computer an, einloggen und los. Aber dann kam mir das plötzlich komisch vor. Eine E-Mail ist einfach zu unpersönlich. Aber einen Brief schreiben? Mit Tinte auf richtigem Briefpapier? Da bin ich nicht so die Expertin drin. Einen total kitschigen Liebesbrief, auf Wolke-sieben-Papier, habe ich Nico ganz am Anfang mal geschrieben, aber das war's dann auch schon. Wozu gibt es schließlich E-Mails? Praktischer sind die auf jeden Fall und viel schneller als die Deutsche Post.

Andererseits will ich ja den perfekten Abschiedsbrief schreiben. Halbe Sachen liegen mir nicht. Und ein perfekter Brief wird traditionell wohl doch mit der Hand geschrieben. Alle bewegenden Briefwechsel der Geschichte wurden schließlich handschriftlich geführt. Man denke nur an Lessing und seine spätere Frau Eva König. Selbst wenn es damals schon Internet gegeben hätte, wären E-Mails für die beiden kaum infrage gekommen. Echten Briefen haftet eine persönliche Note an, und man hat etwas in der Hand, etwas Reales. Wenn es mich mal treffen sollte, würde ich auch einen Brief bevorzugen. Allein schon das Aufschlitzen des Umschlags, das vorsichtige Herausziehen des Papiers, das Auseinanderfalten, das Lesen der ersten Worte, die zerlaufende Tinte angesichts der plötzlich tropfenden Tränen ... Herzschmerz pur ... Welche E-Mail kann da schon mithalten? Nein, da könnte ich Nico ja gleich eine SMS schicken. Das hätte sogar den Vorteil, dass ich mir keine ellenlangen Sätze aus der Feder quetschen müsste. Ein kurzes, knappes: *Nico, es ist aus!*, würde vollkommen reichen. Dann noch ein Depri-Smiley druntergesetzt *;-((*, und ich wäre den Typen los.

Aber fair ist was anderes. Ich würde jedenfalls ausflippen, wenn mein Freund per SMS mit mir Schluss machen würde. Nein, so geht das nicht. Da fehlte ja nur noch die Standardtrennungsfloskel: *Und lass uns Freunde bleiben!*

Grusel! Ich bin ja kein Unmensch. Und Nico eigentlich auch nicht ... Na egal, weder eine Abschieds-E-Mail noch eine Abschieds-SMS haben Stil. Ich schreibe also einen klassischen, handschriftlichen Brief. Tinte und edles Briefpapier habe ich allerdings nicht in meinem Fundus. Und die Überreste des Wolke-sieben-Papiers sind auch nicht gerade angemessen. Ich nehme daher weißes Druckerpapier und meinen Lieblingskugelschreiber. Das muss reichen an persönlicher Note.

Tja ... Jetzt fehlen mir nur noch die perfekten Formulierungen. Waren die Gehirne der Menschen früher eigentlich anders gepolt? Ich meine, wo hatten die nur diese poetischen Ergüsse her? Nicht dass ich damit gerechnet habe, dass mir sofort etwas Goethegleiches aus der Feder fließen würde. Aber ich habe schon erwartet, dass sämtliche Gedanken und Gefühle der letzten Wochen aus mir heraussprudeln würden, sobald ich nur einen Stift in der Hand halte. Meine Sorge, wie ich es schaffen sollte, den wahrscheinlich längsten Abschiedsbrief der Welt sinnvoll zu kürzen, erwies sich jedenfalls als völlig unbegründet. Mit fällt einfach nichts ein! Zwanzig Minuten sitze ich schon hier, und das Blatt ist immer noch schneeweiß und blütenrein. Nicht der kleinste Buchstabe hat sich bisher darauf verirrt. Wieso ist mein Kopf nur plötzlich so leer? Ausgerechnet jetzt, nachdem ich alles hundertmal durchdacht habe und endlich so weit bin, mit Nico Schluss zu machen ...

Ein einziger Satz würde doch schon reichen!

Oder wenigstens ein erstes Wort! Warum lässt mich mein Gehirn ausgerechnet jetzt im Stich? Sonst funktioniert es in Notfällen immer ziemlich zuverlässig. Und das hier ist ja wohl ein Notfall! Vermutlich habe ich diesmal alle Gedanken tot gedacht. Einmal zu viel darüber nachgegrübelt und ... Puff! Schon sind sie futsch. Ich denke nichts mehr und ich fühle nichts mehr. Hirn leer, Herz leer, Bauch leer! Hmmm, ich stocke. Vielleicht liegt es ja daran? Ich habe tatsächlich noch nicht mal gefrühstückt. Klar, das muss es sein! Ich stehe auf und gehe in die Küche. Mit leerem Magen lässt sich ja wirklich kein klarer Gedanke fassen, geschweige denn ein Abschiedsbrief schreiben.

Nein, das ist keine Ausflucht! Ich kneife nicht. Ich sortiere ja schließlich keine Socken oder lackiere meine Nägel. Ich will nur etwas essen. Ich habe wirklich Hunger! Denn wer nicht liebt, soll wenigstens was essen … Okay! Es ist doch eine Ausflucht!

Ich stopfe zwei Toastscheiben in den Toaster und koche mir einen Tee. Wie gut, dass meine Familie heute zu Besuch bei Oma ist. Die seltene Ruhe im Haus kommt meinem Vorhaben sehr entgegen. Also bloß nicht hetzen. Es ist Zeit genug, um einen stilvollen Schlussstrich zu ziehen.

Mit Tee und Toast bewaffnet, gehe ich wieder zurück an meinen Schreibtisch. Herbei, Eingebungen! Doch ich warte und warte … Vergeblich! Am leeren Magen lag es also schon mal nicht. Offenbar habe ich eine regelrechte Schreibblockade. Und nun?

Also gut, wenn es mit Gefühl nicht geht, dann eben mit Verstand!

Wie beginnt man den perfekten Abschiedsbrief? *Liebster Nico* scheidet schon deshalb aus, weil er ja ab dem Zeitpunkt, wo er den Brief liest, nicht mehr mein Liebster ist. Es muss eine neutralere Anrede her. Vielleicht insgesamt etwas weniger emotional, eher sachlich. Vor meinem inneren Auge füllt sich das Papier mit Worten. Ich grinse.

Sehr geehrter Nico Kolbe,
leider bin ich nach reiflicher Überlegung zu der Überzeugung gelangt, dass ich mich von Ihnen trennen muss. Aufgrund mehrerer bedauerlicher Zwischenfälle ist die Basis unserer Zusammenarbeit, äh, Beziehung unwiederbringlich zerstört.
Diese Kündigung ist ab sofort wirksam. Bitte sehen Sie von jeglichem Kontaktversuch ab. Ein Widerspruchsrecht Ihrerseits besteht in diesem Fall nicht.
Mit freundlichen Grüßen
Mira Bernstein

Neutraler geht es wohl kaum. Aber zwischen Nico und mir besteht ja nun mal keine Geschäftsbeziehung, die einfach so kündbar wäre … Das Grinsen verschwindet. Wieso quäle ich mich eigentlich so? Schließlich ist die Aussage wichtiger als die Form. Und überhaupt, ich schreibe den Brief für Nico und nicht, um ein literarisches Meisterwerk für die Nachwelt zu schaffen. Ich sollte das Ganze mal etwas schlichter angehen. Ich nehme den Kuli und … schreibe. Oh Wunder, es funktioniert! Endlich stehen die ersten Worte auf dem Blatt. Hoffentlich ist meine Schreibblockade damit endgültig vorbei.

Lieber Nico! steht da. Ich weiß, öde. Aber so fangen Briefe nun mal an. Obwohl, wenn er wirklich ein *lieber* Nico wäre, müsste ich mich ja wohl kaum von ihm trennen. Aber die Anrede: *Nico, du Penner!* ist keine sinnvolle Alternative. Früher war Nico echt lieb. Zu jedem Date hat er mir eine rote Rose mitgebracht. Ich schließe die Augen, ziehe ich die Luft durch die Nase ein. Sie ist plötzlich schwer vom süßlichen Rosenduft. Meine Gedanken färben sich rosarot … das Meer von Blumen … die vielen Kerzen … der Duft des leckeren Candle-Light-Dinners, das Nico zu unserem Jahrestag gezaubert hatte … Mir läuft wieder das Wasser im Mund zusammen. Wirklich, an meinem Nico ist echt ein Sternekoch verloren gegangen. Ich spüre noch den Geschmack des Überraschungsmenüs auf der Zunge, als mich die Wirklichkeit schmerzhaft einholt. Meine Wirklichkeit, in der es künftig keinen Nico mehr geben wird. Egal, wie schön es auch gewesen ist, es ist vorbei. Also weiter, bloß nicht weich werden:

Lieber Nico!
Wie du ja weißt, haben wir uns in letzter Zeit häufig gestritten, zu häufig für meinen Geschmack. Also finde ich, dass wir uns trennen sollten.

Stimmt. Ist aber trotzdem Mist. Grauenhaft unpersönlich. Ich knülle das Blatt zusammen und schleudere es in den Papierkorb. Also wieder von vorne. Es ist vermutlich nicht so geschickt, direkt zur Sache zu kommen. Wer weiß, ob Nico den restlichen Brief überhaupt noch liest, wenn ich gleich im zweiten Satz mit ihm Schluss mache. Erst mal soll er sich doch meine Argumentation durchlesen, damit er versteht, warum eine Trennung die einzig logische Schlussfolgerung ist.

Aber wie baue ich den Brief dramaturgisch geschickt auf?

Okay, ich kaue auf meinem Kuli, was wäre der perfekte Aufbau eines Abschiedsbriefs?

– 1. Erst mal was Nettes
Lieber Nico!
Es war wundervoll, dir zu begegnen. Die vielen schönen Augenblicke mit dir haben mir das Leben versüßt und mein Herz mit grenzenloser Freude erfüllt. (Kitsch muss sein!!)
– 2. Schilderung der Probleme
Leider haben wir uns in den letzten Wochen und Monaten fast nur noch gestritten. Du weißt, warum. (Man muss ja nicht jedes Detail durchkauen, er war schließlich dabei!)
– 3. Mögliche Lösungsvorschläge
Vielleicht könnten wir versuchen, die Probleme zu beheben und die Dinge, die geschehen sind und gesagt wurden, zu ignorieren. (Das zeigt, dass man die Beziehung nicht leichtfertig aufgibt!)
– 4. Letztendlich, die unausweichliche Trennung!
Aber die Zeit lässt sich nun mal nicht zurückdrehen. Und Gefühle lassen sich nicht aus dem Herzen radieren. Wir haben uns zu oft gegenseitig verletzt. Das können wir beide nicht vergessen. Unsere Beziehung hat leider keine Zukunft mehr, darum ist es das Beste, wenn wir uns trennen!

– 5. Der Kuss zum Schluss
Ein Teil von mir wird dir immer verbunden bleiben. Du wirst immer meine erste große Liebe sein.
Kuss, Mira

So in etwa muss es funktionieren. Ein solider Fünfakter! Ich lese die Sätze und erschrecke. Trotz Kitsch und Romantik oder vielleicht gerade deswegen, klingt der ganze Brief hohl und kalt. Keines dieser Worte spiegelt die echten Gefühle wider, die zwischen Nico und mir gewesen sind. Unsere Liebe war keine Anhäufung von Klischees und belanglosen Floskeln. Allein schon unser erster Kuss war ein kleines Wunder, noch jetzt spüre ich den Geschmack von Walnüssen und Schokolade auf den Lippen und habe wieder das Gefühl, Nico auf der Stelle auffressen zu können!

Mein Blick wandert zu einem Foto von Nico und mir, das über meinem Schreibtisch hängt. Lange war es mein Lieblingsbild, weil es so spontan und ungestellt ist. Meine Freundin Laura hat es im letzten Sommer aufgenommen. Da waren Nico und ich schon fast ein Jahr zusammen. Wir saßen mit unseren Freunden im Park, spielten Gitarre und sangen dazu. Nicos blonde Locken sind zerzaust vom warmen Sommerwind. Er kitzelt mich mit einem Gänseblümchen an der Nase, und ich strahle über das ganze Gesicht. Ein perfekter Glücksmoment.

Ich seufze schon wieder. Was war das für ein toller Sommer! Mit Nico wurde es nie langweilig! Egal, ob wir etwas mit unseren Freunden zusammen machten, oder zu zweit unterwegs waren. Immer gab es Action! Ich erinnere mich noch genau an unseren Spontantrip nach Hamburg. Frühmorgens stand Nico plötzlich mit zwei Bahntickets vor meiner Tür.

»Was hast du vor?«, habe ich verwundert gefragt.

»Überraschung!«, hat Nico geheimnisvoll geantwortet.

Sich von Ereignissen überrumpeln zu lassen, ist ja nicht so mein Ding. Aber Nico liebt Überraschungen und hatte wieder einmal alles perfekt vorbereitet. Nicht nur Tickets für die Bahn, sondern auch zwei Karten für eine Vorstellung im Hamburger Schauspielhaus hatte er besorgt und auch schon ein Zimmer in der Jugendherberge gebucht. Verrückt! Die Aufführung war genial, nach dem Theaterbesuch gingen wir noch in romantischer Stimmung an der Binnenalster spazieren. Der Himmel war sternenklar. Am anderen Ufer funkelten die Lichter der Hamburger City. Wir hielten einander in den Armen und genossen die Großstadtatmosphäre, die so voller Leben und Energie war. Es kam uns vor, als stünde uns die ganze Welt offen.

»Mira?«

»Ja?«

»Wir dürfen uns nie trennen. Versprichst du mir das?«

Ich nickte und flüsterte: »Ich verspreche es.«

Und das habe ich vollkommen ernst gemeint. Wirklich! Es war nicht einfach nur so dahingesagt. Selten in meinem Leben war mir etwas so ernst gewesen wie das Versprechen in diesem Moment.

Ich vergrabe mein Gesicht in den Händen und reibe mir kräftig die Augen, um die Gedanken zu verscheuchen. Sie tun weh. Ich bin niemand, der mal eben so ein Versprechen bricht. Schon gar nicht, wenn dadurch ein anderer leidet. Ich will Nico nicht verletzen! Aber ich kann mich doch auch nicht für immer an ein Versprechen binden, das unter ganz anderen Voraussetzungen gegeben wurde. Deswegen kann ich doch nicht ewig eine kaputte Beziehung weiterführen ... Ich habe Bauchschmerzen bei diesen Gedanken. In jeder Hinsicht. Mit solchen Erinnerungsflashs habe ich nicht gerechnet. Wie soll ich denn da einen vernünftigen Abschiedsbrief zustande bringen? Da hilft nur eine kalte Dusche! Ich schnappe mir meinen Bademantel und laufe mit verwirrten Gefühlen ins Bad. Unter dem Wasserstrahl schaffe ich es kurzzeitig, mal an etwas anderes zu denken, das heißt, eigentlich denke ich ausnahmsweise an gar nichts, schäume mich nur von oben bis unten mit Mandelduschcreme ein und – tut das gut! Doch still und heimlich drängen sich bald wieder ungebetene Erinnerungen in mein Bewusstsein. Nico und ich im Kino. Unser erstes Date! Wie komme ich denn jetzt darauf? Na klar, das Mandeleis vor der Vorstellung!

»Action, Komödie oder Horror?«, hatte Nico gefragt, nachdem er sein Eis aufgegessen hatte.

»Komödie«, antwortete ich.

Nico grinste. »Wusste ich doch, dass du ein Mädel mit Humor bist. Ich hole dann schon mal eine Megapackung Popcorn.«

Ich lachte. »Kannst du Gedanken lesen?«

Noch jetzt wundere ich mich darüber, wie unverkrampft es schon da zwischen uns gelaufen ist. Ganz anders als mit anderen Typen. Denen hat es entweder die Sprache verschlagen oder sie haben erst mal eine Megashow abgezogen, um auch ja cool und großartig rüberzukommen. Nico war von Anfang an einfach nur Nico, und das war unglaublich toll!

Außerdem hat er mich so akzeptiert wie ich bin, und ich bin nicht gerade unkompliziert. Nicht viele Jungs würden das auf Dauer verkraften. Ich seufze, als mir das bewusst wird. In dieser Hinsicht ist Nico echt okay. Darum hat er es auch nicht verdient, mandeleiskalt abserviert zu werden. Egal, wie viel Stress wir in letzter Zeit hatten, Nico muss wissen, dass ich es mir nicht leicht mache! Ich werde ihm wehtun, das weiß ich, aber ich will es mit

Worten tun, die ihn zugleich trösten. Das wird schwer, aber ich bin es ihm schuldig!

Ich steige aus der Dusche, rubble mich trocken und setze mich wieder an meinen Schreibtisch. Den soliden Fünfakter, der noch auf dem Tisch liegt, zerreiße ich in viele kleine Streifen und werfe ihn in den Papierkorb. Mein Blick verweilt erneut auf dem Foto von uns. Das Glück des Sommers schmerzt in meinem angeknacksten Herzen.

Lieber Nico,
erinnerst du dich an den letzten Sommer? Daran, wie glücklich wir waren? Es wäre schön, wenn auch jetzt alles noch so wäre. Wir haben beide gespürt, dass zwischen uns etwas ganz Besonderes ist. Aber leider haben wir uns in den letzten Monaten auseinanderentwickelt. Früher haben wir uns blind verstanden. Jetzt bist du mir auf einmal so schrecklich fremd geworden …

Das stimmt. Doch wie ist es bloß dazu gekommen?

Egal, was für eine verrückte Idee ich hatte, Nico war immer begeistert dabei. Ich hätte auch vorschlagen können, in den Regenwald zu fahren oder eine Polarexpedition zu machen! Aber als ich vor einigen Monaten zum ersten Mal mit ihm über meine konkreten Pläne nach dem Abitur sprechen wollte, reagierte Nico völlig anders, als ich es erwartet hatte. Das war ein regelrechter Schock! Statt mich zu unterstützen, versuchte er, mir meine Pläne auszureden, er wurde sogar richtig heftig. Dabei hatte ich nur gesagt, dass ich mich an einer Schauspielschule bewerben wollte. Zum Theater zu gehen ist schon immer mein Traum gewesen. Es gibt für mich nichts Schöneres, als auf der Bühne zu stehen und in immer neue Rollen zu schlüpfen. Ich will nun einmal Schauspielerin werden, auch wenn meine

Eltern das nicht gerne sehen ... Wozu wird man schließlich erwachsen? Um seine Entscheidungen selbst zu treffen! Bestimmt nicht, damit einem statt der Eltern nun der Freund sagt, was man zu tun oder zu lassen hat.

Von Nico hatte ich tatsächlich mehr Verständnis erwartet. Immerhin haben wir uns auf der *Romeo-und-Julia*-Premierenparty meiner Schultheatergruppe kennengelernt. Ich habe die Julia gespielt, und Nico hat sich direkt auf den ersten Blick in mich verliebt. Das hat er zumindest immer so erzählt. Auch ich wurde sofort von seiner positiven Ausstrahlung in den Bann gezogen. Dieses freche, irgendwie verheißungsvolle Lächeln, das Glitzern in seinen blauen Augen, seine warme Stimme – alles an ihm schien mir das reine Glück zu versprechen! Aber irgendetwas ist schiefgelaufen ...

»Mira, vergiss das mit den Schauspielschulen«, hat er gesagt. »Da bewerben sich Tausende von Leuten. Und die sind wirklich gut. Du glaubst doch nicht wirklich, dass die ausgerechnet dich nehmen!«

Eine Ohrfeige hätte nicht schlimmer sein können. Ich war so schockiert, dass ich kein Wort herausbrachte.

Nico fuhr ungerührt fort: »Mach lieber was Vernünftiges. Ohne eine richtige Ausbildung kannst du später von Hartz IV leben. Willst du das?«

»Was Vernünftiges?« Ich konnte es nicht glauben. »Eine Schauspielausbildung *ist* eine *richtige* Ausbildung!«

»Aber doch keine, mit der man hinterher wirklich Geld verdient«, erwiderte Nico eigenartig schroff. »Was glaubst du, wie viele Schauspieler sich mit Taxifahren über Wasser halten müssen. Sei doch mal realistisch, Mira!«

»Du glaubst also, ich bin nicht gut genug, um ein Engagement zu bekommen?«, blaffte ich ihn an.

»Gut sein allein reicht nicht. Es sitzen haufenweise gute Schauspieler auf der Straße.«

»Jetzt übertreib mal nicht.«

»Ich übertreibe nicht. Das sind Tatsachen. Mal angenommen, du hast für ein paar Monate einen Job. Dann weißt du immer noch nicht, wie es danach weitergeht. Willst du dir ein Leben lang diese Ungewissheit antun? Da geht man doch voll kaputt.«

»Kaputt gehe ich, wenn ich nicht spielen kann!«, entgegnete ich.

»Dann such dir doch nach der Schule eine Laienspielgruppe.«

Wie bitte? Laienspielgruppe?

»Du hast doch immer gelobt, wie toll ich eine Figur darstelle und mit wie viel Gefühl ich spiele«, sagte ich wütend. »War das alles gelogen?«

»Nein. Natürlich habe ich das ernst gemeint!«, entgegnete Nico. »Aber ehrlich gesagt, habe ich nie wirklich geglaubt, dass du das auch beruflich machen willst. Ich dachte, das sei nur ein Hobby.«

Hobby? Der hatte sie ja nicht mehr alle! Was für ein Leben sollte das denn werden ohne mein Theaterspiel? Und ich dachte, Nico liebt und versteht mich!

Nico,
glaubst du wirklich, dass ich ein glückliches Leben führen würde, wenn ich jeden Morgen um acht ins Büro gehe und abends um sechs nach Hause komme? Wenn ich den ganzen Tag hinterm Schreibtisch hocke und mich durch irgendwelche Akten wühle? Wenn du das denkst, dann kennst du mich überhaupt nicht. Ohne die Bühne kann ich nicht leben! Das müsstest du doch am besten wissen! Du scheinst ja ein sauber geordnetes Spießerleben führen zu wollen. Bitte schön. Aber ohne mich! Ich frage mich echt, warum wir über-

haupt so lange zusammen gewesen sind. Geh und such dir eine BWL- oder Jurastudentin. Ich bin definitiv nicht die Richtige für dich!!

Ach verdammt! In meinem Kopf hämmert ein dumpfer Schmerz, ich kriege kaum noch Luft. Die Wände kommen immer näher auf mich zu. Ich springe auf und reiße das Fenster weit auf. In tiefen Zügen atme ich die frische Sommerluft ein. Angefüllt mit tristen Gedanken ist mein Zimmer stickig und erdrückend. Ich werfe mich auf mein Bett und greife nach einer Zeitschrift, die dort liegt: Mode und Beauty: »Coole Karos und Hippie-Style.« Dann fällt mein Blick auf die aktuellen Lifestyle-Trends: »20 heiße Tricks für mehr Spaß im Bett! (S)Experten verraten, was im Bett oft falsch läuft.« Probleme haben die Leute! Was das angeht, läuft bei Nico und mir alles super. Ein besseres Sexleben kann ich mir gar nicht wünschen. Eine Welle warmer Gefühle schwappt über mich. Ich denke an romantische Nächte unterm Sternenhimmel, an Frühstück ans Bett am Wochenende, an lange Massagen und Küsse überall … Gerade, als mein Körper anfängt, sich auf das nächste Treffen mit Nico zu freuen, macht ihm mein Hirn einen Strich durch die Rechnung. Es gibt kein nächstes Treffen mit Nico! Zumindest keins, das auf Sex hinausläuft. Ich bin schließlich dabei, mit ihm Schluss zu machen!

Ich liege auf meinem Bett und starre an die Decke.

Seit einigen Monaten ist Nico auch noch unglaublich eifersüchtig. Als wäre ich sein Besitz. Es passt ihm überhaupt nicht, dass ich mich ab und zu mit Leon treffe, einem Kumpel aus meiner Theatergruppe. Wir bereiten uns gemeinsam auf das Vorsprechen an den Schauspielschulen vor. Rein platonisch natürlich! Ich bin einfach froh, dass ich jemanden habe, der mich unterstützt. Was man von Nico ja wirklich nicht behaupten kann. Stattdessen tut er noch so, als wollte ich was mit Leon anfangen. So ein Quatsch! Klar, dass ich es ihm unter diesen Umständen nicht jedes Mal auf die Nase binde, wenn ich mit Leon probe. Das Treffen neulich habe ich Nico auch nur verschwiegen, weil mich seine Vorwürfe so nerven! Aber als er es dann herausgefunden hat, hat er sich natürlich nur noch mehr aufgeregt!

»Ist doch wohl klar, dass da was läuft!«, hat er mich angebrüllt. »Warum solltest du eure Treffen sonst vor mir verheimlichen?«

»Weil du mir sowieso kein Wort mehr glaubst!«, hab ich zurückgeschrien. »Egal, was ich mache!«

Wie bei einer dieser verdammten Schiffsschaukeln schaukelten sich unsere gegenseitigen Vorwürfe immer höher und höher, und plötzlich befanden wir uns kurz vorm Überschlag, ungesichert, ohne Netz. Das konnte doch nur den endgültigen Absturz bedeuten. Als ob wir es beide ahnten, gingen wir uns von da an aus dem Weg und verhinderten so, dass die Situation eskaliert, aber leider auch, dass sie sich klärt.

Das kann nicht ewig so weitergehen! Also stehe ich vom Bett auf und ziehe mich an. Ich werfe einen flüchtigen Blick auf die Uhr. Bald werden meine Eltern und Nele, meine kleine Schwester, nach Hause kommen. Omas toller Brunch dürfte allmählich vorbei sein. Ach, wäre ich bloß auch dort und könnte mich mit Omas Köstlichkeiten vollstopfen, statt hier frustriert vor einem ungeschriebenen Abschiedsbrief zu sitzen. Außer *Lieber Nico!* habe ich ja noch nichts wirklich Brauchbares zustande gebracht. Wie stelle ich es nur an, dass Nico versteht, was in mir vorgeht? Dass er auf die Trennung nicht beleidigt reagiert, sondern Verständnis für meinen Schritt aufbringt?

Ich nehme wieder den Kuli zur Hand und beginne erneut zu schreiben.

Lieber Nico,
ich weiß nicht, was mit uns geschehen ist. Wir waren doch so glücklich. Ich habe immer geglaubt, uns könnte nichts auseinanderbringen. Wir hatten so viele Pläne. Was ist nur daraus geworden? Wir wollten immer zusammenhalten. Das haben wir uns in Hamburg versprochen, erinnerst du dich? Aber so, wie es zurzeit zwischen uns läuft, halte ich es nicht mehr aus. Du bist so unnahbar. Ich traue mich schon gar nicht mehr, dir etwas zu erzählen, aus Angst, dass wir uns gleich wieder streiten. Ich kann einfach nicht begreifen, warum du auf einmal glaubst, ich könnte dich betrügen. Ich liebe dich doch! Aber wenn du mich nicht mehr liebst, dann sag es mir doch offen und ehrlich, statt an mir herumzumeckern! Treib mich nicht von dir weg, indem du dich nur noch mit mir streitest! Das ist feige und gemein! Warum trampelst du so auf meinen Gefühlen herum?!

Wie ferngesteuert schreibe ich. Plötzlich kann ich nicht mehr. Dicke Tränen laufen mir die Wangen hinunter und tropfen auf das Blatt. Wieso ist alles nur so kaputt? Und weshalb schreibe ich so einen Quatsch? Was ist nur los mit mir? Es ist doch völlig egal, ob Nico mich noch liebt oder nicht. Ich mache Schluss! Dann ist es mit der Liebe ohnehin vorbei. Außerdem liebe ich ihn gar nicht mehr. Deshalb schreibe ich ja diesen Abschiedsbrief. Ich kann niemanden lieben, der nicht voll hinter mir steht und der mir nicht vertraut. Schluss, aus, vorbei! Ich zerreiße den Brief, ohne ihn noch einmal zu lesen. Das ist definitiv nicht der richtige Weg, um mit Nico Schluss zu machen. Schließlich bin ich kein Klammeraffe! Etwas mehr Selbstbewusstsein könnte wirklich nicht schaden. Ich will die Beziehung beenden und nicht darum betteln, dass er bei mir bleibt. So weit kommt es noch! Ich laufe doch einem Typen nicht hinterher!

Ich stehe wieder auf und gehe durch mein Zimmer. Drei Schritte hin, drei Schritte zurück. Diese Abschiedsbriefsache hat mich inzwischen total nervös gemacht. Am liebsten würde ich einfach abhauen. Das Schreiben führt doch zu nichts. Trotzdem mache ich wie getrieben weiter.

Lieber Nico,
es ist wirklich das Allerletzte, wie du mich in den vergangenen Wochen behandelt hast. Ich habe dich nie betrogen oder belogen, trotzdem hast du einfach aufgehört mir zu vertrauen. Du hast alles kaputtgemacht mit deiner grundlosen Eifersucht. Mach jetzt bloß nicht mich dafür verantwortlich, dass unsere Beziehung im Arsch ist, nur weil du irgendeine Ego-Nummer abziehen musstest. Sorry, aber das Leben dreht sich nun mal nicht nur um dich! Es gibt für mich auch noch andere wichtige Dinge außer dir. Du kannst es nur nicht ertragen, dass mir die Schauspielerei genauso wichtig ist wie du. Kapierst du nicht, dass es in einer Beziehung nicht darum geht, immer im Mittelpunkt zu stehen? Von wegen ich kann mich immer auf dich verlassen! Du kannst mir mal im Mondschein begegnen!!

Ich nehme den Brief, knülle ihn zusammen und werfe ihn weg. Mann, macht mich das wütend! Das ist alles so ungerecht! Wie auf Bestellung erklingt aus dem Radio genau in diesem Augenblick *unser* Song. Nein, verflixt, ich will nicht weich gespült werden! Ich will jetzt endlich diesen verdammten Abschiedsbrief zu Ende bringen …

Aber diesem Song kann ich nicht entkommen. Nico, der Tanz in den Mai, seine weichen, warmen Hände … Tausende von

Maikäfern in meinem Bauch ... Das Gedächtnis ist ja so gemein und trügerisch! Es malt die Vergangenheit rosarot an und lässt die schönen Dinge noch viel schöner erscheinen. Aber alles Negative, das, was nicht gepasst hat, verdrängt es. Ich seufze, aber es hat sie ja wirklich gegeben, diese wunderbaren Momente mit Nico. Sie werden sich wohl kaum aus meiner Erinnerung ausradieren lassen. Was für grauenhafte Aussichten!

Ich werfe meinen Radiergummi nach dem Radio. Treffer! Die Musik verstummt, die Erinnerung an den Tanz in den Mai verabschiedet sich, ebenso die Maikäfer in meinem Bauch. Schwer vorstellbar, dass auch Nico so abrupt aus meinem Leben verschwinden könnte. Ein Leben ohne ihn erscheint mir plötzlich unvorstellbar, und möglicherweise wäre ein Leben ohne Nico ja viel schlimmer, als es mit ihm zusammen jemals sein könnte? Vielleicht ist es doch keine gute Idee, Schluss zu machen? Was ist, wenn ich dann überhaupt nicht mehr klarkomme, weil ich nichts anderes tun kann, als an Nico zu denken? Wenn ich in Erinnerungen an unsere schönen Zeiten versinke und für die Menschheit verloren bin? Na ja, die Menschheit würde es verkraften, aber ich? Wie schaffen es denn andere, sich von ihren Partnern zu trennen? Ich bin total verwirrt. Mit Nico an meiner Seite hatte ich immer das Gefühl, alles erreichen zu können, was ich will. Und nun? Kriege ich ohne ihn überhaupt was auf die Reihe?

Moment mal, wer bin ich denn? Ich bin doch nicht auf einen Mann angewiesen! Ich bin auch alleine in der Lage, meine Pläne zu verwirklichen, denn auf mich kann ich mich immerhin verlassen! Überhaupt würde ich als Single viel mehr Zeit haben, mich um meine Karriere zu kümmern. Also, kein Freund kann auch nicht schlimmer sein als ein Freund, der ständig gegen einen arbeitet. Nico ade! Schauspielschule, ich komme!!

Lieber Nico,
es gibt zwei Dinge in meinem Leben, die mir am wichtigsten sind. Das eine bist du und das andere ist das Theater. Ich dachte immer, du wüsstest, wie viel mir die Schauspielerei bedeutet und würdest mich verstehen. Auf einmal habe ich aber das Gefühl, ich müsste mich zwischen dir und dem Theaterspielen entscheiden. Ich begreife zwar nicht warum, denn ich kann da keine Konkurrenz erkennen, aber wenn es sein muss, werde ich mich schweren Herzens für die Schauspielerei entscheiden. Wieso glaubst du bloß nicht daran, dass wir, wenn ich Schauspielerin werde, trotzdem zusammen glücklich sein können?

Ach, verdammt! Jetzt fange ich schon wieder an, um seine Zuneigung zu betteln! Es läuft doch immer wieder darauf hinaus. Und warum? Weil ich einfach nicht verstehen kann, warum es mit uns auseinandergeht! Bei einer Krise den Kopf in den Sand zu stecken oder einfach wegzulaufen ist sonst gar nicht meine Art. Ich gebe nicht so schnell auf, sondern nehme die Dinge in die Hand. Wenn andere schon schreiend in die Berge rennen, fällt mir meist noch eine vernünftige Lösung ein. Warum ausgerechnet die Beziehung mit Nico nun dermaßen vergeigt sein soll, dass als einzige Lösung nur noch die Trennung bleibt, kann ich einfach nicht begreifen! Das nagt richtig an meinem Selbstbewusstsein.

Mehrere Stunden sitze ich nun schon an meinem Schreibtisch, beschreibe und zerknülle ein Blatt nach dem anderen. Immer, wenn ich denke, jetzt habe ich endlich den perfekten Abschiedsbrief, finde ich ihn kurz darauf wieder total mies. Mein ehemals dicker Papierstapel ist nur noch ein mickriges Häufchen. Zerrissene Briefe liegen wild in meinem Zimmer verstreut. Ich weiß nicht mehr weiter. Es macht mich alles wahnsinnig! Wenn Nico mich betrogen hätte, wäre es überhaupt kein Problem, mit ihm Schluss zu machen. Keine Träne würde ich ihm nachheulen. Aber so ... Sollen wir uns wirklich trennen, nur weil wir uns unsere Probleme und Empfindungen gegenseitig nicht begreiflich machen können? Das Einzige, was wir wirklich mal bräuchten, wäre ein ehrliches, offenes Gespräch!

Plötzlich klingelt mein Handy. Mein Herz macht einen Hüpfer. Wenn das Nico ist, gehe ich ran!

Es ist aber nur Leon, der mir seinen neuen Monolog vorspielen will.

»Nee, das passt mir heute nicht so gut«, wimmele ich ihn ab. »Ich meld mich bei dir.«

So, langsam reicht's! Ich setze mich mit meinem Papierstapelrest aufs Bett. Vielleicht lässt es sich hier besser schreiben. Ich ziehe Strolch, den kleinen Plüschaffen, den Nico mir zu unserem ersten Weihnachtsfest geschenkt hat, in meine Arme. Da waren wir gerade mal drei Monate zusammen. Ich habe mich total gefreut, und Strolch hat sofort einen Stammplatz in meinem Bett gefunden. Immer wenn ich nicht mit Nico zusammen einschlafe, ist Strolch mein Kuschelersatz. Ich vergrabe mein Gesicht in seinem wuscheligen Fell und stelle mir vor, es wären Nicos Locken. Oje, wenn ich mich von Nico trenne, muss ich mich wohl auch von Strolch verabschieden. Ich sehe in seine dunklen Knopfaugen und mir wird ganz schlecht. Strolch in einen stickigen Schuhkarton zu stecken und in den finsteren Keller zu verbannen, ist ja total grausam. Mir kommen plötzlich wieder die Tränen. Ich presse Strolch an mich und beginne zu schluchzen. Ich will mich nicht von Strolch trennen. Das halte ich nicht aus! Aber wenn ich nicht mal damit klarkomme, mich von einem Plüschaffen zu trennen, wie soll ich denn dann die

Trennung von Nico verkraften? Das geht dann doch ganz und gar nicht! Ich werfe mich mit Strolch im Arm aufs Bett und beginne hemmungslos zu weinen. Ich kann mich nicht von Nico trennen, ich will es ja eigentlich auch gar nicht!

Keine Ahnung, wie lange ich heule. Irgendwann bin ich leer geweint. Als ich auf die Uhr sehe, ist es schon Abend. Den ganzen Tag habe ich an diesem blöden Brief gesessen. Jetzt ist Schluss. Ich gebe auf. Dieses ganze Desaster hat es ja deutlich gezeigt: Irgendetwas ist da noch und macht mir den Abschied von Nico so schwer, ja unmöglich. Ich habe das Gefühl, dass es sich lohnt herauszufinden, was das ist. Vielleicht ... Liebe? Kann es sein, dass ich Nico doch noch liebe, und zwar mehr als ich mir eingestehen will?

Im diesem Moment höre ich ein leises Geräusch an meinem Fenster. Ich drehe mich herum. Tock, macht es. Tock, tock. Seltsam. Es regnet doch gar nicht. Ich lege Strolch weg und stehe auf. Auf der Fensterbank entdecke ich ein paar kleine, weiße Kieselsteine. Wo kommen die denn her? Vorsichtig schiele ich nach unten. Nico? Was macht denn der in unserem Vorgarten? Hat er etwa die Steine an mein Fenster geworfen? Was fällt dem denn ein?!

»Bist du irre?«, brülle ich zu ihm runter. Nico verzieht sein Gesicht, was wohl so viel bedeuten soll wie »Sorry«. Dann verschwindet er kurz hinter der dicken Kastanie, die direkt vor unserem Haus steht. Als er wieder auftaucht, hält er in einer Hand eine rote Rose und in der anderen ein Pappschild an einem Holzstab. Ein leichter Windstoß wirbelt seine Locken durcheinander. Er trägt den blauen Pulli, den ich ihm zu seinem letzten Geburtstag geschenkt habe. Fragend sieht er zu mir hoch.

Auf dem Schild steht gut lesbar:

Mira,
gib uns noch eine Chance!
Ich liebe Dich!
Dein Nico

So ein Spinner, schießt es mir durch den Kopf. So ein verrückter, süßer Spinner! Mein Herz hüpft wild, und in meinem Bauch kribbelt es wie verrückt. Aber das geht doch nicht ... Ich muss doch Schluss machen!

Quatsch! Wo steht das denn geschrieben?? Habe ich nicht eben selbst gemerkt, dass der Zeitpunkt der Trennung noch längst nicht gekommen ist? Das Ende einer Liebe lässt sich eben genauso wenig erzwingen wie die Liebe selbst. Und in der Liebe geht immer etwas, wenn beide es wollen. Und wie es aussieht, will Nico, und ich will auch. Und wie ich will!

»Okay«, rufe ich zu Nico runter. »Lass uns reden!«

Ich schließe das Fenster, trete auf Dutzende zerknüllter Abschiedsbriefe und stürme aus meinem Zimmer. Die Wohnungstür knallt hinter mir zu. Als ich, immer zwei Stufen auf einmal nehmend, durchs Treppenhaus nach unten rase, spüre ich, dass wir dieses Mal nicht aneinander vorbeireden werden.

In jedem Ende steckt ein neuer Anfang! Sagt man doch so, oder?? Ich finde, das klingt gut! Sehr gut sogar!

»

Gwyneth Minte | Jahrgang 1983, studierte Jura. Noch während des Studiums begann sie zu schreiben, zunächst als Mitverfasserin einer erfolgreichen Romanreihe für junge Frauen. Inzwischen schreibt sie auch für freche Mädchen. Sie sammelte Erfahrung bei Theater, Film, Rundfunk und als Hörbuchsprecherin.

Gwyneth Minte in der Reihe *Ich bin Ich!*

Hollywood-Feeling

«

9

Ilke S. Prick

Nix ist fix

»Warum guckst du mich so an?«

»Hä?«

»Ich will wissen, warum du so guckst.«

»Wie guck ich denn?«

»Na: So!« Nadine schaut zu mir rüber und verdreht die Augen. Blöd sieht das aus. Aber Nadine ist ja auch blöd. Da kann sie gar nicht anders gucken. Schon gar nicht, wenn sie ihren Mund wie jetzt noch überflüssigerweise zu einer Grimasse verzieht.

»Du spinnst doch!«, sage ich, denn natürlich spinnt sie. Klar. Wie immer. Obwohl sie in einem Punkt recht hat: Ja, ich habe zu ihr rübergeschaut. Aber ganz bestimmt nicht *so*.

»Ich spinn nicht«, zickt sie mich an und hört nicht auf zu glotzen. Ihre Grimasse verrutscht langsam um ein paar Zentimeter. Ihre Augen funkeln. »Ich bin völlig normal. Du bist die, die spinnt. Sonst würdest du doch nicht so gucken.«

Wieder das Augenverdrehen. Jennifer lehnt sich nach vorn, um alles besser mitzukriegen. Tini kichert.

»Lass mal stecken, Nadine«, seufze ich und schüttel den Kopf. Das versuche ich, so cool wie möglich hinzubekommen. Das mit dem Seufzen, das mit dem Kopfschütteln, das mit dem Gelangweiltschauen. Als ob es mir völlig egal wäre, was sie sagt. *So* gucken. Heimlich beiße ich die Zähne zusammen, bis mein Kiefer leise knackt. Sie *so* angucken. Ich sage nichts mehr. Schaue immer noch cool und gelangweilt – hoffe ich zumindest – zurück zur Tafel und ignoriere Nadine, so gut es geht. Was soll ich auch sonst machen? Sonst dazu sagen? *So* gucken. Ich gucke nicht *so*. Wenn eine spinnt, ist es Nadine. Nicht ich. Eindeutig.

Vorn ist die Butzke aufgestanden. Fehlt nur noch, dass sie gleich in die Hände klatscht und etwas ruft wie: »Ach, Kinder! Reißt euch doch mal zusammen.«

Ihr Gesicht hat rote Flecken bekommen und ihre Stimme ist kurz vorm Überkippen, als hätte sie Schiss, dass gleich eine von uns auf die andere losgehen könnte. Schiss hat sie nämlich immer. Sie hätten sie in die Grundschule stecken sollen. Da würde sie hinpassen. Wir sind hier in der Zwölften, aber das scheint sie regelmäßig zu vergessen. Okay, zugegeben: Manchmal ist es auch bei uns wie in der ersten Klasse. Aber weil ich wieder nach vorne schaue und es so aussieht, als ob auch Nadine bis auf Weiteres den Mund hält, lässt sich die Butzke zurück auf ihren Stuhl fallen und überlässt Carla den Rest. Carla. Die steht da vorne, grinst uns an, wartet ab, noch eine Weile wortlos. Streicht sich dabei eine Locke hinters Ohr. Eine goldblonde Locke. Genauso goldblond wie – nein, da denke ich jetzt nicht dran!

»Nennt mich einfach Carla«, hat sie gestern gesagt, kurz nachdem sie im Klassenzimmer aufgetaucht ist und sich vorgestellt hat. Carla, Pädagogin, Ende zwanzig. Kommt von irgendeinem Sozialverein, Hilfe zur Berufsfindung, mobiler Einsatz an Schulen, Gestaltung von Projekttagen, auch Oberstufe, Schwerpunkt

Mädchenarbeit. Und für zwei Tage ist sie also bei uns. Als sie fertig war mit dem Sich-selbst-Vorstellen, hat sie uns gebeten, unsere Namen auf Tesa-Krepp zu schreiben und an unsere T-Shirts zu kleben. Ich hasse solche Kennenlernsachen. Fehlte bloß noch, dass wir uns Jonglierbälle zuwerfen und dabei laut unsere Berufswünsche durch die Gegend schreien. Aber so ist Carla glücklicherweise nicht drauf. Carla hat sich nur an den Lehrertisch gelehnt und in die Runde geschaut, in aller Ruhe. Abwartend, lächelnd. Hat auf Nadines »Nadine« in roter Edding-Schönschrift geschaut. Und auf mein krakeliges, viel zu kleines »Judith«. Sommersprossen hat sie auch.

So gucken. Scheiß-Nadine. Ich höre nicht mehr zu, was Carla sagt. Wortwellen schwappen an meinen Ohren vorbei. Ich bin einfach nur sauer. Sauer auf Nadine, sauer auf Tom vielleicht auch, sauer auf – ich weiß nicht genau. Tom. Mein Tom. Das war er jedenfalls. War es bis vor zwei Monaten. Bis – tja. Dabei ist Tom wirklich toll. Der Beste. Genau so, wie ich mir den Mann meines Lebens immer vorgestellt habe. Wenn es so was überhaupt gibt: den Mann meines Lebens. Tom war für mich beinahe perfekt. Abgesehen davon, dass ich Fußball hasse und er nicht. Abgesehen davon, dass – nun ja. Tom ist groß, Tom ist klug. Dunkle, wellige Haare, leuchtend blaue Augen, schöne Hände, schöner Mund. Und zuhören kann er auch. Tom ist genau so, wie der Staranwalt in einer Vorabendserie. Tom ist wie jemand, für den man Fan-Foren im Internet einrichten könnte. So einen wie Tom muss man erst mal finden. Im richtigen Leben und nicht im Fernsehen oder im Internet. Und jetzt hat Nadine ihn also gefunden. Herzlichen Glückwunsch!

Aber das ist es eigentlich nicht, was mich sauer macht. Schließlich war ich diejenige, die sich von ihm getrennt hat, und nicht andersrum. Sauer macht mich, dass ich nicht weiß, was er

Nadine erzählt hat, jetzt, wo sie zusammen sind. Ob er erzählt hat, warum ich mich getrennt habe. Warum ich mich wirklich getrennt habe. Sauer bin ich, weil ich nicht weiß, was sie weitererzählen würde, wenn sie es wüsste. Und wem alles. Sauer bin ich, weil ich nicht sicher bin, was genau Nadine eben mit dem *so* gemeint hat. Ob sie damit gemeint hat, dass ich sie angeguckt habe, als wäre ich eifersüchtig, weil *sie* es ist, die jetzt mit Tom zusammen ist, und nicht ich. Oder ob sie gemeint hat, dass ich sie angeguckt habe, weil ich *sie* angucken wollte. *So* angucken eben. Dabei wäre Nadine echt die Letzte. Tom hat versprochen, nichts zu sagen. Jedenfalls so lange nicht, bis ich so weit bin. So weit, dass ich es selbst sage. Meinen Eltern und dem ganzen Rest. So weit, bis es mir egal ist, was sie dann in der Schule über mich reden werden, wenn es erst mal raus ist.

Ich schiele zu Nadine rüber. Die sieht es nicht, weil sie nach vorn schaut. Ist auch besser so. Vorne erzählt nämlich Carla gerade davon, wie wichtig es ist, einen eigenen Beruf und eine eigene Perspektive zu finden. Und dass sich die Lebensformen in den letzten Jahren sehr verändert haben. Aber Nadine kümmert das nicht. Sie hat die Arme verschränkt, als würde sie das alles hier überhaupt nichts angehen. Ohren auf Durchzug. Sie ist ja auch fest davon überzeugt, dass sie sich keine Gedanken um eine berufliche Perspektive machen muss, weil sie ja jetzt eine ganz andere Perspektive vor Augen hat: Obwohl sie noch nie Nadel und Faden in der Hand hatte, will sie eine begnadete Modedesignerin werden. »Ich zeichne nun mal gerne. Und Modezeitschriften mag ich auch. Doch ich würde natürlich nur so lange als Modedesignerin arbeiten, bis die Kinder da sind. Tom will ja Jura studieren. Dann verdient er genug Geld, dass ich mich nur um die Kinder kümmern kann. Und wenn die dann groß genug sind, könnte ich immer noch ein bisschen was halbtags machen. Von zu Hause aus oder so.«

Sie hat das ernst gemeint eben. Vollkommen ernst. Ich konnte es nicht glauben. Darum habe ich sie angeguckt. *So* angeguckt. Aus keinem anderen Grund. Armer Tom! Ob er weiß, was da auf ihn zukommt?

»Nix ist fix«, sagt Carla nun mitten in meine Gedanken hinein. »Und auch wenn dein Freund wirklich so super ist, wie du sagst, Nadine, solltest du nicht vergessen, dass immer Dinge passieren, die man nicht einplanen kann. Außerdem ist die Konstellation mit Mama, Papa, Kind nicht die einzig mögliche.« Ein kleines Lächeln zuckt um Carlas Lippen. »Vor allem weil sie bekanntlich nicht immer auf Dauer hält. Selbstverständlich ist das mit der heilen Familie heute jedenfalls nicht mehr.«

Sie schaut zu Nadine, schaut auch zu mir. Ihre Nase kraust sich beim Lächeln ein ganz klein bisschen. Ihre Sommersprossen tanzen. Bilde ich es mir ein oder zwinkert sie jetzt? Nein, ich spinne. Ganz bestimmt spinne ich. Auf der Rückbank ihres VW-Golfs ist ein Kindersitz. Das habe ich heute Morgen gesehen, als sie ihr Auto auf dem Lehrerparkplatz abgestellt hat.

Spinne ich? Spinne ich wirklich? Seit über drei Monaten frag ich mich das jetzt. Nix ist fix. Da hat Carla wohl recht. Wenn wir diesen komischen Berufsfindungsquatsch im letzten Halbjahr gemacht hätten, hätte ich vielleicht das Gleiche gesagt wie Nadine. Wobei: Modedesign – nein, das garantiert nicht! Aber vor vier Monaten war auch ich noch überzeugt, dass Tom der Typ überhaupt ist. MEIN Typ. Kein Zweifel. Ihn nach dem Studium heiraten, mit ihm eine Familie gründen, das volle Programm. Und wenn schon nicht heiraten, dann aber auf jeden Fall Kinder. Tom und ich. Ich konnte ganze Romane an die Zimmerdecke träumen: Tom und ich bei der Besichtigung unserer ersten gemeinsamen Wohnung. Tom und ich auf dem Standesamt. Meine Mutter heult ins Taschentuch, und Lena fängt den Brautstrauß. Tom und ich im Kreißsaal. Tom und ich mit den Kindern am Meer. Dänemarkurlaub. Wir Hand in Hand vorm Sonnenuntergang, und die beiden Kleinen wühlen glücklich mit Schippe und Eimer im Sand. Natürlich wären es zwei geworden. Junge und Mädchen. So muss das doch sein. An der Zimmerdecke war unendlich viel Platz. Tom und ich mit grauen Haaren. Tom und ich im Garten hinter unserem Häuschen, Enkelkinder toben um uns rum. Tom und ich. Ich und Tom.

»Nein, mich stört deine Zahnspange nicht«, hat er vor anderthalb Jahren gesagt und gegrinst. Da waren wir gerade drei Monate zusammen. Ich kam vom Zahnarzt mit diesem Monster aus Metall im Mund und habe mich total geschämt. Wer knutscht schon gern jemand mit Zahnspange? »Ich kann mich so ja schon mal dran gewöhnen, wie das ist, wenn wir beide alt sind und du ein Gebiss hast.« Großes, breites Tom-Grinsen. Mein Herz hat damals wie wahnsinnig gepocht. Wenn wir beide alt sind. Ist das nicht verrückt? Vielleicht. Doch ich, ich habe es plötzlich wirklich vor mir gesehen, wie das aussehen würde, alt, mit Gebiss. Mit Tom an der Seite. Mein Herz pocht auch heute noch ein bisschen, wenn ich daran denke, aber das hat wohl mehr damit zu tun, dass ich dieses Bild immer noch heraufbeschwören und an die ansonsten ziemlich leere Zimmerdecke pinnen kann, obwohl ich weiß, dass es so nicht ist. Nicht sein wird. Und dass ich überhaupt nicht weiß, was stattdessen sein könnte. Dass dieses Bild trotzdem immer noch da ist. Dass die Fantasie haltbarer ist als die Realität, denn die Realität heißt: Kein Gebiss mit Tom. Keine Kinder. Keine Hochzeit. Basta.

»Oh, ich bin meine Zahnspange gerade losgeworden«, habe ich an dem Abend vor drei Monaten gesagt, als wir in Lenas Geburtstag reingefeiert haben. Den 18.! Treffen irgendwo in Friedrichshain. Lena und Britta und Suse und Tini und die Schwester von Britta, die extra aus Norddeutschland gekommen ist. Und eine Freundin der Schwester, die hier in Berlin lebt und erst später auftauchen sollte. Mädelsabend. Die eigentliche Party war für die Woche drauf geplant. Erst was trinken, dann Tanzen gehen in irgendeinem Club. *Hohoho, here we go.* Ich bin nicht gut damit. Also mit dem Tanzen schon, aber nicht mit dem Trinken. Das habe ich dann irgendwann auch in dem Club gemerkt, weil meine Beine schon ein wenig wackeliger waren, als sie zu dem Zeitpunkt eigentlich hätten sein sollen. Also habe ich mich an die Wand gelehnt und so getan, als ob ich alles ganz cool überblicke. Nur mal Luft holen. Nur mal kurz zu mir kommen.

Lena kreischte schon wieder und sprang auf die Tanzfläche. »Komm, Yvonne, unser Lied!«, schrie sie lachend Brittas Schwester zu und zog sie hinter sich her.

»Wie Ferien auf dem Ponyhof«, sagte die Stimme neben mir mit Blick auf die tanzende Lena. Das Gesicht, das dazu gehörte, lächelte breit, bevor blitzschnell eine Hand vor den Mund gehalten wurde. Zahnspange. Ich kannte das.

»Ist noch neu, oder?«, fragte ich.

»Letzten Monat haben sie mir die Weisheitszähne gezogen und jetzt soll der Rest begradigt werden«, kam es entschuldigend und mit gequältem Grinsen. Sommersprossen darüber.

Ich erzählte zum Trost von meiner Spange und lächelte ein extrabreites Lächeln mit Zähnezeigen, um zu beweisen, dass sich der Einsatz dann doch gelohnt hat.

»Oh ja, schöne Zähne«, sagte sie und sah mir auf den Mund. Ihr Blick rollte langsam höher und landete in meinem.

»Und schöne Augen auch«, sagte sie dann, ziemlich leise, fast wie zu sich selbst. Hätte ich gewollt, hätte ich es auch überhören können. Schnell schaute sie zurück auf die Tanzfläche. Ich habe es aber nicht überhört, auch wenn ich so getan habe. Und genau in dem Moment muss irgendwer die Lautsprecherboxen der Musikanlage aufgedreht haben, denn die Bässe wummerten plötzlich in meinem Magen, und mein Zwerchfell vibrierte wie verrückt. Vielleicht lag es aber auch nur am Alkohol. Wie gesagt, ich vertrage nicht viel.

Das war also Katinka, Freundin von Yvonne.

»Ihre Ex-Freundin«, flüsterte mir Tini verschwörerisch zu, als wir kurze Zeit später nebeneinander vorm Waschbecken standen. Die Bässe drangen gedämpft durch die Tür. Mein Magen war immer noch am Vibrieren. Tini malte ihren Lippenstift nach. Tomatenrot. Ich sah sie nicht an. Blickte beim Händewaschen nur starr meinem Spiegelbild in die Augen. Schöne Augen. Das hatte sie gesagt. Katinka. Oh ja, ich habe es gehört, auch wenn sie es noch so leise gesagt hat. Und nun merkte ich, wie ich rot wurde, dort, vorm Spiegel. Mit Zeitverzögerung sozusagen.

»Wusstest du das nicht?« Tini zog den Mund breit und presste die Lippen aufeinander, um die Farbe zu verteilen. Tomatenrot wie meine Wangen. »Yvonne und sie sind, hm, na ja, zusammen gewesen.« Sie blickte kritisch auf ihre Lippen und pinselte am Mundwinkel etwas nach, so als wolle sie damit auch ihr Zögern vertuschen. »Also so richtig.« Kurzer Blick auf mich. »Als Paar.« Blick zurück in den Spiegel. Lippenstift in die Tasche. »Ich bin dann fertig. Kommst du?«

Ich nickte und trottete schweigend hinter ihr her.

Katinka sagte nichts mehr zu mir, den ganzen Abend nicht. Um Mitternacht stießen wir mit Sekt an. Lena mit Britta, Lena mit Yvonne, Lena mit Tini, Lena mit mir. Happy Birthday, Lena! Kling, klong, Gläserklirren. Britta mit Suse, Yvonne mit Katinka. Katinka. Mit mir. Wortlos. Blick über den Glasrand hinweg. Langer Blick. Schöne Augen – gleichfalls! Dunkel wie Veilchen. Über das linke Auge fiel ihr eine Haarsträhne, eine Locke, goldblond. Ganz schön kitschig, dachte ich. Veilchenaugen und Goldlocken. Ich versuchte an Tom zu denken, meinen Tom, und sagte mir immer wieder, dass seine Augen viel schöner sind als Veilchen, weil sie heller sind und klarer. So hell und klar wie der Himmel über Dänemark. Dänemark – da würden wir doch hinfahren, später. Tom und ich. Und überhaupt. Auf Endlosschleife sagte ich mir das. Denn: Was sollte das Ganze hier eigentlich? Was machte ich hier? Warum konnte ich nicht irgendwo anders hingucken? Warum konnte sie nicht irgendwo anders hingucken? Warum guckte sie einfach nur die ganze Zeit – mich an.

»Auf dich!«, rief Britta und hob das Glas in Richtung Lena.

»Auf uns alle!«, schrie Lena gegen die Musik an und glühte geburtstäglich in die Runde.

»Auf uns alle!«, quietschte auch Yvonne.

»Ja, auf uns«, sagte Katinka leise und hob ihr Glas kaum merklich in meine Richtung. Das Bild von Toms Augen rutschte mir weg. Ich weiß nicht, wohin. Wahrscheinlich noch weiter weg als bis nach Dänemark. Ich weiß von dem Rest des Abends sowieso nicht mehr viel. Weiß nur noch, dass Tini, Suse, Lena und ich irgendwann in einem Taxi saßen, zurück nach Wilmersdorf, zurück nach Hause. In Sicherheit. Das Einzige, was ich auch noch weiß, ist, dass mir höllisch schlecht war. Zu viel Sekt, zu viel Musik, zu viele Menschen, zu viel –

Ich hatte mich noch nicht mal von Katinka verabschiedet.

Nix ist fix, hat Carla gesagt. Was ein guter und beruhigender Spruch ist, wenn es um Berufsfindung geht. Wenn man glaubt, dass es nach dem Schulabschluss nur eine einzige Möglichkeit gibt, die man ergreifen kann, und man sich vor lauter Schiss, eben diese eine Möglichkeit zu verpassen, beinah in die Hose macht. Was heißt das aber im Allgemeinen? Nix ist fix ... Was passiert, wenn du ganz sicher bist, dass du deine eine Möglichkeit gefunden hast, und plötzlich feststellst, dass es daneben noch mindestens eine andere Möglichkeit gibt? Oder zwei. Oder drei. Oder unendlich viele. Möglichkeiten, die genauso gut sind. Oder vielleicht sogar noch besser.

»Ich glaub, ich hau dann mal ab«, meinte Tom und schaute auf die Uhr. Kurz nach elf. Die Party war in vollem Gang. »Schließlich hab ich ja morgen Mittag das Spiel.« Er sah mich entschuldigend an.

»Oh, schade!«, nölte Lena und zog eine Schnute.

»Ist schon okay«, habe ich gemurmelt und Tom zugenickt. Ich hatte ihm versprochen, dass ich nicht sauer bin, wenn er nach Hause will. Er mag Lenas Partys nicht. Schon gar nicht, wenn er am nächsten Tag Fußball spielen muss.

Er verabschiedete sich von den anderen, und ich küsste ihn zur Tür hinaus. Als ich mich wieder umdrehte, stand sie da, mitten im Flur. Ich sah sie im Profil, ihr Blick fiel in die Küche, sie rief etwas über den Lärm hinweg und lachte laut. Katinka.

Ich hatte nicht gesehen, dass sie gekommen war. Kein Wunder bei über vierzig Leuten. Wie lange war sie da? Hatte sie mich gesehen? Hatte sie mich mit Tom gesehen? War sie allein hier? Warum fragte ich mich das? Vielleicht weil ich mich die ganze Woche gefragt hatte, ob sie überhaupt kommen würde. Hatte mich aber nie gefragt, warum mich das eigentlich interessierte.

Sie drehte den Kopf zu mir, sah mich an und lächelte.

Sie hatte mich gesehen. Sie hatte mich mit Tom gesehen. Sie war allein hier.

Und ich?

Ich ging auf sie zu.

»Hallo«, sagte ich und »Ach, du bist auch hier« und »Was für eine Überraschung« und »Schönes Fest« und all das, was man so sagt auf Partys, wenn man sich nicht gut kennt.

»Hallo«, sagte auch sie und »Ja, wirklich schönes Fest« und »Lena hat mich eingeladen« und »Das Büfett ist auch sehr lecker« und all das, was man sonst so auf Partygeschwätz entgegnet. »Ich habe mich die ganze Woche darauf gefreut, dich wiederzusehen.« Das sagte sie auch noch. Was dann nicht mehr unbedingt das ist, was man auf Partys sagt, wenn man sich nicht gut kennt.

Ich holte Luft. Ich schluckte. Ich hätte so tun können, als würde ich es überhören, aber diesmal sprach sie so laut, dass ich damit nicht durchgekommen wäre. Nicht wie neulich im Club. Was sollte ich jetzt machen? Vielleicht würde ja reden helfen, um die Situation ein bisschen aufzulockern. Also redete ich. Redete mich um Kopf und Kragen. Sie nickte, schaute mich an, schickte ab und zu ein Lächeln herüber. Manchmal auch an unpassenden Stellen. Ich schaute zurück, stotterte mich durch Geschichten, die keinen Zusammenhang hatten, und lachte hier und da. Manchmal ebenfalls an unpassenden Stellen. Und wie im Club fragte ich mich, was wir hier eigentlich machten. Wieso schaute sie mich so an? Wieso schaute ich nicht weg? Wieso ließ ich sie nicht einfach sitzen und verdrückte mich zu Suse in die Küche? In Sicherheit. Wieso kribbelte mein Magen, als wäre darin ein Wespennest? Wieso dachte ich plötzlich, dass ihr Mund so rot und weich aussah wie eine Rettungsinsel? Wieso legte sie, als sie eine Frage zu der Geschichte stellte, in der ich mich gerade verirrt hatte, ihre Hand auf meinen Arm und nahm sie nicht wieder weg? Wieso zog auch ich meinen Arm nicht zurück? Was spielten wir beide eigentlich? Bis eben war mein Freund noch hier gewesen. Mit mir. Alles war doch klar. Oder spielten wir gar nicht? Warum redete ich mit diesem Mädchen, dieser Frau, diesem weiblichen Wesen, dieser – meine Güte – redete mit ihr, als würden wir hier ganz ernsthaft –

flirten!

Tini umkreiste uns wie ein Geier. Ex-Freundin von Brittas Schwester … waren zusammen … als Paar … Ihre Worte klingelten in meinen Ohren, und ich konnte sehen, wie sich ihr tomatenroter Lippenstiftmund zu einem Lächeln verzog. Spöttisch. Wissend. Mit jedem Gang an uns vorbei lächelte sie ein Stückchen breiter. Tini hatte scheinbar schon weiter gedacht als ich. Ich konnte hören, wie knarzend eine Schublade in ihrem Hirn aufging. Die mit dem L-Wort. Fühlte, wie mich ihr Blick im Nacken packte, um mich neu einzusortieren. Ich flüchtete aufs Klo, obwohl ich gar nicht musste. Meine Knie zitterten. Ich lehnte mich ans Waschbecken und ließ mir Wasser über die Handgelenke laufen.

Wie sieht es wohl aus in dieser L-Schublade? Ich schaute in den Spiegel. Gehörte ich da rein? Woran erkennt man überhaupt, dass man da hingehört? In meinem Kopf dröhnte es. Quatsch, was sollte das alles? Ich war ja mit Tom zusammen. Alles klar! Aber warum kribbelte dann mein Bauch, wenn ich an diese roten Rettungsinsellippen dachte? Ich suchte mein Gesicht nach Spuren ab, die mir Antwort geben könnten. Aber ich fand nichts. Natürlich fand ich nichts. Abgesehen von diesem Leuchten in den Augen. Das war da lange nicht gewesen. Das letzte Mal in der Anfangszeit mit Tom. Und Tom gab es immer noch.

Na also. Alles normal. Aber was ist normal? Von außen bollerte jemand an die Tür. Scheiß auf Schubladen! Ich stellte den Wasserhahn ab und ging zurück auf den Flur.

»Ist was?«, fragte Katinka.

»Ich glaube, ich habe was Falsches gegessen«, antwortete ich. »Mir ist ein bisschen übel.« Und das stimmte sogar. Mein Magen kollerte immer mehr.

»Dann wäre frische Luft wahrscheinlich nicht schlecht«, meinte sie. »Vielleicht solltest du ein bisschen vor die Tür gehen.«

Sie sagte »du« und meinte »wir«, denn während ich noch nach meiner Tasche suchte, hatte sie schon ihre Jacke in der Hand. Sie hielt mir die Wohnungstür auf. Von Tini glücklicherweise keine Spur.

Schweigend gingen wir nach unten. Schweigend gingen wir durch die Straßen. Ziellos. Ich wollte nicht zurück auf die Party. Ich wollte nicht nach Hause gehen. Ich wollte nicht, dass sie ging. Durch die Gegend laufen war wirklich das Beste. Aber meine Gedanken liefen noch schneller als wir, überholten sich, bremsten sich aus, starteten von Neuem. Chaos im Kopf.

Zwischen zwei Laternen blieb sie plötzlich stehen und sah mich an.

»Wusstest du eigentlich«, fragte sie, »dass einem auch schlecht werden kann, wenn man zu viel denkt?«

»Hä?« Was sollte das denn jetzt?

»Na ja, das ist wie Karussell im Kopf. Von zu viel Denken wird einem schwindelig.« Sie kam einen Schritt auf mich zu. »Darum sollte man manchmal einfach gar nicht großartig denken.«

Noch einen Schritt.

Ich blieb stehen.

Und dann waren plötzlich ihre Augen ganz dicht vor meinen.

Veilchenaugen. Noch dichter. Normalerweise, so hab ich noch gedacht, wäre das, so wie sie mich jetzt anschaut, das Startsignal fürs Küssen. Aber Himmel – was hieß das in diesem Fall: *normalerweise?* Normalerweise war bis jetzt Tom gewesen. Und davor Tobi und davor Ole. Es wäre ja nicht das erste Mal, dass ich das machte: küssen. Küssen war eigentlich sicheres Gebiet. War etwas, das ich kannte. Aber doch nicht kannte. *So* nicht kannte. Küssen war etwas, das mir vertraut war. Und trotzdem –

Ist es nicht jedes Mal etwas anderes, zum ersten Mal jemanden zu küssen? Es ist jedes Mal aufregend, weil es etwas Neues ist. Etwas Neues, aber nichts Dramatisches. Tom küsst anders als Tobi küsst anders als Ole küsst anders als –

Katinka.

Ich merkte, dass mein Herz bis zum Hals schlug. Gedankenwirbel. Ich hatte bis jetzt mit einer Möglichkeit gelebt, bei der ich sicher war, dass es das Einzige wäre, was ich wollte. Tom. Doch nun stand vor mir eine andere Möglichkeit. Eine völlig andere Möglichkeit. Ziemlich nah stand sie vor mir. Eine, die ich nie im Leben eingeplant hätte. Und doch –

Nix ist fix.

Natürlich – ich gebe es zu – hatte ich nach dem Abend im Club überlegt, ganz heimlich, wie es wäre, Katinka zu küssen. Wie gesagt: An meiner Zimmerdecke ist ziemlich viel Platz. Platz für ganze Romane. Und es gibt einige dunkle Ecken. Ich habe es mir sogar mehr als einmal ausgemalt. Katinka zu küssen stellte ich mir vor wie Kirschen essen. Ich liebe Kirschen. Heimlich geklaute Kirschen, noch sonnenwarm in den Mund gesteckt. Süße Kirschen. Dunkelrot. Katinka-Kirschen-Küsse. Das wäre eindeutig anders als Tom zu küssen. Und ganz bestimmt anders als Ole. Küssen – dafür braucht man aber keine Schubladen. Küssen geht von allein. Also!

Kirschen klauen kann ich. Ganz gut sogar. Kirschen essen auch.

Aber Katinka küssen?

Lange zu überlegen brauchte ich allerdings nicht. Weil Katinka nicht weiter überlegt hat. Weil Katinka mich einfach geküsst hat. Ohne zu fragen. Und ohne zu überlegen. Jedenfalls nicht so lange wie ich. Sie stoppte das Karussell in meinem Kopf. Und auf einmal war es gar nicht mehr komisch oder fremd oder sonst was, sondern nur noch aufregend. Weil Küssen nun mal aufregend ist.

Küssen und der ganze Rest.

Wir sind zu ihr gegangen. Und ich bin geblieben. Ziemlich lange.

Die nächsten Wochen waren wie Himmel und Hölle. Lena war die Einzige, mit der ich darüber geredet habe.

»Was zum Henker mache ich da eigentlich?«, habe ich sie verzweifelt gefragt. »Ich bin mit Tom zusammen. Ich treffe mich mit Katinka. Ich küsse ihn und denke an sie. Ich bin bei ihr und habe ein schlechtes Gewissen seinetwegen. Er geht mit mir ins Kino, und ich frage mich, ob ihr der Film gefallen würde. Sie geht mit mir zum Chinesen, und ich nehme ihm den Glückskeks mit.«

»Du hast eine Affäre«, brachte es Lena glasklar auf den Punkt.

»Ja, das weiß ich«, fuhr ich fort. Noch verzweifelter. »Aber das ist es nicht nur. Natürlich ist es nicht nur das. Ich schlafe nicht mit irgendjemandem. Ich schlafe mit ihm. Und ich schlafe mit ihr. Verstehst du. Darum geht es. Es geht um –«

»Schubladen, ja«, seufzte Lena.

»Ich möchte einfach wissen, was ich bin. Bin ich, weil ich mit Katinka schlafe, nun wirklich –«

»Verliebt, Judith, ja das bist du. Und das sieht jeder, der dich anschaut. Du bist in erster Linie das: verliebt.«

»Verliebt«, nickte ich. »Wenn es doch nur so einfach wäre.« Ich sah sie an.

»Im Grunde genommen ist es so einfach.« Lena lächelte. »Du bist verliebt, und das mit den Schubladen kann dir scheißegal sein. Du bist ein Mensch, der mit einem anderen Menschen zusammen ist und sich in einen dritten Menschen verliebt hat. Das aufzulösen ist das eigentlich Komplizierte. Und nicht, ob Tini nun allen erzählen könnte, dass du lesbisch bist. Oder bi. Oder was auch immer.«

Tom sah das nicht ganz so, als ich ihm von Katinka und mir erzählt habe. Aber ich glaube, im Grunde war er froh, als er endlich wusste, warum ich mich ihm gegenüber einen Monat lang wirklich blöde verhalten habe. Wir haben uns gestritten. Tagelang. Nächtelang. Geschrien, geheult. So getan, als ob nichts wäre. Aber es war was. Und das ließ sich auch nicht mehr zurücknehmen. Seit ich mich getrennt habe, können wir wieder miteinander reden. Vorsichtig. Ab und zu. Außerdem hat er ja jetzt Nadine. Nadine, die ihre Perspektive so klar hat, dass sie mir schon fast ein bisschen leid tut. Ich kann mir das für mich jedenfalls nicht mehr vorstellen. Keine geträumten Romane mehr. Meine Zimmerdecke ist leer. Und eigentlich ist das gar nicht mal so schlecht.

»Was meinst du, wie sie geguckt hätten, wenn du mit der gleichen Selbstverständlichkeit wie diese Nadine heute Morgen in deinem Berufsfindungskurs gesagt hättest: Und ich ziehe dann in aller Ruhe die Kinder groß, während meine Frau die Kohle nach Hause bringt.« Katinka rührt in ihrem Milchschaum und lacht.

»Dazu müsste ich aber erst mal sagen, dass ich mit einer Frau zusammen bin«, antworte ich und seufze.

»Nur zu«, zwinkert Katinka. »Wer hält dich davon ab, es zu sagen? Zumindest mal in deinem Freundeskreis damit rauszukommen? Lena weiß es sowieso. Tini denkt es sich. Britta ahnt es. Tom hat es geschluckt. Und wahrscheinlich hat er es dieser Nadine auch schon längst weitergesagt. Da ist es doch besser, wenn du es langsam mal selbst erzählst, bevor sie sich das Maul zerreißen.«

Unser Dauerbrennerthema. Seit zwei Monaten. Seit ich mich von Tom getrennt habe.

»Ich finde das eben nicht so einfach. Hier vielleicht schon«, sage ich und deute vage in die Gegend. Wir sitzen in einem Café in Kreuzberg. Oranienstraße. Kinder unterschiedlichster Hautfarben und Sprachen spielen neben uns auf dem Gehweg. Zwei Männer schlendern Arm in Arm an uns vorbei, und aus dem Augenwinkel sehe ich, dass das Frauenpärchen am Nachbartisch am Knutschen ist. »Aber wie wäre das dann in der Schule? Was hätte ich zum Beispiel heute antworten sollen, wenn Nadine weitergegangen wäre? Wenn sie auch noch gesagt hätte: Iiiiihhh, willst du mich etwa anmachen, so wie du mich anguckst?«

»Vielleicht hättest du dann sagen können: Nein, tut mir leid, ich will dich nicht anmachen, Nadine. Ich habe nämlich schon eine Freundin und die finde ich viel hübscher als dich.«

Ich schneide ihr eine Grimasse.

»Oder bin ich nicht hübscher als sie?« Katinka zieht die Augenbrauen zusammen und schaut düster. »Hey, Judith! Diese Nadine sieht doch nicht etwa gut aus, oder? Nicht hübscher als ich?« Theaterdonner. »Sag bloß, du hast sie doch angeguckt, weil du sie scharf findest. Oh, dann gibt's nachher aber Ärger. Komm du mir bloß heim!« Drohend schwingt sie ihren Kaffeelöffel und beginnt zu kichern.

»Nein, Königin«, sage ich ebenso theatralisch, »Ihr seid die Schönste im ganzen Land.«

»Und was ist mit dieser Schnepfe hinter den sieben Bergen bei den sieben Zwergen?« Sie rückt näher und schaut mir in die Augen.

»Da gibt's keine Schnepfe, Eure Königliche Hoheit.«

»Auch nicht so ein Schneedingsteil?« Mundwinkel zucken.

»Nein, ganz sicher nicht. Auch kein Schneedingsteil. Nur eine Kirschenprinzessin. Aber von der wisst Ihr ja.« Ich krame meinen besten Augenaufschlag hervor.

»Na dann ist ja gut.« Sie lacht. »Dann kann ich dich ja jetzt ganz beruhigt allein hier sitzen lassen und aufs Klo gehen.« Sie steht auf, wirft mir eine Kusshand zu und verschwindet im Café.

Ich sehe ihr nach und weiß, dass es richtig so ist. Dass es richtig ist, wie ich mich entschieden habe. Dass sie die beste von allen Möglichkeiten ist, die es für mich gibt. Jetzt und hier.

An meiner Stuhllehne ruckelt es. Das Frauenpaar vom Nachbartisch hat gezahlt und ist am Gehen. Ich schaue hoch. Und bin baff. Meine Augen müssen groß wie Untertassen sein. »Carla?« Ist es wirklich Carla gewesen, die da eben am Nebentisch geknutscht hat? Tatsächlich – Himmel!

»Judith?« Sie scheint ebenso verdattert wie ich. »Das ist ja eine Überraschung. Die Welt ist klein.«

»Ja, ähm, stimmt«, stottere ich. »Ich treffe mich mit einer Freundin.« Pause. Warum erkläre ich ihr eigentlich, was ich hier mache? Es geht sie doch gar nichts an. Das Berufsfindungsprojekt ist abgeschlossen. Letzte Stunde war heute um halb zwei. Dies hier ist privat. Und außerdem: *eine* Freundin. Katinka würde mich erschlagen, wenn sie das gehört hätte.

»Mit einer Freundin, ah«, nickt Carla und mustert mich interessiert.

Ich frage mich, warum ich eigentlich so ein Theater mache. Wenn sie von meinem Gespräch mit Katinka genauso viel mitbekommen hat wie ich von ihrer Knutscherei, könnte ich es doch eigentlich auch ganz einfach so sagen, wie es ist: »Mit *meiner* Freundin.«

Und als ich es jetzt wirklich tue, es zum ersten Mal laut ausspreche, fühlt sich das ziemlich gut an.

»Komm, Carla, wir müssen los. Der Kleine wartet. Die in der Kita sind sonst wieder sauer«, drängelt die Dunkelhaarige, mit der Carla am Tisch gesessen hat.

»Das ist übrigens Betty.« Carla zögert kurz. »*Meine* Freundin.«

Ihre Nase kraust sich, als sie anfängt zu lächeln, und ihre Sommersprossen tanzen darauf Ballett.

»Ah ja.« Ich nicke. Freundin. Kita. Kindersitz. »Ihr habt also auch ein –«

»Kind. Ja«, sagt Carla und streicht sich eine Locke aus der Stirn. »Das mit dem Papa ist, wie gesagt, eben nicht die einzige Perspektive.« Sie zwinkert mir zu. Eindeutig. Diesmal bin ich sicher, dass ich nicht spinne. »Aber das weißt du ja genauso gut wie ich, oder?«

Ich nicke wieder. »Nix ist fix.« Nun muss auch ich grinsen.

»Stimmt. Nix ist fix. Und das ist doch eigentlich ziemlich klasse.« Sie winkt mir kurz zu und dann ist sie auch schon verschwunden, während ich verwirrt auf meine Kuchenkrümel starre.

»Hast du gerade eine Erscheinung gehabt?«, fragt mich Katinka, als sie vom Klo zurückkommt.

»Erscheinung? Na ja, vielleicht so was Ähnliches.« Ich sehe sie an und plötzlich weiß ich genau, was ich tun werde. Ich nehme sie in den Arm und frage sie einfach: »Was machst du eigentlich am Sonntag?«

»Am Sonntag? Wieso?« Sie grübelt kurz. »Nichts glaube ich.« Sie sieht mich fragend an.

»Na ja«, sage ich. »Vielleicht magst du ja Kirschkuchen.« Ich hole Luft. »Kirschkuchen mit Sahne.« Tief Luft. »Mit Sahne und Lena und Tini und Suse und Britta.«

»Lena und Suse und Tini und Britta, mhm.« Sie nickt langsam. »Deine Freundinnen mit Sahne.« Sie lächelt. »Am Sonntagnachmittag.« Lächelt breit. »Das klingt sehr verlockend.« Sie nickt noch mal und schaut mich an. Lange. *So*. Mit veilchenblauem Blick. »Ich denke, das ließe sich einrichten.«

Geboren in einem niedersächsischen Dorf kam **Ilke S. Prick** zum Studium nach Berlin, wo sie feststellte, dass Umwege meist die besten Wege sind. So wurde sie nicht die kluge Therapeutin mit Brille, sondern übte lieber mit russischen Jugendlichen Deutsch und Basketball, brachte sprachgestörten Kindern bei, dass Schimpfworte nur Sinn machen, wenn sie auch verständlich ausgesprochen werden, verkaufte anderer Leute Bücher und Musik, um schließlich bei dem zu landen, was sie eigentlich wollte: schreiben. Das tut sie nun u. a. für die *taz,* die *existenzielle,* in Schreibwerkstätten und als Jugendbuchautorin.

Ike S. Prick in der Reihe *Ich bin Ich!*

Halt mich

Schmetterlinge im Ohr

Sommer mit Juli

Zimt und Honig

10

Sibel Susann Teoman

Istanbuler Sauerkraut

»Ich verstehe das einfach nicht. Warum? Hab ich irgendetwas falsch gemacht?« Fassungslos starrte Lara Mavi ihre Mutter Susan an.

»Ich habe es dir doch schon erklärt: Wir wandern aus, weil dein Vater ein gutes Jobangebot von seiner Firma erhalten hat, und nicht, weil deine Leistungen in der Schule schlecht sind. Hier hätte er nicht dieselben Aufstiegschancen wie in der Türkei«, versuchte Susan es erneut.

»Aber warum ausgerechnet die Türkei, Mama? Die USA, Kanada oder Australien, das wären echt coole Alternativen gewesen, und ich wäre liebend gerne mitgekommen, aber ich will wirklich nicht in die Türkei ziehen. Das ist doch ein Dritte-Welt-Land!«

Ihre Mutter seufzte resigniert. »Kaans zweite Muttersprache ist eben Türkisch und nicht Englisch. Die Firma will jemanden dort haben, der die Landessprache beherrscht. Und ich bin mir sicher, es wird dir gefallen, wenn du dich dort erst eingelebt hast.«

Lara wurde schwindelig, sie musste sich setzen. Stumm beobachtete sie, wie sich die Lippen ihrer Mutter öffneten und schlossen, während sie sprach, doch das Summen in ihren Ohren war lauter.

»Lara, Liebling, du hast dort viel bessere Möglichkeiten als hier. Wir können uns eine teure Privatschule leisten, in der du fließend Englisch oder Französisch lernen kannst. Oder du besuchst das deutsche Gymnasium, darüber können wir ja später noch sprechen. Und ich habe mich auch schon nach einer guten Ballettschule für dich erkundigt. Genau genommen ist Istanbul ein kleines Land der unbegrenzten Möglichkeiten, dir stehen alle Türen offen, du kannst tun, was immer du willst, ist das nicht großartig?«

Lara lachte bitter. »Nein, das ist es nicht! Was ist mit meiner Ballettschule hier? Madame Rochelle wird es nicht so toll finden, wenn ihre Solistin sie kurz vor der Premiere von *Schwanensee* im Stich lässt!«

»Mit Madame Rochelle habe ich schon gesprochen, und sie war es auch, die mir die neue Ballettschule in Istanbul empfohlen hat!«

»Du lügst!« Lara hatte Tränen in den Augen. »Und was ist mit meinen Freundinnen? Weißt du eigentlich, wie schwer es ist, gute Freundinnen zu finden?«

»Ich bin mir sicher, du findest im Handumdrehen neue Freundinnen in Istanbul, vielleicht sogar bessere, wer weiß?«

»Quatsch! Ihr seid so gemein! Keiner hat mich gefragt, ob ich diesen Scheißumzug überhaupt will, ihr habt mich einfach vor vollendete Tatsachen gestellt, und ich habe kein Recht, meine Meinung zu äußern!«

»Komm schon, jetzt übertreibst du!«

»Nein, tu ich nicht! Und ich sage dir gleich: Ich werde auf gar keinen Fall ein Kopftuch tragen, damit das klar ist!«

Wider Willen lachte ihre Mutter laut auf.

»Was gibt's denn da zu lachen?«, schrie Lara.

»Nichts, nur die Vorstellung, dass meine eitle kleine Maus ihre prachtvolle blonde Mähne unter einem Kopftuch verbirgt, fand ich irgendwie witzig.« Laras Mama wurde wieder ernst. »Wir ziehen zwar in ein muslimisches Land, aber Istanbul ist ganz sicher ein Stück moderner als Bonn, jedenfalls, was die Mode angeht. Du brauchst nichts zu tun, was dir missfällt, und auf gar keinen Fall musst du ein Kopftuch tragen oder so etwas. Das basst ja auch kaum su unsere Teint, non?« Susans absichtlich schlecht imitierter französischer Dialekt brachte ihre Tochter sonst immer zum Lachen. Aber nicht dieses Mal. »So, ich muss jetzt gehen, Kartons packen, und außerdem habe ich Hunger. Wie wäre es heute mit deinem Lieblingsessen Kassler, Sauerkraut und Kartoffelpüree?«

»Noch etwas, das es dort nicht gibt«, murmelte Lara. »Dabei esse ich Schweinefleisch für mein Leben gern!«

In zwei Wochen sollte es so weit sein. Nur noch zwei Wochen würde sie in den Genuss von Schweinefleisch, Puddingteilchen, Marzipanschokolade und Malzbier kommen, dann würde sie diese Lebensmittel nur noch schwer auftreiben können. Nur noch sechsmal würde sie in ihrem heiß geliebten Ballettstudio trainieren, noch dreizehnmal in ihrem Bett schlafen – Lara versuchte jede einzelne Sekunde voll auszukosten, vereinzelt unternahm sie auch den Versuch, zu rebellieren, aber ihre Eltern blieben eisern, ganz gleich, wie sehr sie heulte, tobte oder das Essen verweigerte. Auch wenn sie sich mit aller Macht den Tag ihres Umzugs weit, weit weg wünschte, rückte er doch unerbittlich näher. Nach wie vor weigerte Lara sich, ihre Sachen in die Kartons und Koffer zu packen, die ihre Mutter ihr ins Zimmer gestellt hatte. Sollten ihre Eltern doch allein ins Land der Tschadorfrauen ziehen, sie würde einfach hierbleiben und damit basta!

»Schade, dass ihr bald fort seid.« Laras Freundinnen Saskia, Leo, Aggie und Ira standen im Halbkreis um sie herum.

Lara sagte nichts, sondern blickte nur finster in die Ferne.

»Wie ist es denn so in Istanbul?«, wollte Saskia neugierig wissen.

»Keine Ahnung, war noch nie da.« Gleichgültig zuckte Lara die Schultern. Istanbul war ihr egal, hier, in Bonn war sie zu Hause und nicht in irgendeiner türkischen Stadt, die sie nur dem Namen nach kannte.

»Wenn du noch nie da warst, wie willst du dann wissen, ob es dort tatsächlich so schrecklich ist?«, fragte Aggie interessiert.

»Ich war schon mal in der Heimatstadt meiner Großeltern, in Diyarbakir, und da haben fast alle Frauen Kopftücher getragen, und die Männer hatten schwarze Bärte. So viel besser kann Istanbul nicht sein. Ist doch immerhin dasselbe Land.«

Ihre Freundinnen nickten bedrückt. Auch ihnen fiel der Abschied nicht leicht.

»Aber in den Reisemagazinen liest man doch immer von der Gastfreundschaft und Freundlichkeit der Türken, da muss doch etwas Wahres dran sein, oder nicht?«

»Weiß ich nicht.« Lara scharrte mit ihren rosaroten Converse im Sand.

»Also, bei uns im Iran ...«, begann Ira, deren Eltern Nachkommen von Einwanderern aus dem Iran waren.

»Wieso sagst du eigentlich immer bei UNS im Iran?«, blaffte Lara sie an. »Du kennst den Iran doch kaum besser als ich die Türkei!«

»Stimmt ja gar nicht!«, erwiderte Ira beleidigt. »Wir fahren jedes Jahr sechs Wochen in den Sommerferien hin. Und bei uns im Iran müssen ALLE Frauen Kopftücher tragen, auch Touristinnen, sobald sie das Flugzeug verlassen.« Wichtigtuerisch verschränkte sie die Arme vor der Brust. »Ich wette, in der Türkei ist das genauso.«

»Meine Mutter sagt Nein.«

»Sicher lügt sie, damit du keine Zicken machst.«

»Jetzt reicht es aber, Ira! Meine Eltern waren als Studenten in Istanbul, und sie sagen, es sei eine faszinierende Stadt! Und meine Mutter hat die Stadt in Shorts und Spaghettiträger-Shirt erkundet!«, widersprach Saskia heftig.

»Ach Lara, nun sieh das Ganze doch mal positiv: Ein großes Abenteuer wartet auf dich, wir können uns mailen und uns über Skype sehen und hören, wann immer du willst. Aus den Augen heißt doch nicht automatisch auch aus dem Sinn, oder?«, versuchte Leo ihrer Freundin Mut zu machen.

Lara wollte gerade zu einer mürrischen Antwort ansetzten, als es zur dritten Stunde läutete. »Komm, wir haben jetzt Sport und sollten uns lieber beeilen, sonst tickt Frau Noppa noch aus! Eins steht jedenfalls fest: Du kannst froh sein, eine so nervige Paukerin los zu sein!«

Auch wenn ihre Eltern Lara nicht nach ihrer Meinung gefragt hatten, hatten sie den Tag ihres Umzugs so geplant, dass Lara ihren sechzehnten Geburtstag noch daheim mit ihren Freunden feiern konnte. Aber selbst die Aussicht auf eine große Abschieds- und Geburtstagsparty konnte Lara kaum trösten. Während ihre Mutter den Partykeller dekorierte und ihr Vater die Musikanlage einstellte, lümmelte sie in ihrer neuen knallengen Jeans und dem modischen Wickeltop lustlos in einer Ecke herum.

»Mensch, jetzt lach doch mal.« Kaan war an sie herangetreten und klopfte ihr gut gelaunt auf die Schulter. Lara schüttelte sich, als wäre seine Hand ein lästiges Insekt, das fortgejagt werden müsste. Immerhin war er schuld daran, dass sie jetzt alle in die verdammte Türkei ziehen mussten, warum sollte sie sich also bemühen, ihn freundlich zu behandeln?

Ihr Vater seufzte. »Lara, ich will doch nur das Allerbeste für dich.«

»Jaja, klaro, und das Allerbeste ist wahrscheinlich eine arrangierte Heirat, sobald ich mit der Schule fertig bin, was?«

»Hä?« Verständnislos riss ihr Vater die Augen auf.

»Du liebst mich nicht, nicht die Bohne! Du denkst ja nur an dich selbst!« Wieder traten Lara Tränen in die Augen.

»Jetzt beruhige dich bitte! Deine Freunde können jeden Moment hier sein, willst du, dass sie dich so in Erinnerung behalten, als Heulsuse?« Ihre Mutter legte ihr besänftigend die Hände auf die Schultern.

Lara schüttelte den Kopf.

»Siehst du. Und was Istanbul angeht: Dein Vater und ich sind genauso hier geboren und aufgewachsen wie du. Auch wir sind hier daheim, auch wir haben hier Freunde, die wir sehr vermissen werden. Aber im Gegensatz zu dir waren wir schon in Istanbul, wir wissen, wovon wir reden, wenn wir dir versichern, dass es dir dort gefallen wird. So und nun mach dich frisch, es hat gerade geklingelt, und so verheult, wie du gerade aussiehst, möchtest du deine Gäste sicher nicht begrüßen!«

Lara hatte ihre ganze Klasse und auch ein paar Leute aus den Parallelklassen eingeladen, sodass der Partykeller brechend voll war. Ihre Eltern hatten sich nach oben ins Wohnzimmer verzogen und die Tür fest hinter sich verschlossen.

»Ist du-weißt-schon-wer da?«, flüsterte Saskia.

»Pschscht!« Aufgebracht schaute Lara sich um. »Nicht so laut, es muss doch nicht gleich jeder wissen!«

»Ich habe doch keine Namen genannt.«

»Trotzdem.« Genau in dem Moment erschien Simon in der Tür. Mann, warum musste er nur immer so umwerfend aussehen? Er warf seine lange, blonde Mähne zurück und ließ seine Grübchen spielen, als er Lara sah. »Hallo! Hier, das ist für dich. Herzlichen Glückwunsch!« Er überreichte ihr eine Flasche Aldi-Sekt.

Lara war viel zu sehr damit beschäftigt, Simon anzuhimmeln, als dass sie bemerkt hätte, wie er sich im Spiegel hinter der Bar selbst bewunderte.

»Blödmann!«, murmelte Leo. »Wenn schon Sekt, dann hätte es wenigstens ein anständiger sein können, oder?«

Lara warf ihrer Freundin einen bösen Blick zu, während Simon auf sie zuging. »Wollen wir tanzen?«

»Klar.« Mein Gott, dieses Lächeln! Zum Dahinschmelzen schön!

Im Partyraum war es inzwischen brüllend heiß.

»Wollen wir ein bisschen an die frische Luft gehen?«, raunte Simon ihr ins Ohr. Sein Atem verursachte ihr Gänsehaut. Sie nickte strahlend. Er nahm ihre Hand und führte sie die Treppen hoch. Sie hatte das Gefühl zu schweben, als sie vor die Tür traten. Es war kühl, und Lara schlang fröstelnd die Arme um ihren Oberkörper.

»Hätte dir meine Jacke ja gern gegeben, aber die ist leider unten.« Bedauernd zuckte er die Schultern, dann hellte sich seine Miene plötzlich auf und er legte seinen Arm um sie. »Besser jetzt?« Sie nickte. Ihr Herz pochte heftig, verlegen schaute sie auf ihre Schuhspitzen.

»Lara?«

»Hm?« Sie hob den Blick – und schon spürte sie seine Lippen auf ihren.

Johlen und Pfiffe ertönten neben ihnen. »Stören wir?«, rief einer von Simons Freunden anzüglich. Simon grinste. Lara spürte, wie ihr das Blut in den Kopf schoss, sie murmelte eine Entschuldigung und drängte sich an der Gruppe vorbei in den Keller zurück. Was sollte Simons Grinsen? Es war ihr erster Kuss gewesen, war sie vielleicht eine schlechte Küsserin? Bei der Erinnerung an den Kuss spürte sie, wie sie erneut errötete, aber Gott sei Dank war es viel zu dunkel, als dass jemand das bemerkt hätte.

Erst gegen drei Uhr früh, als alle Gäste sich schon verabschiedet hatten, gähnte Lara: »Also, wenn ich nicht so sauer auf euch wäre, Mama und Papa, dann würde ich euch für diese tolle Fete glatt küssen!«

Am Montagmorgen zog Saskia Lara noch vor der ersten Stunde in eine Ecke und zischte: »Wir müssen reden!«

»Jetzt? Spinnst du? Der Unterricht beginnt gleich!«

»Ich mach's kurz: Bist du mit Simon zusammen?«

Lara holte tief Luft. »Na ja ... Also ... Wir haben uns auf meiner Abschiedsfete geküsst. Ich habe keine Ahnung, ob man nach einem Kuss zusammen ist?«

Saskia holte tief Luft. »Bist du in diesen Typen verschossen?«

»Schon, ja, warum?«

Unsanft bugsierte sie ihre Freundin ans Fenster. »Darum!«

Verdattert schaute Lara hinaus. Da der Unterricht in wenigen Minuten beginnen würde, befanden sich kaum noch Schüler auf dem Hof. Nur ein Pärchen saß knutschend in einer Ecke. Mann, das Mädel küsste den Jungen so heftig, als wollte es ihn auffressen. Angewidert wollte Lara sich abwenden, als sie dicht an dem burgundergetönten Haar des Mädchens einen ihr nur allzu vertrauten Blondschopf erkannte. Ihre Beine gaben nach, sie musste sich gegen Saskia lehnen, um nicht in Ohnmacht zu fallen.

»Aber warum sollte Simon mit dieser ... dieser Schlampe rummachen, wo er mich erst vor zwei Tagen geküsst hat?«, fragte Lara fassungslos.

»Ich glaube, ich weiß warum«, sagte Saskia leise. »Es ist eine Wette. Simon hat mit seiner miesen Drecksbande gewettet, dass er noch in dieser Woche eine von euch ins Bett bekommt. Dich, Lara, oder die rothaarige Babette aus der Parallelklasse!«

»Was?« Lara sprang auf. »Das kann doch nicht wahr sein! Der denkt wohl, er ist der Hauptdarsteller in einem schlechten Film!«

»Sieht ganz danach aus.«

In der zweiten Stunde stand ein Wahlpflichtfach an, Saskia hatte Geografie und Lara Sozialkunde. Gerade, als Lara sich setzen wollte, schlenderte Simon in aller Ruhe an ihr vorbei und lächelte freundlich. »Hallo, Lara, darf ich mich zu dir setzen?« Lara, die ihn im ersten Moment nur angestarrt hatte, lächelte plötzlich honigsüß: »Klar doch, Schatz.«

Aus den Augenwinkeln sah sie, wie die Idioten, die sich seine Freunde schimpften, einander vielsagend zugrinsten. Simons Strahlen erstreckte sich jetzt bis an den linken und rechten Haaransatz, und mit einem Mal fiel Lara auf, dass er viel zu viel Gel in den Haaren hatte und dass er eindeutig zu viel Zeit auf der Sonnenbank verbrachte, dass seine Jeans zu eng waren und sein Aftershave ihr Übelkeit verursachte. Sie stand auf, trat an ihn heran, legte ihm die Arme um den Hals und hauchte ihm ins Ohr. »Und, hast du die Wette schon gewonnen?«

Mit diesen Worten riss sie ihr Knie hoch und sah mit Genugtuung, wie Simon sich Sekunden später keuchend auf dem Boden krümmte.

Ich werde mich nie, nie wieder verlieben! Nie wieder!, schwor sie sich, packte ihre Sachen und tat etwas, das sie sonst selten machte: Sie schwänzte den Unterricht.

Die nächsten beiden Tage flogen nur so dahin, ihr Vater hatte alles getan, um den Umzug in die Wege zu leiten, doch er wollte schon ein paar Tage vor seinen beiden »Mädels« in Istanbul sein, um ihr neues Domizil einzurichten. Er wurde durch Laras Großeltern ersetzt, die ihrer Mutter zur Hand gingen. Zwischendurch schauten Freunde und Nachbarn vorbei, um sich zu verabschieden und ihnen alles Gute zu wünschen, vereinzelt flossen auch ein paar Tränen. Besonders das Abschiedsgeschenk ihrer »Mädels« brachte Lara zum Weinen. Es war ein silberner Armreif, in den ihre Namen eingraviert waren: »Leo, Lara, Saskia und Aggie 4ever«. Jedes der Mädchen hatte das gleiche Schmuckstück, gemeinsam ließen sie die Armreifen lustig klimpern.

»Den nehme ich ganz sicher nie mehr ab«, versprach Lara gerührt.

Und ganz plötzlich waren alle Leute weg, das Haus war leer, ihre Schritte hallten ungewohnt laut durch die jetzt kahlen Räume.

»Lara, wir müssen gleich los, bitte schau noch einmal nach, ob du auch nichts vergessen hast, ja?«, mahnte Susan.

Lara nickte abwesend und wanderte allein durch die ordentlich gefegten Räume. Hier war sie geboren und aufgewachsen, sie hatte noch nie ein anderes Zuhause gehabt. Dort in der Ecke hatte ihr Barbiehaus gestanden, dort hatte sie mit ihrer Freundin Saskia, mit der sie seit dem Sandkasten befreundet war, etliche Stunden damit verbracht, ihre Barbies und Kens miteinander zu verheiraten und sie in erfundenen Ländern Flitterwochen machen zu lassen. Und da drüben sah man noch die Spuren der

Hunde- und Katzenposter, mit denen sie ihr ganzes Zimmer tapeziert hatte, als sie dreizehn war. Lara lächelte wehmütig. Sie trat hinaus in den verwaisten Korridor. Als sie noch klein war, hatte sie sich im Badezimmer immer auf einen Hocker stellen müssen, um sich die Zähne putzen zu können. Sie erinnerte sich daran, als wäre es gestern gewesen. Neben dem Bad lag das Schlafzimmer ihrer Eltern. Wie oft hatte sie sich heimlich in deren behagliches Bett gekuschelt, wenn sie als Kind Albträume hatte? Und all das sollte sie jetzt einfach so mir nichts, dir nichts verlassen?

»Schatz, wir müssen los, beeil dich bitte!«

»Ja, ich komme schon!«, flüsterte Lara heiser.

So viele kleine Glücksmomente und unzählige Erinnerungen wisperten ihr aus den Ecken der Zimmer zum Abschied zu. Unvermittelt traten Lara Tränen in die Augen. »Leb wohl, altes Haus. Ich werde dich nie vergessen.«

»Wie alt war ich, als wir das letzte Mal in der Türkei gewesen sind, Mama?«, fragte Lara, als sie endlich im Flugzeug saßen. Es sollte jede Minute losgehen, und sie war aufgeregt, obwohl sie das nie im Leben zugegeben hätte.

»Du warst erst fünf.«

»Echt, so jung?«

Ihre Mutter nickte. »Ich wundere mich, dass du dich überhaupt noch daran erinnerst.«

»Ich kann nicht gerade sagen, dass es positive Erinnerungen sind«, gestand Lara. »Ich weiß nur noch, dass eine Frau, ich glaube, es war irgendeine Verwandte von uns, mich immer in die Wange gekniffen und ständig ›*Maaschallah!*‹ gerufen hat, und dass ihr Mann fürchterlich finster dreinblickende Augen und einen langen schwarzen Bart hatte, und dass es dort ein Stehklo gab und ich Angst hatte, beim Pinkeln reinzufallen. Und es war unheimlich heiß. Also, alles in allem denke ich wirklich nicht so gern an diesen Urlaub zurück.«

»Ehrlich? Meine Güte, der arme Abdullah! So heißt der Mann, von dem du behauptest, er sähe so mies gelaunt aus. In Wirklichkeit ist er eine Seele von Mensch. Er hat nur leider etwas buschige Brauen, er kann nichts dafür. Und seine Frau Hanife ist auch in Ordnung. Sie sind eben mit ganz anderen Werten und Idealen aufgewachsen als wir. Istanbul ist nicht so.« Susan blickte verträumt in die Ferne. »Es ist der Ort, an dem Europa und Orient einander die Hand reichen, an dem Vergangenheit und Zukunft, Ozean und Horizont, Sonnenuntergang und Morgenröte aufeinandertreffen. Es ist eine Stadt, die nie schläft, und deren Puls dreimal so schnell schlägt wie bei jeder anderen Stadt, die ich kenne.«

Das Flugzeug war längst gestartet.

»Woher weißt du so viel über Istanbul?«

Ihre Mutter lächelte. »Ich bin dort geboren und war auch in den Ferien oft da. Meine Tante lebte dort bis zu ihrem Tod. Auch sie liebte Istanbul, sie sagte, sie wäre nirgends glücklicher gewesen.«

Susan wandte sich an ihre Tochter. »Man sagt, wer einmal in Istanbul gelebt hat, will nirgendwo sonst leben. Und wer in Istanbul Auto fahren kann, kann überall auf der Welt fahren.« Sie lachte. »Keine schlechte Aussicht, wenn man bedenkt, dass du dort deinen Führerschein machen wirst, oder?«

Sie schwiegen einträchtig, und vor lauter Erschöpfung mussten Lara die Augen zugefallen sein. Die Stimme ihrer Mutter brachte sie in die Gegenwart zurück.

»Sind wir schon da?« Lara gähnte.

»Ja, Liebling. Das ist unser neues Zuhause. Das ist Istanbul.«

Andächtig schauten Mutter und Tochter auf den Bosporus hinab, dessen tiefblaue Wellen die Stadt in Europa und Anatolien unterteilten. Die Sonne spiegelte sich auf dem Meer, Schaumkrönchen hüpften auf dem Wasser, während Fähren, Fischkutter, Segelboote und luxuriöse Yachten die Meerenge durchkreuzten. Lara sah die Minarette unzähliger Moscheen hoch in den wolkenlosen Himmel ragen, sah orangefarbene Dächer und die blitzenden Glasfassaden riesiger Wolkenkratzer, die das Licht der Sonne funkelnd zurückwarfen, sodass sie blinzeln musste. Es waren so viele! Unzählige Gebäude bildeten einen dichten Flickenteppich unter ihr, mal reihten sie sich ordentlich strukturiert aneinander, mal ragten sie krumm und schief aus einem verborgenen Winkel wie die schadhaften Zähne einer alten Frau.

»Beeindruckend, nicht wahr?«

Lara nickte stumm.

Das Erste, was Lara während der Autofahrt zu ihrem neuen Zuhause bemerkte, war der dicke graue Smogstreifen am Horizont. Als sie ihren Vater darauf ansprach, entgegnete dieser: »Ja, das ist etwas, was mir ganz und gar nicht gefällt. Aber da, wo wir wohnen, ist die Luft gerade noch erträglich.«

Als sie endlich ankamen, war es schon fast dunkel. Nur mit Mühe fanden sie in den überfüllten Straßen einen Parkplatz. Lara stieg aus. Sie war hundemüde.

»Das sieht ganz anders aus als zu Hause«, meinte sie enttäuscht.

Sechs-, sieben-, achtstöckige Hochhäuser reihten sich aneinander, kein Blatt Papier passte zwischen die Altbauten.

»*Dikkat etsene!*«, schrie ein Autofahrer sie wütend an. »Pass doch auf!«

In letzter Minute konnte Lara sich auf etwas retten, das wie ein Gehsteig aussah, doch mitten auf dem vermeintlichen Bürgersteig stand eine Reihe sehr großer, anscheinend sehr alter Bäume, die es schwer machten, hier normal zu gehen. Immer wieder musste Lara den Bäumen ausweichen und auf die Straße zurückspringen.

»Da sind wir!«, sagte ihr Vater endlich.

Gott sei Dank! dachte Lara bitter. Wie sollte sie sich in all dem Chaos jemals zu Hause fühlen?

Sie stiegen in einen Fahrstuhl, der sie in den vierten Stock fuhr. Als ihr Vater den Lichtschalter anknipste, sah sie einen quadratischen Eingangsbereich, der in eine helle, geräumige Küche mit hochmoderner Kochinsel mündete. Unmittelbar daneben befand sich das Wohnzimmer, das in zwei Ebenen unterteilt war. Die erste schien der Essbereich zu sein, zwei polierte Parkettstufen weiter unten befand sich das eigentliche Wohnzimmer, mit riesigen stockdunklen Panoramafenstern. Ein geräumiger Balkon mit eingebautem Barbecue-Grill versprach lange gemütliche Sommernächte. Der lange Korridor führte zum Elternschlafzimmer und in ein Zimmer, von dem sie annahm, es sei ihres.

»Geh nur!«, forderte ihr Vater sie auf, während ihre Mutter entzückt die Kochinsel bewunderte. Zögernd betrat Lara ihr neues Reich, ein hübsches Mansardenzimmer mit eigenem Ankleidezimmer und Bad.

»Nicht schlecht!«, entfuhr es ihr.

»Hier kannst du die Klimaanlage einstellen, wenn du willst«, erklärte ihr Vater stolz. »Ich habe gehofft, dass es dir gefällt.«

»Ich bin müde«, antwortete Lara kurz angebunden.

»Wenn du Hunger hast, können wir ausgehen, wir wohnen sehr zentral, und die Restaurants haben bis spät in die Nacht geöffnet …«

»Nein, danke.«

»Aber ...«

»Ich sagte, ich bin müde!«

Ihre Mutter war hinter ihrem Vater erschienen. »Lass sie, Kaan. Gib ihr Zeit«, flüsterte sie.

»Na dann: willkommen!« Liebevoll küsste ihr Vater Lara auf die Stirn. »Und schlafe gut in deinem neuen Zuhause!«

Lara kuschelte sich in ihren Schlafsack und heulte so lange, bis sie einschlief.

Am nächsten Morgen weckte sie das Morgengebet des Muezzins. Im ersten Moment wusste sie nicht, wo sie war, schlaftrunken schaute sie auf ihre Armbanduhr. Es war erst halb sechs. Trotzdem beschloss sie aufzustehen. Sie tappte barfuß durch die Wohnung, um ihre Eltern nicht zu wecken. Fernes Vogelgezwitscher erklang, sie folgte ihm bis ins Wohnzimmer. Lautlos öffnete sie die Schiebetür zum Balkon. »Oh!«, entfuhr es ihr beim Panoramablick auf das strahlend blaue Meer, das sich ihr zu Füßen erstreckte.

»*Günaydin!*«, ertönte es neben ihr. »Guten Morgen!«

Sie fuhr herum. Auf dem Nachbarbalkon stand der bestaussehende Junge, der ihr je unter die Augen gekommen war. Er schien etwa so alt zu sein wie sie, vielleicht ein oder zwei Jahre älter. Seine hellbraunen Locken standen wild in alle Richtungen ab und seine haselnussbraunen Augen musterten sie interessiert. Er war etwa zwei Köpfe größer als sie und wirkte athletisch.

»Wie ein Panther, der auf Beute lauert«, schoss es ihr durch den Kopf. Sie schluckte nervös.

»*Are you a foreigner?*«, fragte er freundlich.

Sie schüttelte den Kopf. »Ich ... wir kommen aus Deutschland«, stotterte sie in ihrem gebrochenen Türkisch.

»Ah, *Almancilar*«, stellte der Typ sachlich fest.

»Ich bin kein Deutschländer!«, blaffte sie wütend. Sie hatte es gewusst, sie wusste, wie man hier Leute wie sie sah, Deutschländer, Menschen, die weder richtig deutsch noch richtig türkisch waren. Zwischenmenschen. Deutschländer. Abschaum.

»Hey, ich habe das doch nicht böse gemeint ...«, versuchte er zu erklären, doch Lara war längst wieder in ihrem Zimmer.

»Ich wusste es! Hier bin ich nichts, ein kleiner, unbedeutender Niemand, eine Null! Ich will wieder nach Hause!«, schluchzte sie in ihr Kissen.

»Ach, Schätzchen. Ich verstehe ja, dass du Heimweh hast. Aber findest du nicht, du solltest mit dem Trübsalblasen aufhören?« Ihre Mutter strich ihr sachte über den Rücken. Lara schlang ihre Arme um ihren Hals. »Ich spreche ja nicht einmal richtig Türkisch!«, heulte sie. »Wie soll ich hier bloß zur Schule gehen?«

»Mach dir darüber keine Gedanken. Wir melden dich am deutschen Gymnasium an, die Schulsprache ist also bis auf wenige Fächer Deutsch«, beruhigte ihr Vater sie. »Und nun wasch dir das Gesicht und zieh dir was Frisches an, dann gehen wir zum Frühstücken aus!«

Lara zog sich marineblaue Shorts und ein blauweiß geringeltes T-Shirt über und verschlang wenig später unter den neidischen Rufen der Möwen ein riesiges Frühstück aus knusprigem Weißbrot, verschiedenen Käsesorten, Oliven, tiefroten Tomaten und echtem Wabenhonig. Sie merkte, wie es ihr allmählich besser ging.

»Wenn du willst, kannst du die Gegend erkunden, deine Mutter und ich kümmern uns inzwischen um die Wohnung«, schlug ihr Vater vor.

Lara nickte erfreut. Ihr Vater nannte ihr die genaue Adresse und mahnte sie: »Wenn irgendetwas ist, ruf mich auf dem Handy an, okay?«

Sie nickte nochmals.

»Gut, dann viel Spaß.« Er überreichte ihr ein paar Scheine. »Für den Fall, dass du etwas siehst, was dir gefällt!«

Lara spazierte die Strandpromenade entlang, sie sog die salzgetränkte Luft ein, bis es ihr zu langweilig wurde, dann stieg sie eine scheinbar endlose, in den Fels gehauene Treppe hinauf, die vor einem riesigen, lärmerfüllten Spielplatz endete, dem alte Eichen Schatten spendeten. Lächelnd schlenderte Lara weiter, bog mal hier ab, mal da, durchstöberte ein paar Läden, und als es allmählich dämmerte, hatte sie keinen Schimmer mehr, wo sie überhaupt war. Irgendwie war sie hier gelandet, in einer engen, dunklen Gasse, die ihr nicht ganz geheuer war. Unsicher blickte sie sich um, als eine Gruppe Rocker auftauchte, alle in Leder gekleidet, gepierct, tätowiert. Und alle grölend. Verängstigt wich sie ein paar Schritte zurück. Da packte sie plötzlich eine kräftige Hand und zog sie in einen Hausflur.

»Keine Gegend für junge *Almacis*«, flüsterte eine ihr bekannte Stimme.

»Lass mich auf der Stelle los!« Aufgebracht befreite Lara sich aus dem eisernen Griff und drehte sich um. Da stand ihr junger Nachbar und schaute sie abschätzig an. »Du hast mir heute Morgen keine Gelegenheit gelassen, mich vorzustellen. Ich bin Noyan.« Spöttisch verbeugte er sich vor ihr.

»Mir doch egal, wer du bist.« Achselzuckend wollte Lara wieder auf die Straße, doch Noyan hielt sie zurück. »Bist dir wirklich sicher, dass du das willst? Nur mal so zur Info: Der Kerl da mit dem rasierten Schädel ist einer der meistgefürchteten Typen hier in der Gegend. Unberechenbar und fast immer bekifft. Und seine Kumpels sind auch nicht viel besser.«

»Ich muss jetzt gehen!« Lara machte Anstalten loszumarschieren.

»Aber nicht allein! Komm, ich kenne eine Abkürzung. Wie sagtest du noch gleich, wie du heißt?«

»Ich sagte gar nichts.«

»Ihr Deutschländer seid ja nicht besonders höflich, was?«

»Hör gefälligst auf, mich so zu nennen! Lara, mein Name ist Lara.«

»Lara, soso. Wasserfee, das bedeutet er, nicht wahr? Na, dann komm, kleine Nixe, bringen wir dich heim.«

Ohne eine Antwort abzuwarten nahm Noyan sie bei der Hand und zog sie mit sich fort. Sie hatte noch nie die Hand eines Jungen gehalten, nicht seit dem Kindergarten, und nahm erstaunt wahr, wie warm seine Handfläche war.

Durch verwinkelte Gassen, die so eng waren, dass sie kaum nebeneinander gehen konnten, führte er sie binnen weniger Minuten zurück. »So, pass auf, dass du da nicht wieder hingerätst. Süße Blondinen wie dich sieht man hier nur selten, mach dich also bitte nicht selbst zu Freiwild, okay? Ich prügle mich nicht gern.«

Er wandte sich um.

»He, warte! Ich meine ... Noyan! Ich wollte ... äh ... danke.« Lara merkte, wie sie vor Verlegenheit rot wurde.

Noyan lächelte. »Keine Ursache!«

»Muss ich das wirklich anziehen?«, grollte Lara am nächsten Morgen, während sie kritisch ihr Spiegelbild beäugte.

»Ja, Schuluniform ist hier Pflicht, genau wie in Großbritannien«, erklärte ihre Mutter.

»Und die Kniestrümpfe? Ich sehe aus wie zwölf! Wenn ich doch nur ein wenig Make-up auflegen dürfte!«

»Nein, Schminken ist auch nicht erlaubt, in keiner der mir hier bekannten Schulen übrigens. Und außerdem siehst du ohne das ganze Zeug im Gesicht viel hübscher aus. Zu den Strümpfen: Alternativ dürftest du noch schwarze Strumpfhosen tragen, aber in Anbetracht der Tatsache, dass es heute über dreißig Grad warm werden soll, dachte ich, das willst du vielleicht nicht.«

»Schon gut!«

Wenn ihre Mädels sie so sehen könnten, lägen sie vor Lachen auf dem Boden.

»Auf nach Hogwarts«, murmelte Lara und musste wider Willen grinsen.

»Zur Schule kommst du mit dem Shuttlebus, er hält gleich vor der Tür, am besten, du gehst schon mal runter«, schlug Kaan vor. Lara hatte ihm gegenüber noch immer ein schlechtes Gewissen. Sie gab ihm einen liebevollen Kuss auf die Wange. »Bis heute Abend, Paps.«

Als Lara vor die Tür trat, stand ihr Shuttlebus schon bereit. Sie holte tief Luft und stieg ein. Neugierige Gesichter wandten sich ihr zu, denen sie nur ein unverbindliches »*Günaydin*«, »Guten Morgen«, entgegenmurmelte, während sie nach einem freien Platz Ausschau hielt.

»Du kannst dich hierher setzen, kleine Nixe.« Noyan, der in seiner Schuluniform wie eine verbesserte Version von James Dean aussah, klopfte auf den Platz neben sich. Lara merkte, wie sie errötete und hätte sich gern woanders hingesetzt, doch der Sitz neben Noyan war der einzig freie. Sehr zu ihrem Ärger flammte ihr Gesicht auf wie eine Kerze.

»Ich werde mich nicht schon wieder in so einen Schönling vergucken!«, nahm sie sich vor, obwohl eine kleine Stimme in ihrem Kopf ihr mitteilte, dass Noyans Haare so aussahen, weil sie lockig waren, und dass er gut aussah, weil das eben so war, und nicht, weil er Stunden auf dem Asi-Toaster verbrachte und sich mit irgendwelchen Gels und Wässerchen aufmotzte. Sie bemühte sich krampfhaft, ihn nicht zu beachten, doch er nahm sowieso keine Notiz von ihr. Vorsichtig schielte sie ihn von der Seite an. Er war in ein Buch vertieft. *Macbeth* von Shakespeare und das auch noch auf Englisch! Eins jedenfalls stand fest: Dumm war Noyan nicht!

Dumm war hingegen, dass sie ihren Shuttlebus verpasste, der sie sicher heimgebracht hätte. Für ein Taxi reichte ihr Geld nicht, also fragte sie sich durch und bestieg einen Bus, in dem die Menschen dicht an dicht gedrängt saßen oder standen. Sie stieg auf Empfehlung des freundlichen Fahrers an einer riesigen Haltestelle aus, an der Busse zu Dutzenden ankamen und abfuhren und Hunderte von Menschen kreuz und quer durcheinanderliefen. Ohne eine Ahnung zu haben, wo sie hingehen sollte, marschierte sie eine schmale Straße entlang bergauf. Allmählich wurde es dunkel. Sie ging weiter und weiter und plötzlich kam ihr die Fassade eines Gebäudes vage bekannt vor.

»*Güzelim*, meine Schöne, so allein?« Ein fetter kahlköpfiger Mann in schwarzem Leder versperrte ihr den Weg. Sie sagte nichts und versuchte, an ihm vorbeizukommen, doch er schnitt ihr brutal den Weg ab.

»Hey, Jungs, seht mal, was ich gefunden habe!«, brüllte er, und sie bemerkte angeekelt, dass er eine Schnapsfahne hatte.

Ihre Knie zitterten. »Bitte, ich will doch nur nach Hause!«

Der Kerl grinste schmierig. »Später, Schätzchen.«

»Verpiss dich, Cemal! Geh und belästige deine kleine Schwester!«, ertönte da hinter ihr eine Stimme. »Die Kleine gehört zu mir!«

Cemal dreht sich um, und Lara war froh, seinen widerlichen Atem nicht mehr in ihrem Gesicht spüren zu müssen.

»Vor dir soll ich also Angst haben, ja?«, lallte Cemal, während er Noyan abschätzig musterte.

»Nicht vor mir, aber vor dem da!« Auf einen kurzen Befehl hin ertönte ein durchdringendes Knurren, und Lara sah, wie eine schwere schwarze Gestalt auf vier Pfoten den Schläger umwarf. Vor lauter Angst blieb sie wie angewurzelt stehen, doch Noyan schrie: »Komm, Lara, schnell!«

Er packte sie am Handgelenk und zog sie mit sich, dann blies er in eine Hundepfeife und knurrte: »Ich dachte, ich hätte dir gesagt, dass du diese Straße meiden sollst!«

»Ich habe den Bus verpasst und da ... Aber was hattest du hier überhaupt verloren?«

»Ich gebe hier jemandem Nachhilfeunterricht.« Er schien noch etwas sagen zu wollen, als sich seine Miene plötzlich aufhellte. »Da bist du ja, mein Kleiner, fein, feiner Hund!«

Nie zuvor hatte Lara den Begriff »klein« für so untertrieben gehalten. Die Dänische Dogge, die da auf sie zugaloppiert kam, hatte die Maße eines Rindes. Lara hätte sich auf ihren Rücken schwingen und mit ihr davonreiten können. Noyan untersuchte das Tier nach Verletzungen, fand aber nichts. »Gott sei Dank!«

Er wandte sich wieder Lara zu. »Komm, wir sollten jetzt heimgehen. Deine Eltern sind sicher schon ganz krank vor Sorge.« Ohne ein weiteres Wort marschierte er voraus. Laras Beine fühlten sich noch immer wie Pudding an. Sie stolperte über einen kniehohen Betonpfahl, den sie in der Dunkelheit übersehen hatte, und knallte der Länge nach hin.

In Sekundenschnelle war Noyan bei ihr. »Alles in Ordnung? Bist du verletzt?«

»Mein Bein … Es tut so weh …« Lara bemühte sich, die Tränen zurückzuhalten, während Noyan das verletzte Bein behutsam untersuchte. »So ein Mist!«, heulte sie, »alles geht schief! Erst der blöde Umzug, dann die Geschichte mit dem bescheuerten Simon, und dabei habe ich hier noch nicht einmal eine Freundin, der ich das alles erzählen könnte! Und dann tauchst du ständig auf und rettest mich und das, obwohl ich mich doch nicht in dich …«

»Nicht in mich … was?«, wiederholte Noyan leise und ließ ihr Bein los.

»Nicht … Nicht … Ähm …«

Sein Gesicht kam immer näher, und als er sie plötzlich küsste, hatte sie das Gefühl, als würde eine Million winziger Vögelchen in ihrem Bauch mit den Flügeln schlagen.

»Komm, ich trage dich heim. Das wird schon wieder.«

Lara schmiegte sich an das weiße Hemd seiner Schuluniform, die er immer noch anhatte. Und obwohl sie gerade jetzt Leo, Lara, Saskia und Aggie besonders vermisste, weil sie ihnen am liebsten gleich ihr Herz ausgeschüttet hätte, obwohl ihr Bein lädiert war und sie keine Ahnung hatte, was man in der Türkei statt Malzbier auf einen solchen Schrecken trank, fühlte Lara sich zum ersten Mal angekommen in ihrer neuen fremden Heimat.

Als Noyan sie sanft vor ihrer Haustür absetzte, flüsterte sie: »Bis morgen also?«

»Ja, bis morgen.«

»

Sibel Susann Teoman | geboren 1975, ist ein Mulit-Kulti-Cocktail mit türkischer Mutter, deutschem Vater, tatarischer Großmutter und griechischem Großvater. Nach dem Studium in Deutschland und der Türkei (der Liebe wegen) arbeitete sie zuerst als Marketingassistentin in der Türkei. Nach vier Jahren überwog das Heimweh nach Kassler mit Sauerkraut und Kölsch, also zog sie mit ihrem Mann nach Deutschland zurück und arbeitete bei einer Bank. Seit 2005 schreibt sie – jetzt auch für die Reihe *Ich bin Ich!*.

Sibel Susann Teoman in der Reihe *Ich bin Ich!*

Döner für zwei

«

11

Chantal Schreiber

Verdammt weit weg

Übrigens gibt es nichts Erfolgloseres als das Nachdenken über jemanden, den man liebt.

Hermann Hesse

»Anna, ich muss dich unbedingt sehen. Ich kann überhaupt nicht mehr klar denken, weil ich nur diesen Wahnsinnskuss im Kopf hab. Ruf zurück, bitte!«

»Anna, ich bin's. Wir sehen uns doch heute, oder? Ich hab gespielt wie ein Anfänger, alle haben gefragt, was mit mir los ist ... Also bis später, ruf mich dann an, ja?«

»Hi, Süße, ich bin's – ich denk nonstop an dich, bis spä...«

Hupen, Bremsenquietschen. Ein Schrei von irgendwoher. Etwas reißt meinen Arm brutal nach hinten.

»Unverwundbar, was?«, höre ich den Busfahrer schimpfen, als ich endlich die Kopfhörer aus den Ohren ziehe.

»Das war knapp!«, sagt kopfschüttelnd eine ältere Dame.

»Darf ich mal fragen, was du da hörst, das dir wichtiger ist als dein Leben?«, fragt Nico, immer noch seine Hand an meinem Arm. »Muss ja verdammt gut sein.«

Dann hat *er* mich also zurückgerissen, denke ich. Ich mache einen Schritt von ihm weg, sodass er loslassen muss, reibe meine Schulter. »Du hast mir fast den Arm ausgerenkt!«

»Wärst du lieber tot? Ich hatte leider keine Zeit, dich zu fragen.«

Ich schaue dem Bus nach, der gerade um die Ecke biegt. Es ist ein sehr großer, sehr breiter roter Bus. Und wenn ich ehrlich bin, war mir nicht mal bewusst, dass ich im Begriff war, die Straße zu überqueren. Ich wäre vielleicht wirklich tot, wenn Nico mich nicht zurückgerissen hätte. Oder läge schwer verletzt im Krankenhaus. Dann würde Philipp bestimmt an mein Bett eilen. Mir sagen, dass es ihm leid tut, dass alles ein schrecklicher Irrtum war, dass er nur mich liebt ... Das alles hat Nico mir gerade versaut. Und überhaupt kenn ich den Typen kaum. Das Schuljahr hat eben erst begonnen, Maturajahr. Er ist einer von drei Sitzenbleibern, die bei uns gelandet sind. Natürlich weiß jeder, dass es nichts weiter zu bedeuten hat, wenn man eine Ehrenrunde dreht. Es kann jeden erwischen, mit etwas Pech. Nur mich nicht, ich habe solche Panik vor dem Durchfallen, ich lerne für meine Angstfächer wie eine Besessene und schaffe es letztlich immer. Mein Vorteil ist, dass ich in den Sprachen so gut bin. Da kann ich mir ein paar Schwächen in den naturwissenschaftlichen Fächern leisten.

Nico sieht mich mit so einem komischen Ausdruck in den Augen an. »Das war doch keine Absicht, oder?«

»Absicht?« Ich reibe die Stelle, an der seine Finger meinen Oberarm umklammert haben.

»Du bist doch nicht auf irgendeinem schrägen Selbstzerstörungstrip?«

»So was Blödes!«, fahre ich ihn an. »Wie kommst du denn darauf?«

»Na ja, du hast diesen hypnotisierten Ausdruck in den Augen, bewegst dich wie eine Schlafwandlerin und wirst wütend, wenn man dir das Leben rettet.«

Oh, er will eine Dankesrede. Na meinetwegen, dann lässt er mich wenigstens in Ruhe. »Tut mir leid«, sage ich und ringe mir ein Lächeln ab. »Ich war wohl noch unter Schock. Vielen Dank, dass du so schnell reagiert hast. Ich muss wirklich besser aufpassen. Also dann …«

Das hab ich gut gemacht. Höflich, dankbar und dennoch mit einer gewissen Distanz. Ich wende mich ab und will gehen, aber er schnappt erneut meinen Arm.

»Warte!«

… und erwischt genau dieselbe Stelle. »Au!«, fauche ich. »Lass das!«

»Oh, Verzeihung, Prinzessin.« Er schüttelt den Kopf, als könnte er nicht glauben, wie bescheuert ich mich benehme, und hält mir meinen Timer entgegen. »Da. Hast du fallen lassen.«

Hab ich den Kalender etwa in der Hand getragen? Richtig, ich hab nach der Schule ein paar Termine eingetragen und dann wollte ich ihn vermutlich gerade einstecken, als …

»Oh. Danke. Ich … ich bin heute wohl wirklich etwas daneben.«

»Du hast doch nichts genommen, oder?« Er starrt in meine Augen, will offenbar feststellen, ob die Pupillen erweitert sind, oder was weiß ich. Gleich wird er noch meine Arme nach Einstichstellen absuchen.

»Aber nein. Ich bin nicht der Typ für so was.« Ich bin mehr der Typ für Wannenbäder mit viel Wodka. Erst wird einem so schwindlig und dann so übel, dass man den Schmerz nicht mehr spürt.

»Weißt du was? Wir gehen jetzt da rein …« Er deutet auf das

Kaffeehaus an der Ecke »... und trinken was. Und du überzeugst mich, dass ich dich guten Gewissens allein lassen kann.«

»Ich brauch kein Kindermädchen!«

»Nein, natürlich nicht. Du bist erwachsen und kannst auf dich selbst aufpassen.«

Ich funkle ihn nur wortlos an.

»Aber denk doch mal an mich. Ich werde immer depressiv, wenn es regnet, und brauche Gesellschaft. Also, was sagst du?« Sein Grinsen ist von entwaffnender Frechheit. Und ansteckend.

»Na, halleluja«, sagt er. »Ich dachte schon, du hast eine Lachmuskellähmung. Das denke ich übrigens schon die letzten vier Wochen.«

»Beobachtest du mich etwa seit Schulbeginn?«

»Bilde dir bloß nichts ein.« Wieder dieses Grinsen. »Aber ich hatte dich vom letzten Jahr anders in Erinnerung. Fröhlicher. Ist irgendwas los oder hast du nur eine etwas früh einsetzende Matura-Depression?«

Er beobachtet mich *seit letztem Jahr?* Ich habe ihn umgekehrt noch nie richtig wahrgenommen, bevor er plötzlich am ersten Schultag nach den großen Ferien in unserer Klasse saß.

»Nichts dergleichen«, sage ich etwas steif. »Alles bestens.«

»Na dann.«

Er glaubt mir eindeutig kein Wort.

»Also, kommst du jetzt mit?«

»Wenn es dich glücklich macht ...« Irgendwie bin ich sogar ganz froh darüber. Es ist mal eine Abwechslung. Und das Jahr hat komisch angefangen. Kerstin, meine beste Freundin in der Klasse, ist im Sommer weggezogen, und die anderen Mädels haben sich alle paarweise aufgesplittet. Nicht dass ich keine Freundinnen hätte – aber eben keine mehr, mit der ich so richtig eng bin. Und männliche Freunde? Wir sind eine seltsame

Klasse. Freiwillig auferlegte Geschlechtertrennung. In den Pausen stehen die Jungs in einer Ecke, die Mädels in einer anderen. Sogar jetzt, wo wir eigentlich alle »erwachsen« sind, ist die Kommunikation noch nicht ganz entspannt. Ich hätte genauso gut in eine Klosterschule gehen können, wenn ich's mir recht überlege. Nico scheint diesbezüglich anders zu sein. Ist ja auch ein Jahr älter, vielleicht deshalb.

Das Kaffeehaus ist nur ein paar Minuten von der Schule entfernt und für viele eine Art zweites Wohnzimmer. Ich selbst war noch nie drin. Kerstin ist mehr der Starbucks-Typ, und allein geh ich nun mal nicht ins Café. Um zwei am Nachmittag ist zum Glück noch nicht so viel los. Nico geht zielstrebig in den hinteren Teil des Lokals, wo drei Billardtische stehen, zwei davon besetzt. »Nichtraucherzone«, lese ich. Wenigstens etwas. Im Vorübergehen grüßt Nico den Kellner, und der nickt zurück.

»Hi, Nico«, sagt einer der Typen, die Billard spielen.

»Hi, Alex.«

»Spielchen nachher? Wir sind gleich fertig.«

»Lust auf eine Demütigung?«, grinst Nico zurück. »Mal sehen, vielleicht später.«

Offenbar ist er hier so was wie der Platzhirsch.

»Du bist wohl öfter hier?«

»Öfter hier als zu Hause. Behauptet zumindest meine Mutter.« Wieder dieses Grinsen. Wenn er so grinst, schauen seine Eckzähne ein kleines Stück vor, was irgendwie witzig aussieht. Der Typ ist schwer einzuordnen. Nicht atemberaubend gut aussehend, aber auf den zweiten Blick auch wieder nicht so übel. Ziemlich groß, schlank. Schultern vielleicht ein bisschen zu schmal, Nase ein bisschen zu groß, Haare ein bisschen zu lang. Aber im Vergleich mit Philipp schneidet eben jeder schlecht ab. Jedenfalls hat Nico ein ziemliches Selbstbewusstsein und keine

Berührungsängste, was das weibliche Geschlecht angeht. Das ist etwas gewöhnungsbedürftig, aber auch ganz angenehm.

Wir setzen uns an den Tisch, der dem Billardbereich am nächsten ist. »Ich lad dich auf einen Kaffee ein. Vielleicht rette ich dir damit noch mal das Leben. Weil du dann nicht wieder mitten auf der Straße einschläfst.«

»Jetzt hör schon auf. Hattest du noch nie einen schlechten Tag?«

»Schon. Aber du hattest einen schlechten Monat.«

»Dir muss mächtig langweilig sein, dass du so genau über die Stimmung anderer Leute Buch führst.«

»Nicht über die anderer Leute. Nur über deine.«

»Flirtest du etwa mit mir?«

»Und wenn? Ist das verboten?«

»Verboten nicht, aber zwecklos.«

»Aha.« Ein neuerliches Grinsen, wieder blitzen die Eckzähne, diesmal hat es was Triumphierendes. »Wie ich's mir gedacht habe. Liebeskummer.«

»Wie bitte?« Ich bin so empört, als läge er tatsächlich falsch. »Was, wenn jemand gestorben ist? Oder ich ungewollt schwanger bin? Oder meine Eltern all unser Geld verspekuliert haben inklusive meines Bausparvertrags?«

»Ist jemand gestorben?«

»Nein.«

»Bist du schwanger?«

»Nein.«

»Haben deine Eltern ...«

»Nein! Aber das heißt noch lange nicht ...«

»Warum gibst du's nicht einfach zu?«

»Weil ... weil ... weil ich ...« Und das ist der Moment, in dem ich zu heulen anfange. Scheiße.

»Hey«, sagt Nico, »alles wird gut.« Er kramt in seiner Jackentasche und hat tatsächlich Taschentücher dabei. Er lässt mir eine Minute, um mich zu beruhigen. »Männer sind Schweine und das alles gar nicht wert. Ich weiß das, ich bin selber einer.«

Ich muss lachen. »Wieso warst du so sicher?«, frage ich, noch schniefend, und putze mir die Nase.

Er zuckt mit den Schultern. »Ich hab zwei ältere Schwestern. Ich kenn den Blick. Also, warum hat er dich abserviert, der Vollidiot?«

Ich muss wieder lachen. Dieser Nico schafft es, dass sich plötzlich nicht mehr alles so schwer anfühlt. »Die Kurzfassung? Jemand, den ich schon seit Jahren anhimmle, der mich aber nie bemerkt hat, und der außerdem fix mit jemandem zusammen ist, läuft mir zu Anfang der Ferien bei einer Party über den Weg. Allein, ohne Freundin. Wir küssen uns …«

Wie gewöhnlich sich das anhört, wenn ich es so erzähle. Es war die Party einer Klassenkameradin, die in denselben Fitnessclub geht wie Philipp. Ich brauche nicht mal die Augen zu schließen, um alles ablaufen zu lassen, als würde es eben erst geschehen.

Er ist allein da, ohne Sophie, seine Langzeitfreundin. Und wie durch ein Wunder bemerkt er mich nicht nur, er plaudert den ganzen Abend mit mir. Wundert sich, dass er mich in der Schule übersehen konnte, wo ich doch nur eine Klasse unter ihm war. Ich erzähle ihm von meinen Plänen für den Sommer, dass ich den ganzen August in Amerika sein werde. Er muss früher gehen, weil er am nächsten Tag ein Squash-Turnier spielt. Die Gastgeberin gibt mir den Schlüssel und bittet mich, Philipp zum Haustor zu bringen. Die Wohnung ist im vierten Stock. Draußen tobt ein heftiges Sommergewitter, es donnert, ich will das Licht im Treppenhaus einschalten, da gibt es ein kurzes Aufleuchten, ein

»Pling« und es wird wieder finster: Kurzschluss. Wir, beide beschwipst, tapsen kichernd die vier Stockwerke hinunter, und ich kann nichts anderes denken, als dass es Bestimmung ist, was da gerade passiert. Da ist diese unbeschreibliche Spannung zwischen uns und alles ist einfach so … aufgeladen! Unten wieder viel Gekicher, weil ich es im Dunkeln nicht schaffe, den Schlüssel ins Schloss zu stecken. Seine Hand legt sich über meine – eine sehnige, kräftige Sportlerhand –, der Schlüssel gleitet ins Schloss, ich will ihn umdrehen, aber Philipp hält meine Hand fest, sagt leise: »Noch nicht«, zieht mich zu sich und küsst mich. Ich habe ja nicht viele Vergleichsmöglichkeiten, aber auf meiner Skala ist es ein verdammt guter Kuss. Es ist wie im Film, nur besser, weil ich mittendrin bin. Es ist so verdammt romantisch. Wir zwei alleine in der Dunkelheit, der prasselnde Regen, der lange Weg durchs Treppenhaus und dann endlich … Es ist der aufregendste Moment meines Lebens.

»Ihr küsst euch also?«, fragt Nico nach, weil meine kleine gedankliche Zeitreise wohl doch als Unterbrechung in der Berichterstattung spürbar war.

»Ja«, fahre ich hastig fort. »Am nächsten Tag ruft er an und will mich unbedingt wiedersehen. Ich sag Nein, weil ich mittlerweile nüchtern bin und er doch eine Freundin hat. Er sagt, sie wären so gut wie getrennt. Ruft jeden Tag an. Bemüht sich um mich. Schwört, dass mit seiner Freundin schon lange nichts mehr läuft, dass er sich auf den ersten Blick in mich verliebt hat, dass er sich trennen wird.«

Nico verdreht die Augen, als wolle er sagen: »Und darauf fällst du rein?«

»Nein, nein, er hat sich *wirklich* getrennt. Wir waren den ganzen Juli zusammen. Ein Wahnsinnsjuli. Alles war perfekt. Dann fliege ich für vier Wochen nach Amerika. In der ersten Woche kriege ich zwei kurze E-Mails – ich denke mir nichts dabei, außer, dass er eben nicht der große E-Mail-Schreiber ist. In der dritten Woche …«

»Lass mich raten: In der dritten Woche macht er Schluss? Per E-Mail? Es war ein Fehler, er hat sich hinreißen lassen, es hat nichts mit dir zu tun, du bist absolut großartig, aber er ist einfach noch nicht so weit?«

Ich nicke. »Der Wortlaut war nicht ganz so tröstlich, aber ja, so in etwa.«

Woher weiß er das?

»Der Typ ist der klassische Jäger und Sammler«, antwortet Nico auf meine unausgesprochene Frage. »Du bist nicht gleich zu haben, das reizt ihn nur noch mehr. Dann verliebst du dich in ihn, der Reiz ist futsch, und du bist im Rekordtempo uninteressant. Praktischerweise fährst du da auch weg. In den ersten zwei Wochen reduziert er den Kontakt, damit das Ganze nicht so abrupt kommt. In der dritten macht er Schluss, damit du noch die vierte hast, um dich von dem Schock zu erholen, und ihn nicht mit Anrufen bombardierst, wenn du wieder da bist.«

Ich könnte ihm eine runterhauen, wie er das so sagt.

»Außerdem würde ich wetten, dass es mit der Freundin nicht ganz so aus war, wie er behauptet hat.«

Mein Blick muss Bände sprechen.

»Sie sind wieder zusammen, stimmt's?«

Ich nicke nur. Ich weiß es seit einer Woche. Irgendjemand in der Klasse hat von einer Party erzählt, und dass Sophie und Philipp auch dort waren.

»Aber ich versteh es einfach nicht!«, begehre ich auf. »Ich meine, es war fantastisch! Wir haben uns jeden Tag getroffen, alles zusammen gemacht, wir waren total verliebt!«

Eine kleine Stimme ganz tief drinnen protestiert. War es nicht vielmehr so, dass er wahnsinnig verliebt schien, als ich noch gezögert habe? Ich war anfangs nicht verliebt, nicht richtig. Ich hatte immer eine Schwäche für ihn, das schon. Aber verliebt hab ich mich erst, als er sich so um mich bemüht hat. Das war einfach unwiderstehlich. Doch dann hat sich plötzlich der Spieß irgendwie umgedreht – dann war *ich* plötzlich die, die dauernd angerufen hat, das nächste Treffen nicht erwarten konnte. Halt! Ist das nicht gerade das, was Nico vorhin behauptet hat? Ich wische den Gedanken hastig weg. Blödsinn! Wir *waren* verliebt, und wie!

»Wie konnte er dann so einfach Schluss machen?«, fahre ich fort und merke, wie mir wieder die Tränen in die Augen steigen. Ich habe mit niemandem wirklich darüber geredet, außer mit Kerstin, per E-Mail. Das hat sich alles aufgestaut, und ausgerechnet dieser Nico muss das Ventil öffnen! Na, selber schuld! Ich hab ihn schließlich nicht drum gebeten!

»Wie kann er wieder mit Sophie zusammen sein, als ob es mich nie gegeben hätte! Ich weiß nicht mal, was ich falsch gemacht habe!«

»Ach komm! Lass die Selbstgeißelung. Du hast wahrscheinlich gar nichts falsch gemacht. Denk bloß nicht zu viel nach. Für ihn war es einfach nicht dasselbe wie für dich. Punkt.«

»Aber …«

»Es gibt kein Aber. Es ist, wie es ist. Nachdenken bringt dich auch nicht weiter. Höchstens unter den nächsten Bus.«

Jemand drängelt sich an unserem Tisch vorbei, eine Tasche schlägt genau gegen die Stelle an meinem Oberarm, wo Nico mich vorhin gepackt hat. Ich verzieh das Gesicht, meine Hand fährt zu meinem Arm.

»Mist«, murmle ich, »das wird garantiert ein blauer Fleck. Ich kriege leicht blaue Flecken.«

»*I bruise easily …*«, singt er halblaut und gar nicht mal schlecht.

»Du kennst die Nummer?«, frage ich ihn verblüfft. Ich musste auch gerade an das Lied denken, als ich das mit dem blauen Fleck gesagt hab. Aber dass *ich* das tue, ist normal. Natasha Bedingfield ist eindeutig Frauen-Musik. Außerdem hören Männer erwiesenermaßen nie auf die Texte.

»Ja«, er zuckt mit den Schultern und zieht wieder ganz leicht die Mundwinkel nach oben. Ein Eckzahn lugt hervor. »Wie ich schon sagte: Ich habe zwei ältere Schwestern.«

»Richtig.«

»Was hörst denn du sonst so?« Bevor ich ihn daran hindern kann, schnappt er sich meinen MP3-Player und hängt sich einen Knopf ins Ohr.

»Gib sofort her …« Ich versuche ihm das Ding wegzureißen, aber er ist schneller, springt auf, flüchtet um den Billardtisch, der gerade frei geworden ist.

»Was denn«, lacht er, »nur weil ich wissen will, welche Musik …«

Da bricht er ab, und wir starren einander über die grüne Tischfläche hinweg an. Ich spüre, wie ich rot werde, und gehe zurück an meinen Platz. Er kommt nach, legt den MP3-Player vor mich hin.

»Sorry.« Er räuspert sich. »Wie hast du …?«

»Handy laut gedreht, über den PC aufgenommen, in MP3-Files konvertiert. Ich wollte die Nachrichten bloß nach Amerika mitnehmen, damit ich dort ab und zu seine Stimme hören kann. Damit die Zeit nicht so lang wird, bis ich ihn wiedersehe … und jetzt …« Ich zucke mit den Schultern.

»Jetzt ziehst du sie dir immer noch rein, damit der Schmerz auch garantiert nicht nachlässt? Das ist ziemlich krank, meinst du nicht?«

»Schon möglich.« Ich funkle ihn an. Der regt mich echt auf! »Kann dir aber egal sein, oder? Und ich warne dich, wenn du das in der Klasse rumerzählst …«

»Dann was? Dann schubst du demnächst *mich* vor den Bus?« Muss der Typ *immer* grinsen?

Ich werfe ihm einen Blick zu, von dem ich hoffe, dass er einigermaßen finster ist.

»Keine Angst. Du machst dich schon selbst genug fertig. Du brauchst keine Hilfe von außen. Komm!«

Er steht wieder auf, schnappt meine Hand, zieht mich mit.

»Komm wohin?«

»Billard spielen.«

»Aber ich kann das überhaupt nicht!«

»Ich zeig's dir.«

»Aber …« Meine Stimme wird unwillkürlich leiser. »Da schauen Leute zu. Ich mach mich bloß lächerlich.«

Er zieht mich an der Hand ein bisschen näher heran. Seine Augen haben eine ungewöhnliche Farbe, ein sehr helles Blaugrau. »Grade hat dich jemand dabei ertappt, dass du dir die Mailboxnachrichten von deinem Exfreund auf MP3 reinziehst. Glaubst du wirklich, es kann noch schlimmer kommen?«

Ich werde wieder rot. Jetzt reicht's aber!

»Lass mich in Ruhe!«, fauche ich ihn an und reiße mich los. »Dein blödes Billard interessiert mich nicht.«

Ich schnappe meine Tasche, wende mich zum Gehen.

»Schon wieder«, sagt er amüsiert.

Ich schaffe es einfach nicht, kommentarlos zu gehen. »Was ›schon wieder‹?«

»Schon wieder wirst du wütend. Therapeutisch bestimmt wertvoll. Aber du solltest auf *ihn* wütend sein statt auf mich. Und mit *mir* Billard spielen.«

Er steht da, vollkommen seelenruhig, reibt Kreide auf sein Queue und lacht mich an. Oder aus. Er ist wirklich ein ziemlich nervtötender Typ. Aber auf eine witzige Art. Und ich weiß ja nicht, ob das mit ihm zu tun hat oder ob es einfach das ist, was passiert, wenn man beinahe vom Bus überfahren wird – aber mir kommt es so vor, als hätte ich endlich wieder in meinen eigenen Körper eingecheckt. Ich war verdammt weit weg die letzten Wochen, das merke ich jetzt erst so richtig. Zum ersten Mal, seit Philipp Schluss gemacht hat, fühlt es sich an, als würde das Leben nicht nur vorbeiziehen, sondern was mit mir zu tun haben.

»Also gut.« Ich hänge die Tasche wieder über die Stuhllehne. »Aber ich warne dich, ich bin eine verdammte Versagerin bei jeder Art von Sport.«

Er breitet die Arme aus, Handflächen nach oben. »Ich bin nur gut in Schach. Und Minigolf.«

Ich muss lachen. »In Minigolf bin ich auch gut.«

»Na bitte. Dann weißt du ja schon, wie man Kugeln in Löcher bugsiert.«

Ich komme ziemlich spät heim, aber immer noch vor meiner Mutter. Kurz vor einer Präsentation kann es bei ihr schon mal acht oder neun werden. Die rote Vespa, die unten vorbeigefahren ist, gerade als ich das Haustor aufschließen wollte, hat einen kleinen Rückfall ausgelöst. Aber dann war es doch nicht genau dasselbe Rot und bei genauerem Hinsehen nicht einmal eine Vespa. Es hat mir trotzdem einen Stromschlag durch den ganzen Körper gejagt – zum Glück erhole ich mich schnell wieder von dem Schock. Schneller als gestern noch, als ich den Jungen mit der Sporttasche gesehen habe. Ich habe heute auch keine Lust, mich in meinem Zimmer einzusperren und deprimierende

Musik zu hören. Stattdessen suche ich meine »Ärzte«-CD raus. Und bei *Männer sind Schweine* singe ich laut mit.

Meine Schwester klopft an und steckt den Kopf zur Tür herein: »Bist du heute besser drauf?«

Woran merkt sie das? An der Musik? An der Art, wie ich durch die Wohnung gegangen bin?

»Ja, denke schon.«

»Cool.« Sie zögert. »Du warst der reinste Zombie in letzter Zeit.«

Seit ich aus dem gemeinsamen Zimmer in das ehemalige Arbeitszimmer gezogen bin, hassen wir einander nicht mehr. Oder nicht mehr so oft. Ronja ist zwei Jahre jünger als ich, und wir sind einfach so verschieden, dass es die Hölle war in einem Zimmer. Jetzt ist sie viel netter zu mir. Na ja, vielleicht einfach, weil sie die dreißig Quadratmeter behalten hat, während ich auf vierzehn wohne. Aber egal. Es gibt eine Tür, die ich hinter mir zumachen kann. Ronja zieht den Kopf wieder zurück. »Also dann …«

»Kannst die Tür ruhig offen lassen.« Plötzlich finde ich es richtig gut, eine Schwester zu haben. Vor allem jetzt, wo Kerstin weg ist. Vielleicht kann man ja mit seiner Schwester auch befreundet sein?

Ich bin also kein Zombie mehr. Ich glaube, ich werde Nico noch mal verzeihen, dass er mich nicht vom Bus hat platt walzen lassen.

»Nico, findest du mich anziehend? Ich meine sexuell?« Es ist unser viertes Billard-Date im Kaffeehaus. Also nicht *Date* im Sinne von Date, sondern einfach im Sinne von *Zwei Freunde treffen sich zum Billardspielen.* Ich schäle mich aus meiner Weste, unter der ich ein neues, etwas tiefer ausgeschnittenes Top trage.

Nach der Sache mit Philipp habe ich mein Aussehen millimeterweise seziert und abwechselnd meinen knochigen Knien, meinen zu großen Füßen und meiner zu schmalen Oberlippe die Schuld daran gegeben, dass er sich nicht für mich entschieden hat. Aber vorhin auf der Toilette war ich richtig zufrieden mit meinem Spiegelbild, obwohl ich nur Wimperntusche und Lipgloss draufhabe. Sogar meine glatten dunkelblonden Haare finde ich heute mal nicht langweilig. Sie sind frisch gewaschen, glänzen und Seitenscheitel steht mir. Ich fühle mich dem Thema, das ich gerade angeschnitten habe, also echt voll gewachsen.

Er sieht mich amüsiert an. »Diese Unterhaltung könnte interessant werden, wenn ich nicht wüsste, dass es im Grunde wieder nur um Philipp geht.«

Mittlerweile ist Schluss mit der Anonymität. Er kennt Philipp, war ja in seiner Parallelklasse – und Sophie natürlich auch. Die beiden Sportskanonen – er Squash, sie Tennis –, beide dazu noch unverschämt gut aussehend *und* ein Paar. Unser Jahrgang hat kein vergleichbares Glamour-Pärchen zu bieten, mit einem Wort: Jeder an der Schule, oder zumindest in der Oberstufe, kennt sie. Apropos Schule. Die aus unserer Klasse fangen schon an, Fragen zu stellen. Ist natürlich nicht ganz unbemerkt geblieben, dass Nico und ich neuerdings so viel Zeit zusammen verbringen. Gestern haben wir uns in der großen Pause sogar einen Donut geteilt. Ich fühle mich unglaublich verwegen, wenn ich mit ihm im Hof oder auf dem Gang stehe und quatsche. Dadurch hat sich übrigens in der ganzen Klasse irgendwie was verändert. Gestern hat Katja Tom gefragt, ob sie ein Referat zusammen halten wollen. Nina hat in Chemie neben Karim gesessen. Die Geschlechtertrennung scheint langsam aufzuweichen. Und Nico und ich sind die Trendsetter – also können wir ja wohl auch über Tabuthemen reden.

»Wenn wir zusammen wären und wenn du die Gelegenheit hättest und wenn ich einverstanden wäre – würdest du dann mit mir schlafen wollen?«

»Das sind sehr viele Wenns.«

Ich seufze. Warum antwortet er nicht einfach? Das beschäftigt mich immerhin schon seit über zwei Monaten und ich hätte gern eine Erklärung. Aus männlicher Sicht.

»Du willst von mir doch bloß die Bestätigung, die er dir nicht gegeben hat. Rein theoretisch, natürlich.« Er schüttelt den Kopf. »Wann wirst du endlich aufhören, über diesen Idioten nachzudenken? Konzentrier dich lieber auf das Spiel. Nimm den Ellbogen höher. Ja, genau so. Und jetzt ...«

Ich stoße zu, treffe aber die Kugel nicht sauber, und sie geht wieder mal daneben.

»Das kann nicht gehen, wenn du nicht bei der Sache bist.« Sein Blick fällt auf meinen MP3-Player, der auf dem Tisch liegt. »Du hörst doch nicht immer noch seine Nachrichten ab, oder?«

»Nein, verdammt«, knurre ich. Jedenfalls nur noch selten und nicht beim Überqueren stark befahrener Straßen.

Er seufzt. »Also gut.« Da ist wieder das Grinsen, diesmal mit beiden Eckzähnen. »Lass dich mal ansehen.« Er betrachtet mich, als wäre ich ein Rennpferd oder eine preisgekrönte Milchkuh oder so was. »Hmmmm.«

»Das dauert aber verdammt lange.«

»Bevor man sich auf so eine rein theoretische Affäre mit drei Wenns einlässt, sollte man ganz genau hinsehen.«

Ich werde langsam ärgerlich. »Okay, vergiss es einfach.«

Er lacht. »Also ich würde mich vermutlich überreden lassen. Wieso fragst du?«

»Ach, nicht so wichtig.« Jetzt will *ich* nicht mehr. So!

»Nun schieß schon los.«

Das Dumme ist: Ich kann nicht konsequent trotzig bleiben, weil mich das schon so lange beschäftigt. »Ich verstehe da einfach was nicht …«

Es war am Abend vor meinem Abflug gewesen. Meine Mutter und meine Schwester waren über Nacht bei meiner Großmutter in Oberösterreich, die hatte Geburtstag. Ich war zu Hause geblieben, um zu packen. Und natürlich, um die Nacht aller Nächte für Philipp und mich zu inszenieren. Bis dahin hatten wir am Badeteich rumgemacht, im Treppenhaus rumgemacht, in meinem Zimmer rumgemacht. Diesmal würden wir vollkommen ungestört sein. Es bestand nicht die Gefahr, dass jemand plötzlich reinplatzte. Aber irgendwie schien ihn das eher ab- als anzutörnen.

»Ich hab eigentlich nicht lang Zeit, wollte mich nur noch verabschieden …«

»Aber es ist mein letzter Abend …«

»Du kommst ja wieder, oder?«

»Schon, aber ich hab mir gedacht, wir könnten das ausnutzen …«

Wieso war er nur so komisch? Ich war verdammt nervös und hatte nicht damit gerechnet, hier eine Verführungsnummer abziehen zu müssen. *Er* war derjenige von uns beiden mit Erfahrung.

Eigentlich wollte er, das konnte ich spüren. Also was hielt ihn ab? Er musste doch fühlen, wie sehr ich es wollte, *ihn* wollte. Ich war überzeugt, dass es deshalb noch mit keinem andern passiert war, weil es jetzt und hier mit ihm sein sollte.

»Wieso hast du's auf einmal so eilig?« Intensiveres Geküsse.

Wieso? Musste ich wirklich aussprechen, dass ich verrückt nach ihm war? Ich habe echt Probleme, solche Dinge zu sagen, und seine seltsame Gegenwehr machte es nicht leichter.

Er küsste zurück, aber zögernd. »Ich hab keine Kondome dabei, ich wusste ja nicht ...«

»*Ich* hab welche ...«

»Kurzfassung ohne schmachtende Blicke, bitte«, reißt Nico mich aus meinem Flashback.

»Na ja, wir waren allein, ungestört und ich habe deutlich signalisiert, dass ich so weit bin. Wir sind zwar im Bett gelandet, aber ...«

»Aber ...?«

Ich bin mittlerweile ziemlich ungehemmt im Gespräch mit Nico, hab noch nie so offen über so was mit einem Jungen geredet, aber das hier ist doch extrem ... intim. Halt mal, *ich* hab davon angefangen. Ich will seine ehrliche männliche Meinung.

»Nun ja. Letztendlich hatte nur einer von uns beiden Sex, und das war er.«

Nico sieht mich an und sagt gar nichts. Hat er mich nicht verstanden? Himmel, ich hab nicht gedacht, dass ich *so* plastisch werden müsste! »Ich meine, er hat nur ... er wollte nicht richtig ...«

»Schon klar.«

»Und? Was sagst du dazu?«

»Was soll ich dazu sagen? Was ich ständig sage. Der Typ ist ein Idiot. Und drüber nachzudenken, was zwischen seinen Ohren oder in seiner Hose vorgeht, ist nicht nur Zeitverschwendung, sondern es nervt auch zusehends.«

»Aber wenn er der Arsch ist, für den du ihn hältst, warum nutzt er dann nicht die Gelegenheit für Sex?«

Er seufzt. »Meine persönliche Meinung?«

»Ja.«

»Sie wird dir nicht gefallen.«

»Trotzdem.«

»Also gut. Nicht dass ich das wirklich nachvollziehen könnte. Aber nach allem, was ich von dieser ganzen Sache weiß – und das ist weitaus mehr, als mir lieb ist ...«

»Jaja, schon gut.«

»Aus moralischen Gründen.«

»Wie bitte?« Ich starre Nico ungläubig an. »Also wenn du denkst, er ist streng katholisch und auf dem Kein-Sex-vor-der-Ehe-Trip, dann liegst du so was von falsch ...«

»'tschuldigung, ich hab mich unklar ausgedrückt. Ich hätte sagen sollen: Aus *doppel*moralischen Gründen. Nimm mal an, er hatte immer vor, zu Sophie zurückzugehen. Dann hat er sich wohl gedacht, er hält sich etwas zurück und kann später vollkommen wahrheitsgemäß sagen, dass da rein gar nichts gelaufen ist.«

»Aber es *ist* ja was gelaufen! Es ist *alles* gelaufen, außer ...«

Er zuckt mit den Schultern. »Sex ist Definitionssache. Schon mal von Bill Clinton gehört?«

Ich starre ihn an, er starrt zurück.

»Ich hab dir gesagt, es wird dir nicht gefallen.«

»Das ist absoluter Blödsinn!« Ich knalle das Queue auf den Tisch.

»Warum regst du dich dann so auf?«

»Wahrscheinlich hat er sich nur im Schwimmbad irgendwas geholt und es war ihm peinlich, es mir zu sagen.«

»Auch möglich. Wenn dir die Version besser gefällt. Aber eigentlich ist es doch vollkommen egal, oder? Es ist vorbei. Schließ endlich damit ab.«

Plötzlich sitzt mir wieder ein dicker Kloß im Hals und ich spüre, wie meine Augen sich mit Tränen füllen.

»Das ist es ja«, sage ich. »Es gab keinen Abschluss. Ich bin weggefahren in dem festen Glauben, ich hätte einen Freund. Und als ich zurückgekommen bin, war er weg. Ich habe nicht einmal mit ihm geredet.«

Um ehrlich zu sein, habe ich Philipp zwei- oder dreimal angerufen. Er hat weder abgehoben noch zurückgerufen. Aber das ist so armselig, das erzähl ich Nico trotz unserer Tabulosigkeit nicht.

»Na, dann solltest du das vielleicht nachholen. Ist mir langsam eh lieber, dass du mit ihm über ihn redest als mit mir.«

Ich mit ihm reden? Ihn anrufen? Mir *noch* eine Abfuhr, noch mehr Demütigungen holen? Aber wenn ich so sicher bin, dass es eine Abfuhr wird, wieso kann ich dann nicht *wirklich* mit der Sache abschließen?

»Und jetzt bitte Themenwechsel«, fordert Nico. »Hast du das Gedicht schon?«

Wir müssen für Deutsch ein Gedicht schreiben, ein »Stimmungsbild«. Freies Versmaß, kein Reim. Egal, ob eine Abendstimmung, eine Herbstimpression oder etwas Persönliches – nur *echt* muss es sein. Ich verziehe das Gesicht. »Nein. Keine Ahnung, was ich schreiben soll. Weiß sowieso nicht, wie er ein Gedicht benoten will.«

Ich bin gut in Deutsch, eine der Besten, und daher kaum jemals Opfer der ironischen Bemerkungen unseres überaus eloquenten Deutschlehrers. Ich schreibe auch gerne Gedichte. Für Philipp hab ich sicher fünf oder sechs geschrieben. Nicht, dass ich sie ihm je gezeigt hätte. Er ist so *gar nicht* der Typ, der sich für Lyrik begeistern kann. Außerdem hab ich den Verdacht, dass man keine Gedichte schreiben sollte, wenn man verliebt ist. Die Wahrscheinlichkeit, dass man Müll produziert, ist einfach zu hoch. »Und du?«

»Hab mal angefangen«, meint Nico vage.

»Dieser Nico ist nett«, sagt Ronja.

»Ach ja?« Wir sitzen vor dem Fernseher und überbrücken eine Werbepause bei *Dr. House* mit ungewohntem schwesterlichen Geplauder. Nico war zum ersten Mal bei mir zu Hause, wir haben zusammen Französisch gelernt.

»Ja. Netter als Philipp.«

»Aha. Und wieso?«

»Philipp war bloß in sich selbst verknallt.«

Die Weisheit einer Fünfzehnjährigen. Die allerdings mehr Jungserfahrung hat als ich in dem Alter.

»Und Nico?«, frage ich also neugierig.

»Der ist in *dich* verknallt«, sagt sie mit Blick auf den Fernseher, wo Gregory House nun wieder durch den Krankenhausgang humpelt.

Nico in mich verknallt? Kann nicht sein! Wir haben gerade erst wieder darüber geredet, was wir für eine coole Freundschaft haben. Außerdem weiß er, dass ich noch nicht über Philipp hinweg bin. Und was er nicht weiß, aber vermutlich ahnt: Ich bin überzeugt, dass Philipp irgendwann aufwacht und zu mir zurückkommt. Ich muss nur Geduld haben.

»Wenn das nicht unsere Stalkerin ist …« Obwohl es keinen Grund gibt, mich angesprochen zu fühlen, fahre ich herum, und Nico kann nur mit knapper Not meinem Queue ausweichen.

»'tschuldigung!«, sage ich zu Nico. Und: »Meinst du etwa mich?« zu Sophie, die mit herausforderndem Blick vor mir steht und sich die Jacke zuknöpft. Sie muss an einem der hinteren Tische gesessen haben, mit dem Rücken zu uns. Philipps Freundin, in Lebensgröße. Mann, strahlt die ein Selbstbewusstsein aus. Allein schon die Körperhaltung. Und sie strotzt nur so vor Energie. Muss der viele Sport sein. Sie betrachtet mich spöttisch.

»Jetzt tu doch nicht so. Glaubst du, ich weiß nicht, wie du Philipp im Sommer nachgestiegen bist? Er und ich haben keine Geheimnisse voreinander. Du hast ihn mit Anrufen und SMS verfolgt, bist ständig überall aufgetaucht ...«

»Ich hab doch nicht ... ich bin *überhaupt* nicht ...«

»Ich hab nicht ... ich bin nicht ...«, äfft Sophie mich nach und stellt ihren Kragen hoch.

»Musst du nicht dringend shoppen gehen?«, fragt Nico, ohne Sophie eines Blickes zu würdigen. Er visiert die Kugel an, legt einen perfekten Stoß hin. »Wir sind hier nämlich beschäftigt.«

»Oh, unsere kleine Psychopathin hat es endlich geschafft, sich einen eigenen Kerl zuzulegen, statt meinen anzubraten. Wenn du groß bist, kriegst du vielleicht noch einen ab, der die Schule in Mindestzeit schafft.«

Nico verzieht schmerzerfüllt das Gesicht, presst die Hand auf seine Brust, als hätte ihn eben ein Geschoss tödlich getroffen. Ich finde meine Stimme wieder. »Hör mal, Sophie, du und Philipp, ihr wart im Juli nicht mehr zusammen und ich ...«

»Nicht mehr zusammen? Das hättest du wohl gern! Ich war in den USA, auf einem Trainingscamp. Von Trennung keine Rede. Aber ich schätze, du musst dir so was einreden, wie das eben ist bei zwanghaften Menschen. Der arme Philipp. Er wusste echt nicht mehr, was tun. Und alles wegen ein bisschen Geschmuse im Treppenhaus!«

Ich muss plötzlich Augen wie Dessertteller haben.

»Ja, da staunst du, was? Wir erlauben einander gewisse Freiheiten, Philipp und ich, wir sind schließlich erwachsen. Da muss man schon sehr naiv sein, um sich wegen einmal Knutschen gleich zu verknallen. Aber unser Abschiedsbrief war ja zum Glück auch für dich deutlich genug.« Damit dreht sie sich um und steuert auf den Ausgang zu.

Unser Abschiedsbrief, hallt es in meinen Ohren nach wie ein Echo. Er hat diese Mail zusammen mit Sophie verfasst? Nein, das ist vollkommen unmöglich. Ich muss mich verhört haben. So was Geschmackloses würde Philipp niemals tun.

»Hast du das gehört?«, frage ich Nico.

»Sie war ja laut genug«, antwortet der, aufs Billard konzentriert, als wäre gar nichts gewesen.

»Und was denkst du?«

»Ich denke, die beiden verdienen einander.«

Ich nehme den Umweg durch den Park, um noch mal über alles nachzudenken. Sophie war also den ganzen Juli in den USA, ich den ganzen August. Wenn Philipp tatsächlich von Anfang an vorgehabt hat, mich nur als Füllprogramm zu benutzen, dann war das Timing perfekt. War ich wirklich so was wie ein Platzhalter für die Dauerfreundin, die es immer gegeben hat und immer geben wird? Und hat er wirklich eine Absprache mit Sophie, die ihm »gewisse Freiheiten« erlaubt? Das würde einiges erklären ... Aber er hat *gesagt,* dass Schluss ist mit Sophie! Vielleicht ist es ja *sie,* die sich etwas vormacht, vielleicht ist er nur aus Pflichtbewusstsein zu ihr zurück? Vielleicht denkt er genauso viel an mich wie ich an ihn? Vom Parkausgang sind es nur etwa hundertfünfzig Meter zu mir nach Hause. Ich sehe sie schon von Weitem. Genau vor unserem Haus parkt eine rote Vespa. Und an mein Haustor gelehnt steht ein athletischer, braun gebrannter Philipp mit einem selbstbewussten Lächeln im Gesicht und einem sexy Zwinkern in den Augen. Und sieht noch unwiderstehlicher aus, als ich ihn in Erinnerung hatte.

»Wie bitte? Du hast dich *wieder* von ihm einwickeln lassen? Verdammt noch mal, Anna!«

Ich hatte ja schon so eine Ahnung, dass Nico mein Date mit Philipp eher kritisch sehen würde, aber seine Reaktion fällt doch um einiges heftiger aus als erwartet. Kann er sich nicht wenigstens ein bisschen für mich freuen? Ich meine, darauf warte ich seit so vielen Wochen! Und nun zeigt sich, dass mein Gefühl mich nicht getäuscht hat!

»Hör doch mal zu, Nico. Philipp hat mir alles erklärt. Dass ich ihm nachgestiegen bin, hat er natürlich nie gesagt. Das hat Sophie sich so zurechtgedreht, weil ihre Eitelkeit es anders nicht zulässt.«

»Anna ...«

»Nein, wirklich«, unterbreche ich ihn eifrig. »Er und Sophie haben es noch mal probiert, weil sie nicht lockergelassen hat. Er hat sich gegen seinen Instinkt so entschieden. Dachte, er sei es ihr schuldig. Aber es hat nicht funktioniert. Für ihn ist die Sache gelaufen, sie will es nur nicht akzeptieren. Deshalb war sie wohl auch neulich im Café so aggressiv mir gegenüber. Weil ihr die Felle davonschwimmen.«

Nico starrt mich einen Augenblick wortlos an, dann gibt er seiner Tasche einen Tritt, dass die Bücher rausfallen, und stampft davon zur Theke. Ich seufze und bücke mich, um seine Schulsachen aufzuheben. Das Deutschbuch, das Englischbuch, ein Notizblock. Aus dem Deutschbuch gleitet ein loser Zettel. Ich kann nicht anders, als draufzuschauen.

»Sie sieht an mir vorbei
und sucht nach ihm
Sie sieht durch mich hindurch
und träumt von ihm
Was sie auch in mir sieht
Sie will nur ihn«

Darunter sind noch ein paar Zeilen, wütend durchgestrichen. Verdammt. Ronja hatte also doch recht. Ich will den Zettel hastig wieder zwischen die Seiten des Buches legen, doch da steht Nico schon neben mir.

»Sorry«, sage ich und werde rot. »Ich wollte nicht ... ich wollte nur ...«

»Schon gut.« Er nimmt mir die Tasche aus der Hand, ohne mich anzusehen.

»Weißt du, was das Schlimmste ist?«, fragt er und schaut hartnäckig an mir vorbei. »Ich mache genau denselben Fehler wie du. Dauernd denke ich darüber nach, warum du so tickst, wie du tickst. Warum du dich nach jemandem zurücksehnst, der dich so mies behandelt hat. Warum du nicht loslassen kannst. Warum du nicht merkst, wie viel Spaß *wir* beide zusammen haben.« Er schüttelt den Kopf. »Vollkommen bescheuert. Und reine Zeitverschwendung. Für dich ist es einfach nicht dasselbe wie für mich. Punkt.«

Damit nimmt er seine Tasche und geht. Ich starre ihm sprachlos hinterher. Shit.

Die paar Wochen. Ein bisschen gemeinsam lernen, ein bisschen Billardunterricht. Wir kennen uns doch kaum! Was hat er denn erwartet? Er wusste doch, dass ich noch nicht über Philipp hinweg war. Ja schon, wir haben geblödelt und im Spaß geflirtet, aber er hat das doch nicht etwa ernst genommen? Ich meine, wir haben doch über *alles* geblödelt! Und überhaupt, warum denke ich über Nico nach, wo ich heute Abend mein sehnsüchtig erwartetes Date mit Philipp habe? Oh nein, nein, nein. Ich schüttle den Kopf, um die Grübelgedanken loszuwerden. Ich werde mein Date *genießen,* jawohl. Ich versuche, mich auf Philipp zu konzentrieren, sein Lächeln, seinen Blick. Aber dauernd schiebt sich Nicos wütend-enttäuschtes Gesicht dazwischen. So was Blödes! Ich habe keinen Grund, ein schlechtes Gewissen zu haben! Da ist rein gar nichts zwischen uns!

Ich habe keine Ahnung, was ich anziehen soll. Auf meinem Bett liegen fünf Tops, drei Strickwesten, ein enger Pulli und eine Bluse. Die vom Sommer vertraute Unsicherheit kommt wieder hoch. Wird ihm das gefallen, was ich anziehe? Was muss ich machen, wie muss ich sein, um Sophie diesmal wirklich auszustechen? Dieses zittrige Gefühl in meinem Solarplexus ist wieder da, die Aufregung, die Angst, alles falsch zu machen.

Ich werde einfach so tun, als würde ich Nico treffen. Da bin ich nämlich immer ganz entspannt. Warum sollte ich auch nervös sein? In Nico bin ich ja schließlich nicht verliebt. Und so fühlt man sich eben, wenn man verliebt ist. Zittrig und unsicher. Das ist ganz normal.

Ich gehe in die Küche und nehme mir ein Glas Saft. Gleich daneben steht der Wodka, an dem ich mich so reichlich bedient habe, als ich aus Amerika zurückgekommen bin und Philipp für mich nicht erreichbar war. Nachdem ich kapiert hatte, dass er nichts mehr von mir wollte. Und begonnen hatte, mir das Hirn zu zermartern, woran es lag. Wieso wollte er im Sommer plötzlich nichts mehr von mir und jetzt doch? Aber er hat's doch erklärt. Und ich hab ihm geglaubt. War doch alles sehr plausibel.

War es das? Ich hab nichts, was er gesagt hat, infrage gestellt. Ich war nur dankbar, dass ich plötzlich wieder sichtbar für ihn war, durch welchen magischen Zauber auch immer.

Ronja kommt, nimmt mir die Saftpackung aus der Hand, die ich gerade wieder zurückstellen will, und gießt sich auch ein Glas ein.

»Was'n los?«, fragt sie mit einem Seitenblick auf mich.

»Nichts weiter. Hab ein Date und weiß nicht, was ich anziehen soll.«

Sie grinst. »Also stehst du auch auf ihn. Wusst ich's doch.«

Ich brauche einen Augenblick. »Nicht Nico«, sage ich dann. »Philipp.«

»Ach, Anna ...«, stöhnt sie. »Nicht schon wieder ...«

»Ich weiß schon, was ich tue«, fauche ich sie an.

»Klar«, faucht sie zurück. »Aber nur, dass du's weißt: Die Kotze kannst du diesmal selber aufwischen.«

Stampf, stampf, stampf. Weg ist sie. Und schon sind wir wieder drin in unserem Böse-Schwestern-Szenario. Was mischt sie sich aber auch ein. Ich bin schließlich die Ältere, ich lass mir nicht vorschreiben, wen ich treffe. Kotze aufwischen. Als ob ich mich *ständig* besoffen hätte wegen Philipp. Das war *ein einziges Mal.* Also zweimal, genau genommen. Zweieinhalbmal, wenn man ganz streng ist. Aber man wird sich doch wohl noch aus Liebeskummer besaufen dürfen, wenn man fast achtzehn ist. Ich darf auch jetzt, wenn ich will, denke ich trotzig. Ein klitzekleiner Schluck macht mich bestimmt gleich viel ruhiger. Ich öffne den Kühlschrank erneut, greife nach der Wodkaflasche. Aber dann schließt sich meine Hand um das kalte, feucht angelaufene Glas und etwas in mir macht »Klick«. Als hätte ich einen Schalter umgelegt. Und dann läuft dieser Film in meinem Kopf ab. Der erste Kuss. Mein Versuch, dagegen anzukämpfen, mich zu verlieben. Die Aufmerksamkeit, mit der Philipp mich bombardiert. Meine schnell schwindende Gegenwehr. Und dann das Gefühl, dass sich alles umdreht – dass *ich* plötzlich um *ihn* werbe. Weil ich süchtig bin, nach diesem Gefühl, das er mir gibt. Wichtig zu sein. Aber je mehr ich dieses Gefühl brauche, desto weniger gibt er es mir. Er zieht sich zurück, ich spiele meine letzte Karte aus, will ihn »verführen« (wie peinlich klingt das denn?), aber er will nicht »richtig« mit mir schlafen. Und dann ist er plötzlich ganz weg. Und jetzt? Ich sehe ihn vor mir, das selbstsichere Lächeln auf seinem Gesicht. *Er* ist kein bisschen verunsichert. Warum auch? Ich stelle nicht eine einzige unbequeme Frage, vor lauter Dankbarkeit, dass er sich plötzlich wieder an mich erinnert!

Verdammt noch mal! Ich knalle die Kühlschranktür so fest zu, dass ich selbst vor dem lauten Klirren der aneinanderschlagenden Flaschen erschrecke. Das darf ja wohl nicht wahr sein! Ich bin doch keine Setzkastenfigur, zum Geier! Die man bei Bedarf aus ihrem Fach nimmt und wieder zurückstellt, wenn sie uninteressant wird!

Etwas noch nie Dagewesenes passiert: Ich bin wütend auf Philipp! Erst einen einzigen Tag geistert er wieder durch mein Leben und schon überlege ich ernsthaft, mir für ein Date Mut anzusaufen! Weil ich bei ihm einfach nie weiß, woran ich bin.

Will ich das denn wirklich noch einmal?

»Ja, ja, ja!«, kreischt der Teil von mir, der sich wochenlang mit alten Mailboxnachrichten selbst gepeinigt hat.

Aber der Rest von mir sagt: »Nein!« Laut und deutlich.

Plötzlich erscheint mir Philipps Lächeln gar nicht mehr so charmant. Und definitiv nicht unwiderstehlich. Meine Hand ist immer noch feucht von der Wodkaflasche. Ich trockne sie an meiner Jeans ab, fast angewidert.

Nein, ich lasse mich nicht mehr einwickeln, denke ich, und plötzlich weiß ich genau, wie Nico sich gefühlt haben muss, als ich es ihm erzählt habe, freudestrahlend. Nico. Wieder macht es »Klick« und ich sehe einen anderen Film ablaufen. Nico, der mich besorgt ansieht – der Bus, der mich fast überfahren hätte, noch in Sichtweite. Nico, der meine Hand führt und mir zeigt, wie man das Queue hält. Nico, der mich zum Lachen bringt. Der mir das Gefühl gibt, großartig zu sein, so wie ich bin. Begehrenswert. Witzig. Klug. Jemand, mit dem man gerne zusammen ist.

Und plötzlich ist alles glasklar. Plötzlich weiß ich, ich war *immer noch* verdammt weit weg, bis heute. So weit weg, dass ich nicht gesehen hab, was genau vor meinen Augen war.

Ich gehe aus der Küche, klopfe an die Tür meiner Schwester. Dahinter dröhnt eine Papa-Roach-CD. Ich klopfe noch mal. »Was?«, kommt es von drinnen in Ronjas extragenervtem Tonfall.

»Was ist'n heute im Fernsehen?«

Die Musik wird abgedreht, die Tür einen Spalt geöffnet, Ronjas misstrauisches Gesicht taucht auf. »Ich denke, du triffst dich mit Mr. Obercool.«

»Nein, mach ich nicht. Heute nicht und überhaupt nicht mehr.«

Sie legt den Kopf schief. »Und was hat dich auf einmal erleuchtet?«

»Ein Flaschengeist. Sozusagen.«

Sie grinst. »Du hast einen Knall.«

Ich grinse zurück. »Hab ich nie bestritten.«

Wir setzen uns auf ihr Bett, und ich blättere die Zeitung durch, die auf dem Boden liegt. Ronja ist sudokusüchtig, deshalb findet man die Zeitung immer bei ihr. Ich blättere den hinteren Teil durch, auf der Suche nach dem TV-Programm. Kulturteil. Sportteil. Da bleiben meine Augen an einer kleinen Notiz unten in der Ecke hängen:

Sophie Hochegger, Österreichs neue Tennishoffnung, bestreitet am Wochenende das internationale Turnier von Montreal. »Ich bin top in Form«, sagt die Achtzehnjährige, die heute Abend nach Kanada fliegt. Von Montreal geht es direkt weiter nach Miami, wo sie nach einem dreiwöchigen Trainingsaufenthalt das dortige Turnier spielen wird. Wir halten die Daumen, Sophie!

»Sie fährt weg«, sage ich, mehr zu mir selbst als zu Ronja.

»Wer fährt weg?«

Ich schüttle nur den Kopf. »Ich fass es nicht, wie blöd ich war. Zweimal dieselbe Nummer.«

»Schwester, du redest in Hieroglyphen.«

»Such uns was Schönes raus«, sage ich zu ihr und stehe auf. »Ich muss schnell eine Mail schreiben.«

Er wollte mich einfach wieder in Betrieb nehmen. Wie eine Aufziehpuppe.

»Hast du Mr. Cool schon abgesagt?«

»Nein, für ihn ist ja die Mail.«

Aber nicht nur für ihn. Er und seine Freundin haben ja eine Absprache, nicht wahr? Sie haben keine Geheimnisse voreinander, das hat sie doch gesagt, oder? Sophie hat eine eigene Website mit einer Kontaktadresse. Ihre private finde ich über das Schulnetzwerk. Zur Sicherheit füge ich beide Adressen ein. Und natürlich Philipps. Keine Geheimnisse, denke ich wieder und muss ein bisschen grinsen, als ich die MP3-Dateien anhänge, bevor ich sie endgültig lösche. Natürlich ist das eine ganz und gar kindische Racheaktion. Aber es fühlt sich verdammt gut an. Danach lösche ich die Nachrichten auch von meinem MP3-Player – und zwar ohne das geringste Bedürfnis, sie noch mal anzuhören. Zur Vorsicht schicke ich noch eine SMS an Philipp: »*Sorry, kann heute nicht. Näheres per E-Mail. Anna*« Dann lösche ich auch seine Nummer aus meinem Speicher.

Ronja steht in meiner Tür. »*Dr. House* um neun. Doppelfolge.«

»Super. Ich komm dann. Muss nur noch was für die Schule machen.«Ich nehme ein weißes Blatt und fange an zu schreiben.

Deutsch in der ersten Stunde. Fünf Minuten nach dem Läuten und der Platz in der zweiten Bank ist immer noch leer. Verdammt. Gerade heute muss Nico fehlen. Ich hätte ihn doch noch anrufen sollen. Aber ich wollte lieber *face to face* mit ihm reden.

»Wie sieht's aus mit den Gedichten?«, fragt Herr Mathes mit einer ironisch gehobenen Augenbraue. »Ich zwinge natürlich niemanden vorzulesen, aber ich wüsste es sehr zu schätzen, wenn sich der eine oder andere überwinden könnte ...«

Allgemeines Seufzen, Tuscheln und Kramen in Taschen. In diesem Moment wird die Tür aufgerissen.

»Entschuldigung«, murmelt Nico und geht auf seinen Platz. Er hat die Haare geschnitten. Sieht süß aus. Und ich spüre da so was, in meinem Solarplexus. Da, wo gestern noch die Angst und die Unsicherheit waren. Etwas, das wahrscheinlich die längste Zeit schon da war, ich wollte es nur nicht wahrhaben. Ich versuche, Nicos Blick aufzufangen, weil ich sicher bin, ich könnte ihm mit einem Blick alles sagen, was ich in diesem Moment fühle, aber er weicht mir aus. Natürlich. Immer noch sauer.

»Entschuldigung erteilt«, meint Herr Mathes großzügig, »Vorausgesetzt, Sie beglücken uns mit Ihrem poetischen Erguss.«

Nico zögert, schüttelt dann den Kopf. »Ich ... Ich bin noch nicht ganz fertig und ...«

»Ich lese meines vor!«, rufe ich hastig.

»Gerettet von einer Dame«, meint Herr Mathes amüsiert. »Im letzten Moment. Bitte sehr. Lesen Sie los.«

Ich drehe mich so in meinem Stuhl, dass ich Nico sehen kann. Er hat seinen Blick immer noch gesenkt.

»*Seit es dich gibt*«, lese ich den Titel vor und räuspere mich.

Ich merke wieder
Ob die Sonne scheint
Und lass mich nicht einmal beinah
von Bussen überfahr'n
Ich wache morgens wieder auf
Und freu mich auf den Tag
Ich grüble nicht, was an mir richtig ist
Was falsch
Ich liebe Donuts, Asterix und Dr. House
Und spiele Pool
Doch das erst neuerdings

Das bin ich
Ein paar der Puzzlesteinchen
aus denen ich besteh
Du hast sie eins ums andre angefügt
Und durch deine Augen
hab ich gelernt
Das ganze Bild zu sehen

Ich bin wieder ich
Seit es dich gibt

Meine Wangen sind heiß und rot geworden beim Lesen, aber das ist egal. Herr Mathes sagt irgendwas vermutlich Ironisches, denn die Klasse lacht, aber das ist auch egal. Denn als ich aufblicke, sehe ich direkt in Nicos graublaue Augen. Und so ein kleines Grinsen zieht seine Mundwinkel nach oben. Gerade genug, dass einer seiner Eckzähne hervorblitzt.

Und Philipp ist endlich, wo er hingehört: Verdammt weit weg.

»

Chantal Schreiber | in Wien geboren, wollte eigentlich Sprachen studieren. Doch an der Uni erkannte sie: Danke, aber nein danke. Stattdessen ergaben sich Lehr- und Wanderjahre als Fotomodell, Flugbegleiterin und Kellnerin. Immer wieder lebte sie längere Zeit im Ausland, zum Beispiel in Griechenland, Spanien, Australien und Japan. Dabei lernte sie viele Flughäfen kennen und einige neue Sprachen – vor allem aber, dass Liebe und Freundschaft nicht an geografische Nähe gebunden sind. Schließlich hat sie ihren Traumberuf gefunden: Sie schreibt Kinder- und Jugendbücher und Drehbücher fürs Fernsehen. Chantal Schreiber lebt heute mit ihrer Tochter Hannah in Wien.

Chantal Schreiber in der Reihe *Ich bin Ich!*

Allein unter Models

Miss Galaxy

«

Knödler, Christine (Hg.):
Wohin dein Herz dich schlägt
Geschichten vom Entlieben und Verlieben
ISBN 978 3 522 50093 7

Das Hermann-Hesse-Zitat auf S. 255 stammt aus: *Lektüre für Minuten,*
© Frankfurt a. M.: Suhrkamp Verlag, 2002 (31. Aufl.).
Wir danken dem Suhrkamp Verlag für die Abdruckgenehmigung.

Einbandgestaltung und -typografie: init. büro für gestaltung,
unter Verwendung von Bildmaterial von iStockphoto.com
(© iStockphoto.com 8273193/Luis Pedrosa; 5809349/Kirsty Pargeter;
9513084/Hongqi Zhang; 1473879/michelle preast)
Innentypografie: Kadja Gericke
Schrift: ITC Giovanni, Formata
Satz: KCS GmbH, Buchholz/Hamburg
Reproduktion: Medienfabrik, Stuttgart
Druck und Bindung: Friedrich Pustet, Regensburg

5 4 3 2 1° 10 11 12 13

www.planet-girl-verlag.de